지지 않는 청년의 등불 이상재

月南 李商在 評傳

지지 않는 청년의 등불

이상재

구인환

푸른사상

서 문

이상재 선생께서 세상을 떠난 지 77년이 지났다. 오늘날 이상재 선생의 일생을 되돌아보는 일은 자라나는 청소년들에게는 삶의 지표를 정하고, 사회가 나아가야 할 방향을 알려준다는 점에서 의미있는 일일 것이다.

1850년 10월 26일, 개화기의 혼란한 시기에 태어난 이상재 선생은 1927년 3월 29일 생을 마감하시기까지 청년의 기상을 한번도 잃지 않으셨던 분이다. 그는 항상 청년들과 가까이 지내면서 그들에게 삶에 대한 가치관을 심어주었다. 당시 청년들은 나라 없는 나라에서 태어나 가치관이나 정체성에 상당한 혼란을 느끼고 방황하고 있었다. 이상재 선생은 그들 가까이 있으면서 민족이라는 것이 무엇이며, 식민지 현실에서 지녀야 할 가치관을 정립해준 지도자였다. 또 그는 늘 민족의식이 중심이 되어 모든 것을 바라보고, 판단하도록 지도하였다. 청년들에게 이상재 선생은 스승이기 이전에 아버지 같은 존재였다. 그래서 이상재 선생이 세상을 떠날 때 조선의 모든 청년들은 눈물을 흘렸고 허탈감에 빠질 정도였다.

이상재 선생은 고려말의 충신이자 대학자이신 목은 이색선생의 16대 자손으로 어린 시절부터 유학과 한학에 대한 공부를 많이 하였다. 비록 가난한 집안에서 태어났지만 남달리 책 읽는 것을 좋아했고, 책을 통해 세상을 읽었다. 또한 부모님과 어른들의 뜻을 거스르지 않고 늘 그들을 공경해서 동네에서 효자로 소문이 날 정도였다.

이상재 선생은 박정양을 만나면서 사회적, 정치적 경륜을 쌓게 된다. 서른 두 살 때 이상재 선생은 박정양과 더불어 신사유람단의 일원이 되어 일본을 시찰한다. 그는 일본의 막강한 국력을 실감하고 조선도 힘을 길러야 한다고 생각했다. 갑신정변 후 잠시 고향에 머물렀지만, 그 후 관직에 나가 자신의 신념을 몸소 실천했다. 위험이 있더라도 자신의 주장을 꺾지 않고 과감하게 몸을 던지신 분이다.

그 후 이상재 선생은 독립협회을 이끌고 만민공동회를 개최하는 등 민권 운동의 최선두에 서서 결단력 있게 일을 추진한다. 이상재 선생의 꼿꼿한 성격은 몇 번이나 그에게 옥고를 치르도록 했고, 일제의 감시와 탄압을 받게 했다. 하지만 그는 일제와 타협한 적이 없고 늘 일제에 맞서 민족의식을 키워갔다. 특히 이상재 선생은 YMCA에서 활동을 하면서 조선 청년들에게 민족 의식을 키워주었고, 보다 체계적인 학문을 교육하기 위해 민립대학 설립을 추진했지만 일제의 방해로 실패하게 된다. 하지만 이상재 선생의 조국 독립을 위한 투쟁은 멈추지 않았다. 직·간접적으로 3·1 운동을 지원했고, 청년들에게 조선혼을 잃지 않도록 독려했다. 이제 이상재 선생은 조선 청년들의 스승이자 아버지로서 청년 운동을 체계적으로 진행하게 된다.

그 후 이상재 선생은 친일적인 인물들이 운영하던 조선일보의 사장으로 취임해 식민지 치하에서 민족의 올바른 목소리를 전달하기 위해 애를 썼다. 이상재 선생 취임 후 조선일보는 친일적인 성향에서 탈피하여 민족지로서 그 성격을 바꾼다. 조선일보 사장 시절 그는 최초로 조선기자대회를 개최하여 조선 언론이 나아가야 할 방향을 정하게 된다.

이상재 선생은 사회주의 진영과 민족진영으로 갈라져 독립운동을 벌여오던 두 세력이 하나의 힘으로 합쳐진 신간회의 회장으로 취임하게 된다. 노환으로 병석에 있던 그였지만, 여러 세력이 얽힌 채 탄생한 단체였기 때문에, 그 단체를 이끌고 갈 역량을 지닌 인물은 이상재 선생밖에 없었던 것이다. 그는 결국 신간회 회장이 되어 민중을 계몽하고 독립 운동을 전개해 나갔다. 하지만 신간회 회장 취임 얼마 후 이상재 선생은 병이 악화되고 결국 이승을 하직하게 된다. 그는 마지막 가는 순간까지도 조국을 잃은 조선 청년들이 불쌍해 눈물을 흘릴 정도로 청년들을 아끼고 사랑하던 분이셨다.

이상재 선생은 평생의 염원이었던 조국의 독립을 보시지 못한 채 이 세상을 떠나셨다. 사회장으로 치러진 이상재 선생의 장례식에는 무려 10만여명의 인파가 참여해 고인이 가시는 마지막 길을 지켜보았다. 비록 이상재 선생은 그렇게 가셨지만 그의 신념과 의지는 조선 청년들의 가슴에 불씨로 남아서 조선 독립을 이룩하는 그 날까지도 꺼지지 않았다.

평전을 쓰면서 이상재 선생의 삶을 되돌아볼 수 있는 것은 고마운 일이다. 그는 오로지 조선 민중을 위해, 조선 독립을 위해 사시다가 떠난 분이셨다. 또한 인간적인 면에서 이상재 선생은 조선 청년들을 사랑하고 아끼던 분이셨다. 그는 스승이기 이전에 자비로운 아버지같이 청년들의 상처를 보듬어 주곤 했다. 이상재 선생의 열정과 신념, 그리고 사랑이 격동의 오늘을 살아가는 삶의 지침이 되고, 많은 사람들의 가슴 속에 내일의 지평을 성취하는 등불이 되기를 기대한다.

출판계 사정이 여의치 않은데 우리의 등불이 될 이런 양서를 발간하는 푸른사상사의 한봉숙 사장에게 감사하고, 좋은 책을 만드는데 애쓴 편집부 모든 분에게 감사한다.

2005년 8월
구 인 환

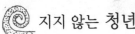 지지 않는 청년의 등불 이상재

제3장 영원한 청년 이상재

제4장 월남 이상재 본전 및 연보

충신의 후예 이상재

1 충신의 후예 이상재 태어나다

이상재의 휘(諱)는 상재(商在), 자는 계호(季晧), 호는 월남(月南)이다. 월남(月南) 이상재(李商在)는 철종 원년(경술년)인 1850년에 지금의 충남 서천군 한산면(韓山面) 종지리(種芝里)에서 태어나, 1927년 78세의 나이로 서울시 종로구 재동(齋洞) 자택에서 작고하였다. 그의 이름 앞에는 청년 운동의 선구자이자 민족 애국지사라는 수식어가 늘 붙어 있을 만큼, 조선 말기의 혼란한 시대를 힘겹고도 치열하게 살아간 인물로 평가된다.

월남 이상재의 비문(碑文)에서 그의 삶이 어떠했는지를 들여다 볼수 있다. 변영로가 지은 <월남선생비문(月南先生碑文)> 중 일부를 소개하면,

선생께서는 웃음 가운데 눈물을 감추시었고 봄바람같이 온화하시면서도 산악같은 위엄을 지니시었다. 벼슬은 하시었어도 영달에 팔리시지 않으시었고 의롭지 아니한 재물은 탐치만 않을뿐더러 뜬구름 같이 보시었다. 슬프다. 선생께서는 가시었다. 몽매사이에도 기다리고 바라시든 조국의 광복을 보시지 못하고 감기지 않는 눈을 감으시었다. 그러나 선생은 우리 겨레와 민족정신의 권화이시며 항성이신지라 계시든 날 못보시든 우리의 독립을 명명한 가운데서라도 굽어살피실 것이다.

월남 이상재를 기억하는 사람들은 많았다. 그 중 독립협회의 고문이자 <독립신문>의 창시자인 서재필(徐載弼)은 이상재의 부음을 듣고 1927년 <조선일보>에 다음과 같은 글을 기고하였다.

이상재 씨는 만년에 나와 교제가 없었고 그런 기회도 없었으며, 서신 왕래할 까닭도 없었다. 그러나 나는 30여년 전에 씨와 친분이 두터웠고, 운동이 발발한 1919년 이후 내외국 친구의 전하는 소식으로 씨의 거동을 잘 들었다. 나의 들은 바에 의하면, 씨는 거인(巨人)이었다. 조선에서 내가 처음 만나기는 독립협회 토론회였다. 그 때부터 비범한 탁론(卓論)과 강직한 기백에 나는 감복 아니할 수 없었다. 조선 내에 씨와 친구한 인사가 많겠지마는 씨의 강직한 성격과 불요불굴하는 용기에 대하여 나의 경모하는 마음은 누구보다도 지지 아니한다. 만일 그가 공중(公衆)이 그런 성격을 알아주는 국가에 탄생이 되었더면 큰 사업도 성취하였을 뿐 아니라 명성이 우내(宇內)에 찼을 것이니 씨는 비범한 인물이요 자연(自然)의 귀인(貴人)이다.

또한 독립협회운동 때는 배재학당 학생이었고 옥고를 치를 때에는 옥중 동지이기도 한 이승만(李承晚)은 월남 이상재를 '애사(愛師)' 또는 '각하(閣下)'라고 불렀다고 한다. 그의 수많은 증언 중 하나를 보면 다음과 같다.

을사조약 직후 왜놈들의 주선으로 이루어진 우리나라 명사들의 일본시찰단에 선생도 참가하여 시찰의 길에 오르셨다. 동경의 병기창을 시찰한 그날 밤의 환영회 석상에서의 일이다. 보신 감상을 물음에 대하여, 선생은 오늘의 시찰에서 일본이 과연 동양의 최강국임을 실감하였소. 그러나 칼로써 일어난 자는 칼로 망한다는 옛말씀이 있는데, 그것이 걱정스럽다고 하면서 일본 사람들 정수리에 침 한방을 찌르셨다.

이상재는 외국인들에게도 많은 존경을 받았다. 평소 이상재를 존경하던 스타(Frederick Starr, 1858~1933)는 미국 교포들의 월간 잡지인 <우라키(Rocky)>(1928년 제3호)에 '고 월남 이상재 옹'이라는 글을 기고한 바 있다. 그 중 일부를 보면 다음과 같다.

1917년에 나는 조선의 대표적인 인물이 누구인가 하는 것을 알고자 하였다. 어떤 성질이 조선사람에게 가장 애호를 받는가 하는 것을 찾아보고자 했다. 조선에 인도자가 있는가, 세계 어느 곳에서든지 인도자로 인증이 될 만한, 그러한 이지적(理智的), 도덕적 능력을 소유한 인물이 있는가 하는 것을 발견코자 하였다. 그 방법으로 조선 사람 1백명에게 누가 조선에 생존한 십대(十大) 위인인가 하는 것을 묻기로 하였다. 그리하여 가장 다점(多点)으로 추거(推擧)된 10인을·선택하여 그들의 성격을 고사(考査)코자 하였다. 그러나 의외(意外)의 사정이 나의 조사를 파괴하였다. 내가 요구한 답안이 10개를 넘기 전에 나는 경찰(警察)이 내가 답안을 청한 사람들 또는 청함을 받을 만한 인사들을 강요하여…… 수인(數人)의 저명한 조선인을 포함케 하려 한다 함을 알았다. 물론 나는 이 조사를 당장 정지하였다. 내가 이러한 사항을 이에 소개하는 이유는 이상재 옹의 이름밖에는 이미 모집한 답안 전부에 나타나는 이름이 없었다는 것을 예증(例證)코자 함이다.

　이는 당시 월남 이상재에 대한 존경이 얼마나 컸는지를 짐작하게 해준다. 이러한 월남 이상재의 작고 당시 가족 상황은 위당(爲堂) 정인보(鄭寅普)에 의해 기록된 바 있는데, 가족들의 삶 역시 순탄치만은 않았다.

　자녀 다섯이 있으니, 장남은 승륜(承倫), 차남은 승인(承仁)이다. 독

립협회(獨立協會)가 해산되고 공(公)께서 옥에 갇히셨다가 오랜 뒤에
야 풀려나왔다. 이근택(李根澤)이 별안간 성상의 은총(恩寵)을 받게
되자, 민영환(閔泳煥)을 심히 미워하였다. 이에 공이 민공(閔公)과 친
밀한 것을 기화(奇貨)로 공을 무함(誣陷)하여 민공에게 연루시키려 하
였다. 그리하여 다시 공의 부자(父子)를 체포하여 옥에 가두고 혹독
한 고문을 가하였다. 승인은 거의 죽을 뻔했으나 끝까지 불복했으
며 뒤에 벼슬이 군수(郡守)에 이르렀다. 그 다음 아들은 승간(承侃)이
니, 모두 공보다 먼저 죽었다. 또 그 다음 아들은 승준(承俊)이며, 사
위는 윤공섭(尹公燮)이다.

월남 이상재가 태어난 1850년은 안동 김씨의 세도 정치가 기승
을 부리던 때로, 순조 이래로 헌종, 철종에 이르기까지 안동 김씨
의 세도 정치가 60년에 걸쳐 그 기세를 더하고 있었다. 왕권은 무
시한 채 안동 김씨의 세도 정권은 나라의 근간을 뒤흔들면서 온갖
부정과 수탈을 일삼았다. 모든 정권은 안동 김씨 일파에 의해 좌지
우지되었고, 뇌물이 성행하면서 벼슬 자리가 공공연하게 오갔으며,
탐관오리는 부정부패를 일삼아 백성들을 착취하는 등 정국을 혼란
속으로 밀어 넣었다. 이러한 세도 정권의 횡포를 두고 사람들은 이
렇게 말하기까지 했다.

“남자를 여자로 만드는 일 외에 못하는 일이 없다.”

이처럼 나라의 정세가 기울어가고 있는 가운데 태어난 월남(月南)
의 삶 역시 순탄치만은 않았다. 그러나 월남은 본시 선비이자 충신

의 피를 물려받은 자손이었다. 그는 고려의 충신이자 뛰어난 문필가였던 목은(牧隱) 이색(李穡)의 16대손이었다.

고려 말기에는 절의를 지킨 충신 세 사람이 있었는데, 목은(牧隱) 이색(李穡), 포은(圃隱) 정몽주(鄭夢周), 야은(冶隱) 길재(吉再)가 그들이다. 그들을 일컬어 삼은(三隱)이라 하였다. 조선 건국 후 출사를 종용하는 이방원의 회유에도 불구하고 두 임금을 섬길 수 없다는 충신의 모습을 보여준 포은 정몽주의 시조는 우리가 익히 알고 있는 시조이다.

> 이 몸이 죽고죽어 일백 번 고쳐 죽어
> 백골이 진토되어 넋이라도 있고 없고
> 임 향한 일편단심이야 가실 줄이 있으랴.

포은 정몽주의 시조는 고려왕조를 끝까지 섬기고자 한 그의 충정을 잘 드러내고 있다. 충신은 두 임금을 섬길 수 없다는 신념을 굽히지 않았기에 이러한 시조가 씌어질 수 있었던 것이다.

> 오백년 도읍지를 필마로 돌아드니
> 산천은 의구하되 인걸은 간 데 없네
> 어즈버 태평연월이 꿈이런가 하노라.

이 시조는 야은 길재의 시조이다. 고려왕조가 패망하자 그는 한촌에 묻혀 숨어살았다. 그는 오랜만에 고려왕조의 옛 서울인 송도에 들렀다가 화려했던 고려왕조의 모습은 어느새 사라지고 패망의 아픔만이 남겨진 송도 땅을 보면서 그는 허망함과 감개무량함을 이기지 못하고 이 시조를 지었다.

삼은(三隱) 중 한 사람인 목은 이색의 시조 역시 쓰러져가는 고려 왕조를 걱정하는 충신의 면모를 여지없이 보여주고 있다.

> 백설이 잦아진 골에 구름이 머흐레라
> 반가운 매화는 어느 곳에 피었난고
> 석양에 홀로 서서 갈 곳 몰라 하노라.

목은 이색은 매화로 상징되는 우국충정(憂國衷情)을 확인하면서도 기울어가는 고려 왕조의 쇠망을 깊이 탄식하고 있다. 결국 그는 이성계의 출사 종용에도 불구하고 이를 끝내 거절하다 죽음을 맞이했다. 이러한 목은 이색의 충절은 시대를 달리하지만 이상재의 우국충정으로 그대로 이어지고 있다.

이색은 고려 후기의 문신이자 학자로, 삼은(三隱)의 한 사람으로 널리 알려져 있다. 자는 영숙(穎叔)이고 호는 목은(牧隱)이다. 찬성사 곡(穀)의 아들로 이제현(李齊賢)의 문인이다. 이색은 어려서부터 총기가 뛰어나 1341년(충혜왕 복위 2년), 그의 나이 14세에 성균시(成均試)에 합격하여 진사가 되었다. 또한 1348년에는 원나라에 가서 국자감의 생원이 되어 성리학을 연구하기도 하였다. 1351년 아버지의 상을 당해 귀국한 후, 그는 1352년(공민왕 1년) 전제(田制)의 개혁, 국방계획, 교육의 진흥, 불교의 억제 등 여러 정책의 시정개혁에 관한 건의문을 올리면서, 국정에 참여하게 되었다. 이후 그의

나이 44세 되던 해인 1371년(공민왕 20년)에는 정당문학(政堂文學)이
되어 문충보절찬화공신(文忠保節贊化功臣)의 호를 받았다. 1373년에는
한산군(韓山君)에 봉하여졌다. 그러나 공양왕이 즉위한 1389년에 이
성계의 세력을 억제하려고 하였으나, 결국 이성계 일파가 세력을
잡게 되자 대간(臺諫)들의 모함으로 장단(長湍), 함창(咸昌) 등지로 귀
양을 가게 되었다. 3년 뒤 정몽주가 피살되자 다시 여러 곳으로 유
배를 당했다. 그는 조선 왕조의 개국 초 귀양에서 풀려나 이성계의
출사 종용을 받지만 이를 거절하였고, 1396년 여강(驪江)으로 가는
도중 69세의 나이로 숨을 거두었다.

　이상재가 목은 이색의 후예라고는 하지만, 그의 집 살림은 그리
넉넉한 편은 아니었다. 한산은 예부터 모시로 유명한 터라, 이상재
의 집 역시 모시를 손수 짜서 장에 내다 팔아야 그나마 살림을 꾸
려 나갈 수 있었다. 하지만 어려운 형편에도 불구하고 선비이자 충
신의 후예답게 배움에는 그 무엇도 아깝게 생각하지 않았다.
　이상재의 조부 경만(慶萬)공은 부친 희택(羲宅)공의 교육에 열을
다하였는데, 하루는 경만공이 책 한 질을 사들고 왔다. 조부 경만
공의 손에 들린 책을 보고는 이상재의 조모 부안 김씨 부인이 물었
다.
　"손에 들고 온 책은 무엇입니까?"
　그러자 경만공은 책을 들어 보이며 짐짓 뿌듯한 표정으로 대답
했다.

"장에 나갔다가 사온 책이오. 글쎄 책값이 모시 한 필 값밖에 되질 않지 뭐요."

"책값이 모시 한 필 값밖에라니요. 우리 집 형편에……"

당시의 가난한 살림을 생각한다면 한 식구의 식량 값으로도 부족한 모시 한 필 값으로 책을 산다는 것은 아무래도 무리였다. 이를 누구보다 잘 알고 있던 김씨 부인이 달가워할 까닭이 없었다. 눈물까지 글썽이는 김씨 부인의 말에 경만공은 미안한 기색도 없이 도리어 화를 냈다.

"그게 무슨 말이오! 사람이 아무리 가난하기로 배움의 때를 놓치면 장차 무슨 큰 일을 하겠소. 내 굶는 한이 있더라도 자식(부친 희택공)의 배움에는 그 무엇도 아끼지 않겠소."

이처럼 자식의 교육에 굳은 의지와 열의를 보인 경만공의 말에 김씨 부인은 더 이상 아무 말도 할 수 없었다.

이러한 교육에 대한 열의와 신념은 대대로 이상재의 집안에 남아 있게 되어, 부친 희택공 역시 이상재의 교육에 열의를 다했다. 더구나 이상재는 부친 희택공과 모친 밀양 박씨 사이에 맏아들로 태어나 많은 기대와 희망을 받고 자랐다. 그것은 곧 교육에 대한 부모의 정성어린 마음에서도 나타났다.

이상재는 7세 때부터 글을 읽었는데, 그때 읽은 책이 <동몽선습>(童蒙先習)이었다. 서당에 나가 공부를 했는데, 서당이라고 해도 자리도 변변히 깔지 못한 굴과 같은 곳이었다. 또한 종이, 붓, 먹의

지필묵(紙筆墨)도 제대로 구하지를 못해 서 푼짜리 붓과 두 푼짜리 먹을 사서 종이가 아닌 나무로 된 판에 글을 쓰며 공부하였다.

"집안 형편이 이렇게 어려우니, 제대로 공부도 시키지 못하는구나."

부친 희택공은 늘 이렇게 한탄하곤 하였다. 그러나 이상재가 글 읽는 모습은 여느 아이와는 달랐다. 비록 집안이 가난하기는 하나 그의 재능은 어디를 가나 두드러져 보였다. 서당 훈장은 이상재의 남다른 재능을 이미 알아보고, 그에게 <사략(史略)>, <통감(通鑑)> 등을 읽도록 주선해주기도 했다. 그리고 늘 그를 보며 이렇게 감탄했다.

"하하하! 진정 목은 선생이 다시 태어났나 보군!"

그럼에도 불구하고 이상재는 그다지 공부에 흥미를 갖지 못하였다. 나라의 정세가 어떻게 돌아가는지, 부모의 마음이 어떠한지 헤아리기에는 아직 철없는 어린 아이였던 이상재는 서당에 나가기보다는 이리저리 놀러 다니기를 더욱 좋아하였다.

하루는 서당을 다녀오고도 글공부를 하기는커녕, 놀러만 다니는 월남의 행실을 지켜보던 부친은 서당을 찾아갔다. 서당에서는 아이들의 글 읽는 소리가 들렸다. 부친은 아들 역시 글공부에 열심인 아이들 틈에 앉아 있겠지 하며 서당 안을 둘러보았다. 그러나 아무리 찾아보아도 이상재의 모습은 보이질 않았다.

"어쩐 일이십니까, 상재 아버님."

두리번거리며 살피던 부친 희택공을 본 서당 훈장이 나와 말했다.

"예, 안녕하셨는지요? 다름 아니라 상재가 공부하는 모습을 보러 왔습니다만, 상재가 보이질 않아서……"

"그렇지 않아도 제가 한 번 찾아 뵐까 싶었습니다."

훈장의 말에 부친 희택공은 덜컥 걱정이 들었다.

"무슨 말씀이신지요? 혹 상재가 말썽이라도 피웠습니까?"

훈장은 잠시 망설이다 말을 이었다.

"다름이 아니라, 요즘 상재가 좀처럼 서당에 나오질 않습니다. 행여 집안에 무슨 일이 있는가 걱정이 되어 이웃 아이에게 물어도 크게 별 일은 없어 보인다고 해서 걱정은 놓았습니다만, 그래도 서당에 나오지를 않으니 걱정입니다. 글 배우는 재주가 남달라 여러 책을 빌려주기도 했는데……"

이 말을 들은 부친은 이상재가 오늘 아침까지만 해도 서당에 다녀온다며 집을 나선 것을 기억하고 있었다.

"집에는 서당을 다녀온다고 했는데요."

"어허! 부모님을 속이고 서당을 빠진 모양입니다. 고얀 것!"

훈장 역시 이상재의 행실에 실망한 얼굴이었다. 부친은 이상재가 자신을 속이면서까지 공부할 생각은 안 하고 놀러 다닌 것을 알고는 부모로서 어찌할 바를 몰랐다. 집으로 돌아온 부친은 아무 말 없이 방에 앉아 이상재를 기다렸다.

"아버님, 서당에 다녀왔습니다."

마당에서 이상재의 목소리가 들려왔다. 하지만 아무 일도 없다는 듯이 태연한 그의 목소리에 부친은 더욱 화가 났다. 그리고는.

"상재, 이리 들어오너라!"

방 안으로 들어온 이상재는 화가 나 있는 부친의 얼굴을 보고는 사태가 어떻게 돌아가고 있는지를 금세 눈치챌 수 있었다.

"정말 서당에 다녀온 것이냐?"

"예."

"거짓말이 아니렸다?"

"……"

"왜 아무 말도 못해! 서당에 다녀오는 길이냐고 물었다!"

"……사실은……동무들과 놀러……"

"공부하는 것보다 놀러 다니는 것이 그렇게도 좋으냐! 내가 오늘 서당에 찾아갔다가 훈장님 뵈올 면목이 없었다. 어찌하여 이리도 공부를 게을리 하느냐! 또 어떻게 부모와 스승을 속일 수가 있더냐!"

부친 희택공의 꾸지람은 그 어느 때보다 준엄했다.

"종아리를 걷어라! 어서!"

"아버지, 잘못했습니다. 용서해주세요."

"어서 걷지 못하느냐!"

희택공은 아들 이상재의 종아리를 때렸다. 발갛게 부어오를 정도로 종아리를 내려치면서 희택공 역시 가슴이 아팠다.

"내가 너를 이렇게까지 밖에 가르치지 못했단 말이냐…… 지금은 비록 가난하지만 그래도 명문 대가의 피가 흐르고 있거늘, 네가 이리도 공부를 게을리한다면 장차 이 나라를 위해 무슨 일을 할 수 있겠느냐."

아버지의 진정어린 걱정과 한탄에 아들 이상재 역시 자신의 잘못이 얼마나 큰 것인지를 깨달았다. 이상재의 눈에는 참회의 눈물이 흘렀고, 이후 이상재는 아버지의 기대에 부응하기 위해서라도 글공부를 게을리 하지 않았다. 아들 이상재의 마음을 움직인 것은 다름 아닌 가슴 속 아버지의 눈물이었던 것이다.

2 책에서 세상을 읽다

　이상재가 태어난 해인 1850년은 철종이 왕위에 오른 해이다. 흔히 철종 시대는 순조 때부터 시작된 안동 김씨의 세도정치가 절정을 이루던 시기로 평가된다. 세도정치란 본래 '정치는 널리 사회를 교화시켜 세상을 올바르게 다스리는 도리'라는 사림(士林)의 통치이념에 근간을 둔 이상적인 정치 형태이다. 그러나 척신(戚臣) 또는 총신(寵臣)이 권력을 잡고 강력한 전권을 휘두르는 부정적인 정치 형태로 변질되어, 홍국영(洪國榮) 이후의 조선 후기 세도정치를 지칭하는 말로 흔히 쓰인다. 정조 시대 초기의 총신 홍국영이 정권을 잡은 이후로 '세도정치(世道政治)'는 '세도정치(勢道政治)'로 변질된 것이다.

　홍국영은 척신으로 사도세자의 아들인 정조를 무사히 왕위에 오르게 한 공로가 있어 도승지를 겸하여 금위대장에 임명되었다. 비록 왕의 비서실장 겸 호위대장의 직책이었으나, 모든 정사는 그에 의해 왕에게 전달되었고 왕의 명령은 그를 통해서만 하달되는 막강한 권한을 쥐고 있었다. 그 때문에 홍국영의 실질적인 권한이 재상과 다를 바 없다하여 세도재상(世道宰相)이라 불렸다고 한다.

이렇게 변질된 세도정치는 순조를 거쳐 헌종에 이르면서 더욱 심해졌다. 순조 때에는 안동 김씨의 세도정치가 행해졌고, 헌종 때에는 풍양 조씨의 세도정치가 행해졌다. 안동 김씨와 풍양 조씨의 알력 싸움이라 해도 과언이 아니었다. 이런 시대적 배경에서 1850년 철종이 왕으로 즉위하게 되었다. 헌종이 후사 없이 숨을 거두자 순조의 비인 순원왕후는 풍양 조씨 일파가 왕위를 세울 것을 염려하였다. 이 때문에 순원왕후는 안동 김씨의 정권 장악을 위해 사도세자의 증손자이자 정조의 아우 은언군의 손자가 되는 강화도령 원범을 왕위에 앉혔다. 강화도령에 지나지 않았던 원범이 철종 임금이 된 것이다. 이로써 다시 안동 김씨의 세도정치가 시작되었다.

철종은 대왕대비인 순원왕후의 명으로 왕위에 오른 것이다. 나이 19세의 철종은 학문과는 거리가 먼 농부나 다름 없었다. 따라서 철종 즉위 당시는 순원왕후의 수렴청정(垂簾聽政)이 이루어지게 되었다. 수렴청정(垂簾聽政)은 나이 어린 왕이 즉위하였을 때 그가 성인이 될 때까지 왕대비나 대왕대비가 국정을 대리로 처리하는 것을 말한다. 본래는 국정 안정을 위해 왕을 대신하여 왕대비나 대왕대비가 잠시 국정을 맡는 것이나, 그 취지는 변질되기 마련이다.

수렴청정은 세도정치와 다를 바 없이 외척들의 정치 참여를 무분별하게 도모하기 때문에, 매관매직, 부정부패의 온상이었다.

그러다보니 철종의 집권기는 수렴청정과 세도정치로 얼룩진 혼란기 그 자체였다. 이러한 형세는 비단 조정의 권력 다툼으로 그치는 것이 아니었다. 그로 인해 대다수의 백성들은 곤욕을 치를 수밖에 없었다. 정치가들은 오직 정권에만 눈독을 들이기 때문에 백성들의 살림살이는 안중에 없었다. 그러나 철종은 비록 안동 김씨의 세도정치에 억눌린 불우한 왕이었지만, 백성들을 걱정하는 마음마저 없는 것은 아니었다. 나름대로 빈민 구제책이나 이재민 구휼에 열정을 보이기도 하였다.

철종은 즉위 3년이 되던 1852년에 친정을 선포한다. 그러나 그것이 곧 왕권의 강화로 이어지지는 못했다. 여전히 안동 김씨의 세력이 정권을 쥐고 있었기 때문이다. 그러나 그 가운데에서도 철종은 민생을 돌보는 남다른 애정과 열의를 보여주었다. 학식과 경험이 부족한 철종이었으나 백성을 생각하는 마음은 결코 작지 않았다.

1853년 봄에는 관서 지방의 기근 대책으로 선혜청의 5만 냥과 사역원삼포세 6만 냥을 민간에 대여해주도록 하였다. 또한 그 해 여름의 가뭄이 심하게 들자 재물과 곡식이 없어 백성들을 구휼하지 못하는 것이 안타까워 탐관오리의 징벌을 엄명하는 한편 재물의 절약을 강조하기도 했다. 1856년에는 화재의 피해를 입은 1천여 호의 민가에 은전과 약재를 내렸고, 함흥의 화재민에게도 3천 냥을 내려주었다.

그러나 철종의 노력에도 불구하고 실질적인 권력은 안동 김씨 세력에 집중되어 있었기 때문에 나라는 여전히 혼란스럽기만 했다. 철종이 왕위에 있을 당시는 지배층에 의한 농민 수탈이 절정에 다다른 시기였다. 농민 수탈은 주로 삼정의 문란으로 일컬어지는데, 삼정의 문란이란 전정(田政), 군정(軍政), 환곡(還穀)의 문란을 말한다.

전정(田政)은 토지세에 대한 징수를 말한다. 본래 토지 1결당 전세 4두 내지 6두로 정해진 전세보다도 부가세가 훨씬 많았다. 부가세만 해도 총 43종류에 달했다. 이런 부가세는 본래 토지를 소유한 지주층에게 부과된 것이나, 실상은 땅을 빌려 농사를 짓는 농민들이 물고 있었다. 그리고 지방 아전들의 부정부패로 인하여 전정의 문란은 더욱 심했다.

군정(軍政)은 양반층의 증가와 군역 부담에서 벗어난 양민의 증가로 가난한 농민에게만 그 부담이 집중되었다. 정부에서는 지방의 형세에 따라 군포를 부과했는데, 실제로는 지방관들이 할당된 목표량을 채우기 위해 죽은 사람에게도 군포를 부과하는 백골징포(白骨徵布)나 어린 아이에게 부과하는 황구첨정(黃口簽丁) 등을 억지로 시행하기에 이르렀다.

환곡(還穀)은 본래 관청에서 양민들에게 이자 없이 빌려주는 곡식을 말한다. 그런데 환곡에 비싼 이자를 붙이거나 환곡의 양을 속여 가을걷이 때 터무니없이 돌려받으려고 했다. 이러한 관리들의 횡포는 농민들의 생활을 날로 파탄으로 밀어 넣고 있었다.

이렇듯 삼정의 문란이 심해지면서 백성들의 원성은 날로 커져만 갔다. 결국 철종 13년인 1862년에 단성에서 시작하여 37차에 걸쳐 전국 각지에서 민란이 거세게 일어났다. 이러한 민란의 도화선은 진주민란(晉州民亂)이었다.

진주민란은 경상우병사 백낙신(白樂莘)이 진주 고을 백성들에게 세금을 지나치게 많이 부과하고 강제로 거두어들이려고 하자 농민들이 들고일어난 것이다. 세금은 날로 커져 가고 관리들의 수탈 또한 점점 늘어가자, 농민들은 집과 농지를 버리고 떠도는 유랑민의 신세가 되거나 그 직전에 관에 항의하는 식으로 봉기하였다. 진주민란이 일어나기 전 몇 년 동안 백낙신이 착취한 돈만 약 5만냥, 쌀로 환산하면 약 1만 5천 석이나 되는 엄청난 양이었다.

"백성들은 날이 갈수록 배가 고파 못 살겠는데, 저 썩어빠진 관리들은 백성들 걱정은 뒷전이고 자기 배만 채우려 하니 말도 안 된다!"

"우리들은 입에 풀칠하기도 어려워 대대로 짓던 농사일도 버리고 떠난다. 그런데 나라에서는 오직 세금만 거둬들이겠다고 혈안이 되어 있으니 어떻게 살란 말이냐!"

참다 못한 농민들은 스스로를 초군이라 부르면서 머리에 흰 띠를 두르고 진주성으로 쳐들어갔다. 수만 명에 달하는 농민들을 보고는 우병사 백낙신은 당황하지 않을 수가 없었다. 농민들의 분노는 하늘을 찌를 듯 하였다.

"이제는 식량도 다 떨어졌습니다. 우리가 무슨 죄요? 나라에서 정치를 제대로 못하니 우리 백성들만 죽어나는 것이 아니요!"

농민들에게 붙잡힌 백낙신은 모든 잘못을 바로 잡을 것을 약속했으나, 농민들은 그를 놓아주지 않고 죄를 물었다. 또한 악질적인 아전 몇몇을 죽이고 원한을 산 지주들의 집을 불태웠다. 당시의 기록은 그때의 상황을 이렇게 전하고 있다.

임술년 2월 19일, 진주 백성 수백 명이 머리에 흰 수건을 두르고 손에는 나무 몽둥이를 들고 무리를 지어 진주 읍내에 모여 서리들의 가옥 수십 호를 불사르고 부수어서, 그 움직임이 결코 가볍지 않았다. 병사(兵使: 진주 병사 백낙신)가 해산시키고자 장시에 나가니 흰 수건을 두른 백성들이 땅 위에서 그를 빙 둘러싸고 백성의 재물을 횡령한 조목, 아전들이 세금을 포탈하고 강제로 징수한 일들을 면전에서 여러 번 문책하는데, 그 능멸하고 핍박함이 조금도 거리낌이 없었다. 그리고 그 분을 풀고자 병영으로 병사를 잡아 들여가서는 이방 김준범과 포리 김희순을 곤장으로 수십 대 힘껏 때리니 여러 백성들이 두 아전을 그대로 불 속에 던져 넣어 태워버렸다. 이방의 아들이 그 아비를 구하고자 하였으나 역시 난민(亂民)에게 밟혀 죽었다. 병마사를 꼼짝 못하게 포위하고 한밤중까지 핍박하고 관아로 돌아가지 못하게 하였다.

이러한 진주민란의 기세는 곧 전국으로 확산되었다. 나라 안은 더욱 혼란스러웠다. 그런 가운데 철종은 왕위를 이를 후손을 남기지 못한 채 숨을 거두었다.

이처럼 혼란한 시기를 살고 있던 이상재는 글공부로 세상에 나갈 준비를 하고 있었다. 한창 글공부에 빠져 있던 이상재는 13세 되던 해에 부친을 따라 장터에 간 일이 있었다. 그런데 길을 가다 말고 무언가를 발견하고는 그것을 한참이나 들여다보고 있었다. 아버지는 뒤쳐진 아들이 무엇을 보고 저리도 열중하는가 싶어 다가가 살펴보았다. 이상재가 들여다보고 있었던 것은 <춘추좌전(春秋左傳)>이라는 책이었다.

<춘추좌전>은 공자(孔子)가 지은 역사서 <춘추(春秋)>에 좌구명(左丘明)이라는 사람이 전을 지어 해석한 책이다. <춘추>는 중국 최초의 편년체 역사서로 공자의 독자적인 역사의식과 가치관을 보여준다. 공자는 <춘추>를 짓고 나서 '후대 사람들이 나를 칭찬하는 것도 이 춘추를 통해서고, 비난하는 것도 춘추를 통하여 일 것이다'라고 말했다고 한다.

아버지의 큰 꾸지람이 있은 이후에는 스스로도 깨달아 글공부를 열심히 하고 있었기 때문에 이상재는 책에 푹 빠져 있었다. 하지만 <춘추좌전>은 아직은 어린 이상재가 읽기에는 어려운 책이었다.

"<춘추좌전>이구나."

부친의 말을 듣고서야 이상재는 정신을 차렸다.

"아…… 네, 아버지."

희택공은 이상재가 그 책에 관심을 보이며 읽고 싶어한다는 것을 금세 알아차렸다. 어릴 적부터 글재주가 뛰어나기로 소문이 난 이상재인 터라, 그 책을 눈여겨보는 것 역시 기특하기만 했다.

"읽고 싶으냐?"

부친의 말에 이상재는 선뜻 대답하지 못하고 서 있었다. 그러자 부친은 다시 한 번 물었다.

"읽고 싶으냐?"

그러자 이상재는 애써 웃음을 지어 보이면서 대답을 했다.

"네. 하지만 집안 형편이 어려운 걸 잘 알고 있습니다."

가난한 집안 형편을 걱정할 줄 아는 이상재의 마음가짐 역시 감복할 만하였다. 그러나 부친은 오히려 아들의 기특한 마음가짐을 보고는 주저 없이 그 책을 샀다.

"집안 형편을 걱정하는 너의 마음이 참으로 갸특하구나. 그런 마음으로 더욱 공부에 매진해야 한다."

"네! 아버지."

<춘추좌전>을 손에 든 이상재는 그 어느 때보다 기뻤다. 그리고 마음 한 편에서는 어려운 살림에도 불구하고 선뜻 책을 사주신 부친의 기대를 저버리지 않으리라 다짐하였다.

꼭 조부 경만공이 부친 희택공의 교육을 위해 먹을 것 대신으로 책을 산 일과 같았다. 힘겹게 짠 모시 한 필을 내다 팔아 식량을 사야 식구들의 입에 풀칠을 할 수 있는데도, 희택공은 자식의 교육과 장래를 위해 책 한 권을 산 것이다. 그러한 아버지의 마음을 모를 리 없었던 이상재였다. 그런 일들이 있은 후에도 이상재는 더욱 공

부에 매진하였다.

이상재의 나이 14세가 되던 해 겨울, 한산읍에서 조금 떨어진 봉서암(鳳棲庵)이란 작은 암자에서 공부를 하였다. 그는 동학들과 함께 그곳에서 지내면서 학문에 정진하고 있었다. 겨울동안 가족들과 떨어져 글공부만 하고 있었기 때문에, 겨울이 깊어갈수록 가족에 대한 그리움은 더해만 갔다. 그래서 가족이 그리워질 때에는 가끔씩 집에 다녀오기도 하였다. 집에 다녀오기로 한 전날 밤에 이상재는 동학들과 떨어질 것이 아쉬워 함께 술을 마시며 아쉬움을 달래고 있었다.

"우리가 여기 봉서암에서 공부한 지도 꽤 됐어."

"그래. 하지만 한 겨울에 가만히 책을 읽다보면 문득 부모님과 형제들이 그리워지네."

가족을 그리워하는 마음은 누구나 똑같았다. 모두가 그리움에 잠시 눈시울이 붉어질 즈음, 동무 하나가 말했다.

"그래서 내일 집에 다녀오기로 한 것 아닌가? 하하하!"

"그래. 난 벌써부터 설레네."

"하지만 난 벌써 자네들이 그리워지는 걸."

"하하하!"

잠시 집 생각에 잠겨 있던 이상재에게 친구 하나가 술을 권했다. 그렇게 술을 권하면서 주흥은 어느새 무르익어 서로들 들떠 있기만 했다. 그러다가 이상재는 어디선가 낯익은 목소리를 듣게 되었다. 창 밖 너머로 들려오는 목소리였다.

"네 덕분에 우리 집안도 좀 잘 살아보자 했거늘……"

다름 아닌 이상재의 부친 희택공의 목소리였다. 실망하는 기색이 역력했고 조금은 떨리는 목소리였다. 이를 알아차린 이상재는 그 즉시 신발도 신지 않고 뛰쳐 나갔다. 거기에는 희택공이 가만히 서서 먼 데를 바라보고 있었다.

"아버지, 여기까지 어쩐 일이십니까?"

이상재는 술에 발갛게 달아오른 얼굴이 부끄러워 부친을 제대로 쳐다보지 못했다. 그러자 부친 희택공은 가만히 한숨을 내쉬면서 말했다.

"평소에 내가 가만히 이곳을 찾아와 너의 공부하는 모습을 들여다보곤 하였다. 그때마다 참 대견하고 흐뭇하기만 하였는데, 오늘은 그렇지 못하구나."

"아버지……"

희택공의 말에 이상재는 순간 자신의 나태함에 부끄러웠다. 방안에 있던 이상재의 동학들도 그의 말에 부끄러움을 감출 길이 없었다. 돌아가는 부친의 뒷모습을 바라보며 이상재는 무릎을 꿇고 자신의 잘못을 뉘우쳤다. 추운 겨울 날에도 불구하고 이상재가 흘리는 참회의 눈물은 끝도 없이 흐르고 흘렀다. 말없이 흐르는 아버지의 눈물은 다시 한번 이상재를 깊이 반성하게 만들었던 것이다.

이상재가 15세가 되면서부터 그의 어진 성품과 뛰어난 재주가 마을 안에 소문나기 시작했다. 주위 사람들은 이런 이상재를 두고 이렇게 이야기하기까지 했다.

"상재가 부모에 대한 효심이 그렇게 지극하다더군."

"어디 그뿐인가? 어려서부터 책을 좋아해 글재주가 무척이나 뛰어나다구. 그리고 명석하기 짝이 없어. 허허허."

"그래. 장차 큰 일을 할 재목이지. 그 집안이 어떤 집안인가? 목은 이색선생의 집안이지 않은가!"

"그러면, 드디어 목은 선생이 재현한 모양이군."

"목은 이색선생의 재현이라!"

목은 이색에 대한 존경심은 어느새 이상재에 대한 기대와 칭찬으로 바뀌고 있었다. 목은 이색이 다시 나타났다고까지 했으니 말이다. 그러자 주위에서 그와 혼례를 올리고자 하는 명문 대가의 청혼이 계속되었다. 이상재는 그해 강릉 유씨(劉氏) 댁의 규수와 혼례를 올리게 되었다.

그런데 혼례를 올린 후에 집안에는 우환이 하나 생겨났다. 이상재의 조부가 죽어 묻혀 있던 한산읍의 땅을 돈 많은 토호에게 빼앗긴 일이 생긴 것이다. 사연은 이렇다. 조부가 안장된 선산이 명당자리라고 하면서 어느 풍수쟁이가 떠들고 다녔는데, 고을의 돈 많고 욕심 많은 토호가 이를 듣고 관리들을 뇌물로 매수하여 땅을 빼앗은 것이었다. 가난하다는 것만으로 눈뜨고 땅을 빼앗긴 꼴이었다. 이를 가만 두고 볼 부친 희택공이 아니었다.

희택공은 이상재의 조부가 묻혀 있는 땅을 빼앗은 토호를 찾아갔다.

"아무리 돈이 많다고 하나, 남의 땅을 함부로 빼앗을 수 있소?"

그의 말에 토호는 오히려 흥분하여 대구했다.

"빼앗다니! 빼앗다니! 지금 누가 누구의 땅을 빼앗아?"

뻔뻔스러운 토호의 말에 희택공은 어이가 없었다.

"당신이 우리 선조께서 묻혀 계시는 땅을 빼앗지 않았소!"

"무슨 소리! 엄연히 내가 돈을 주고 산 땅이지 빼앗은 것이 아니오!"

"아니오! 그 땅에 우리 선조께서 묻혀있단 말이오!"

"오호! 그렇다면 내가 돈을 주고 산 땅이니, 당장에 산소를 옮기시오!"

"산소를 옮기다니! 천하의 도적질이 이보다 심할까!"

희택공은 억울하기만 하여 눈물을 흘리며 탄식하였다. 그러자,

"어험! 난 더 이상 당신하고 할 말이 없으니 돌아가시오, 썩!"

결국 토호는 희택공을 쫓아내는 것도 모자라, 관리들을 매수해 그를 모함하였다. 이미 토호에게 매수당한 관리들이라 희택공은 제대로 항거하지도 못한 채 억울하게 감옥에 갇히게 되었다.

이렇게 되자 이상재는 가만히 있을 수가 없었다. 관가를 찾아가 아버지를 대신하여 옥살이를 하겠다고 간청하였다.

"아버지에게 죄가 있다면 마땅히 아들인 제가 대신하여 옥살이를 하겠습니다. 하지만 아버지는 아무런 죄가 없습니다. 가난하다는 이유로 땅을 빼앗긴 것도 모자라 옥살이까지 해야 하다니, 정말 억울합니다."

눈물을 흘리며 간청하는 이상재를 보고 군수가 물었다.

"그대는 올해 몇 살인가?"

눈물을 닦으며 이상재는 대답했다.

"금년 열다섯 살이 되옵니다."

"열다섯 살이라…… 네 아버지를 대신해서 옥살이를 하겠다?"

"그렇습니다. 하지만 제 아버지는 아무런 죄가 없습니다. 땅을 빼앗긴 것도 억울한데……."

결국 이상재는 아버지를 대신하여 사흘 동안 옥살이를 했다. 그러나 이상재의 효심에 감동을 받은 군수는 사흘만에 그를 풀어주었다. 하지만 이상재는 감옥에서 풀려나는 즉시 군수를 다시 찾아가 관리들의 부정부패를 고발하고 그동안의 억울한 사연을 하소연하였다.

"억울합니다!"

다시 찾아온 이상재를 보며 군수는 물었다.

"너는 네 아버지를 대신하여 옥살이를 한 이상재가 아니냐."

"비록 옥살이는 면했지만, 여전히 빼앗긴 땅을 돌려받지 못하였습니다. 썩어빠진 관리들이 뇌물을 받아 억울한 누명을 쓴 것이니, 아무쪼록 이 일을 다시 조사하여 주십시오!"

결국 군수는 불의에 굴하지 않는 그의 태도에 감복하여 사건의 전말을 재조사하여 빼앗긴 땅을 되돌려주었다. 동네 사람들은 하나같이 입을 모아 이상재를 칭찬하였다.

"아버지를 대신해서 옥살이를 한 상재의 효심이 대단해."

"암! 상재만한 효자도 없지!"

"그것뿐인가? 억울하게 빼앗긴 땅도 다시 돌려받지 않았나."

"그렇지. 군수 앞에서 억울한 사연을 말하고 썩어빠진 관리들의 잘못을 조목조목 따지지 않았나. 참 곧은 심성이야."

"하하하! 앞으로 큰 일을 할 인물이야, 인물!"

부모에 대한 효심과 불의에 항거하는 곧은 삶의 자세는 차츰 성숙해지는 이상재의 의식을 보여주는 것이었다.

3 사회비판의식이 싹트다

이상재의 나이 14세 때인 1863년은 고종이 철종의 뒤를 이어 왕위에 오른 해이기도 하다. 고종 역시 12세밖에 안 되는 어린 나이였기 때문에 나라를 다스리기에는 무리가 있었다. 그 때문인지 고종의 부친 흥선대원군은 고종을 대신하여 정권을 잡다시피 하였다. 이를 섭정(攝政)이라고 하는데, 섭정은 국왕이 어리거나 국왕에게 병 또는 그 밖의 사정이 생겼을 때 국왕을 대리해서 나라를 다스리는 것을 말한다. 흥선대원군이 섭정을 하게 된 그 즈음은 나라의 안팎 사정도 혼란스러웠다.

흥선대원군의 집권은 안동 김씨와 풍양 조씨의 60년에 걸친 세도 정치의 끝을 의미하기도 했지만, 또한 섭정과 쇄국정치 등 새로운 시작을 알리는 것이었다. 흥선대원군이 자신의 둘째 아들을 왕위에 오르게 하기 위해 처신한 일들은 가히 놀랄 만하며 치밀하기까지 하다. 안동 김씨 세력이 왕족에 대한 감시와 경계를 늦추지 않자, '상가집 개'라는 치욕적인 소리까지 들어가며 무뢰한과 어울리고 구걸을 일삼아 철저히 자신의 신분과 계획을 숨겨왔다. 결국 철종이 후사 없이 죽자 왕실의 조대비와의 밀약대로 둘째 아들 명복을 왕위에 올리게 되었다. 그리고 이후 어린 고종을 대신해 섭정을 하기 시작했다.

그는 백성들의 살림살이를 누구보다 잘 알고 있었으며, 세도정치의 폐해도 익히 잘 알고 있었다. 때문에 개혁적인 정치를 주저하지 않았다. 문벌과 당쟁에 연연하지 않고 인재를 등용하고, 당쟁의 기반이 되었던 서원을 대대적으로 철폐하기 시작했다. 또한 백성들의 세금은 줄이고 토호들의 토지겸병을 금지하면서 군포를 양반에게도 징수하였다.

그러나 흥선대원군은 실추되었던 임금의 권위를 세우기 위해 1865년 임진왜란 때 불타버린 경복궁을 무리하게 재건하기 시작하였다. 이로 인해 백성들은 강제 부역에 시달렸고, 재건 비용으로 거두어들인 원납전(願納錢) 때문에 세금에 대한 부담도 심해졌다.

또한 흥선대원군은 나라의 문을 굳게 걸어 잠그는 쇄국정책을 추진하였다. 이상재의 나이 17세였던 1866년은 흥선대원군에 의해 천주교 박해가 시작된 해이다. 그해 흥선대원군은 천주교 금압령(禁壓令)을 내려, 프랑스 신부 9명을 비롯하여 천주교도 8,000여 명을 학살하였다. 이를 빌미로 프랑스의 동양함대가 강화도로 침공하여 전투를 벌인 사건이 발생했다. 이를 병인양요(丙寅洋擾)라고 한다. 프랑스군은 강화부(江華府) 갑곶진(甲串津) 진해문(鎭海門) 부근의 고지를 점거하고, 이어 한강수로의 봉쇄를 선언하였다. 또한 강화성을 공격하여 이를 점령하였는데, 그때 무기와 서적, 양식 등을 약탈하였다.

이에 대해 조선은 일단 프랑스 측에 격문(檄文)을 보냈다. 프랑스 선교사를 처형한 합당한 이유와 프랑스군의 불법 침입을 근거로 퇴각할 것을 통고하였다. 그러나 프랑스 함대의 로즈 제독은 이를 무시하고, 책임자를 엄벌하고 전권대신을 파견하여 조약을 체결할 것을 강력하게 요구하였다. 그 해 11월 프랑스군은 정족산성을 공략하려고 하였는데, 잠복하고 있던 양헌수를 비롯한 500여명의 사수들에게 일제히 공격을 받았다. 프랑스군은 피해를 입은 채 갑곶으로 겨우 도망하였다. 정족산성에서의 참패로 인하여 프랑스군의 사기가 저하되었고, 결국 로즈 제독은 조선 침공의 무모함을 알고는 프랑스군을 철수하였다.

그리고 같은 해 통상을 요구하던 미국의 제너럴 셔먼호가 강화도로 침범하여 결국 배가 불탄 사건이 일어났다. 이를 빌미로 1871년 미국의 아시아 함대가 강화도에 나타나 전투를 벌이게 되었다. 이를 신미양요(辛未洋擾)라고 한다. 조선은 군함 5척과 병력 1천 2백여명을 앞세운 미군에게 강화도의 초지진을 내어주었다. 또한 광성보에서의 전투에서도 패배하였다. 함포를 앞세운 미군의 피해는 조선에 비하면 미미했다. 조선은 수백 명의 전사자를 냈지만, 미군은 단 세 명의 전사자만 냈을 뿐이었다. 그러나 흥선대원군의 쇄국 정책은 완강했다. 결국 강화도를 점령한 미군은 1달만에 퇴각하였다.

프랑스와 미국을 모두 격퇴한 흥선대원군은 이후 전국 각지에 척화비(斥和碑)를 세웠다. 척화비는 1866년(고종 4년)에 조성하여 1871년(고종 9년)에 세웠다. 그 재질은 화강암으로 높이는 135cm, 폭 45cm, 두께 25.5cm이며 귀부와 이수를 갖추지 않은 통비(通碑)이다. 척화비는 외세의 간섭과 침입에 대한 자구책으로 마련된 것으로, 쇄국정책의 상징물이다. 또한 전국의 주요 지점에 세워진 척화비는 척사론(斥邪論)의 산물로 볼 수 있는데, 척사론은 조선왕조의 쇠망기인 20세기 초까지 이어져 온 민족 사상의 하나이다. 결국 열강의 위협 속에서 느꼈던 위기의식이 척사론으로 이어져 척화비와 같은 상징물을 낳은 것이다.

척화비에는 흥선대원군이 병인양요 때 새긴 비문(碑文)이 적혀있다.

서양 오랑캐가 침범하는데 싸우지 않으면 화친하는 것이요, 화친을 주장하는 것은 나라를 팔아먹는 것이니, 우리 자손만대에 경계한다. 병인년에 만들어 신미년에 세움

양이침범 비전칙화 주화매국 계오만년자손 병인작 신미립
(洋夷侵犯 非戰則和 主和賣國 戒吾萬年子孫 丙寅作 辛未立)

위의 비문에서 홍선대원군이 가진 쇄국정책의 단호함을 엿볼 수 있는데, 이는 한편으로는 급격하게 변화하는 세계 정세에 눈과 귀를 막은, 시대에 뒤처진 판단이라고 할 수 있다.

이러한 시기를 살고 있었던 이상재는 점차 세상에 눈 뜨기 시작했다. 그러나 처음부터 세상에 진출하여 자신의 포부를 펼치지는 못하였다. 그의 앞을 가로막은 것은 부정부패로 얼룩진 현실의 커다란 벽이었다.

그의 나이 18세였던 1867년, 다른 선비 가문의 자제들과 마찬가지로 이상재는 과거 시험에 응시하였다. 쓰러졌던 집안을 일으켜 세워야 했으며, 글공부에 전념하면서 선비로서 입신의 꿈을 실현해야 했다. 언제까지 방구석에만 들어 앉아 세상을 등지듯 글공부에만 전념할 수는 없었던 것이다.

이상재는 일찍이 그의 재종숙이 되는 혜산(蕙山) 선생의 가르침을 받았다. 혜산선생은 관직에 나서는 것을 그만두고, 향제(鄕第)에 돌아와서 선조의 유풍을 지키며 후학들을 지도하는 데에 힘썼다. 그의 휘(諱)는 희진(羲眞)이다. 덕행에 있어서나 학문에 있어서나 당시에 많은 사람들에게 존경을 받고 있었다. 일찍이 서울에 올라가 벼슬도 지내보았지만, 그때의 정계는 혜산선생과 같은 인물을 받아들이지 못하였다. 강직한 성품과 올곧은 신념을 받아들일 수 없을 만큼 나라의 형세는 어지러웠다. 따라서 혜산선생은 비분강개한 심정으로 관직을 벗어버리고 장래의 국사(國事)를 청년 자제들에게 호소하기 위해 후진 양성에 전심을 다하였다.

당시 이상재는 책을 통해 옳고 그름을 분간하는 눈을 가지게 되었고, 제반 학문에 대해 어느 정도 통달할 정도로 학식이 뛰어났다. 그러나 그가 생활한 공간은 앞으로 나갈 세상에 비하면 여전히 작기만 했다. 또한 그의 학문의 깊이는 촌학(村學)의 정도를 벗어나지 못하였다. 그런 이상재는 학식과 덕망이 높은 혜산 선생의 문하에 들어가 공부하면서 자신의 학식과 포부를 넓히게 되었다. 혜산 선생의 나라와 백성을 걱정하는 높은 지조는 이상재의 영민함을 더욱 빛나게 해 주었다. 혜산 선생의 가르침을 받고 있던 그는 나이 18세 되던 해에 부친과 혜산 선생의 허락을 받고 과거에 응시하게 되었다.

"학문의 길은 그 끝이 없는 법이다. 다만 자신이 배운 학문을 누구를 위해 펼치느냐가 중요하다. 네가 오랫동안 공부하면서 가슴속에 품은 큰 포부를 이제는 세상에 펼치도록 하거라!"

"명심하겠습니다."

이렇게 혜산 선생은 이상재에게 당부의 말을 했다. 그리고 나서 그는 굳은 각오로 앉아 있는 이상재에게 평생 가슴에 새길 말을 남겨주고자 했다.

"붓과 종이를 가져 오너라."

이상재는 나직하면서도 엄숙한 혜산 선생의 분부대로 붓과 종이를 준비했다. 혜산 선생은 가만히 마음을 다스리며 앉아 있다가 붓을 들었다. 그가 든 붓은 일필휘지(一筆揮之)로 글을 써내려갔다.

애국애민 구국제민
(愛國愛民 救國濟民)

평소 혜산선생의 문하에서 수학(修學)하면서 이상재가 보고 느끼며 배운 것은 나라와 백성을 걱정하는 마음가짐이었다.

"사람이 이 세상에 태어났으면 모름지기 나라와 백성을 반드시 위해야 하며, 나라를 바로 잡아 백성을 구해야 한다."

혜산 선생의 마지막 가르침을 받은 이상재의 마음은 벌써부터 떨렸다. 책 속에서 배운 것들이 오직 자신만의 영달을 위해 쓰여서는 안 된다는 것을 알고 있었다. 그리고 그는 어지러운 때에 나라와 백성을 위하는 구국제민(救國濟民)의 정신으로 임해야 한다고 다짐했다.

어릴 적부터 책 읽기를 좋아했고 글공부에도 남다른 재능을 보여 그의 실력만으로 과거에 합격하는 것은 무리가 없어 보였다. 하루는 과거 시험을 위해 잠시 주막에 머물러 있었다. 같은 방에 앉아 있던 몇 명의 사람들도 과거 시험을 치르러 한양에 올라와 있었다.

"내일이 시험인데 걱정이야."

"그렇지. 그간 공부한 것이 물거품이 되지 말아야 할 텐데……"

"허허, 이 사람. 알만한 사람이 아직도 그렇게 말하나."

"뭘 안단 말인가? 시험을 앞두고 부족한 공부를 걱정하는데 말이야."

"공부만 열심히 한다고 되는 것도 아니잖은가. 나는 그것보다 돈으로 벼슬을 사는 이 세상이 걱정일세."

"하기는 매관매직(賣官賣職)을 일삼는 세상이니, 아무리 공부를 해도 돈이 없으면 소용이 없지."

"이번이 처음도 아니고. 시험이 있다한들 우리 처지에 과거 급제는 하늘의 별따기지. 별따기."

가만히 그들의 이야기를 듣고 있던 이상재는 문벌과 재력이 없으면 과거에 급제하기 어렵다는 소문을 떠올렸다. 구국제민(救國濟民)의 포부로 가득한 그였지만, 내심 그러한 소문이 걱정이 되지 않을 수는 없었다. 그러나 아직까지 경험해보지 못한 것이라 쉽게 믿기지는 않았다.

'돈으로 벼슬을 산다?'

속으로만 의문을 품었던 이상재는 그들에게 물었다.

"무슨 말씀을 하시는지 물어봐도 되겠습니까?"

"무슨 말씀이기는. 정말 몰라서 묻는 거요?"

이상재는 여전히 모르겠다는 표정으로 바라보았다. 그러자 한 사람이 이상재의 나이를 짐작하며 물었다.

"거참, 올해 나이가 어떻게 되오?"

"이제 18살이 됩니다. 이번 시험도 처음이지요. 공부가 부족하여 걱정입니다."

"어허. 이제 18살이면 세상을 알 법도 하건만……"

"공부만 한다고 해서 과거에 급제하는 것이 아니랍니다."

여러 번 낙방한 경험이 있는 사람의 말이라 그도 점점 걱정이 되었다.

"그럼, 정말 돈을 주고 과거 급제도, 벼슬도 산다는 말씀이십니까? 아무리 나라가 어지럽다고 하나, 인재를 등용하는 데에 그렇게까지 하겠습니까?"

"세상이 그렇게 뜻대로만 된다면야 무슨 걱정이겠소. 내일 시험을 치러보면 알게 될 거요."

그렇게 이야기하며 허탈한 웃음을 크게 웃어보이던 선비들의 이야기를 이상재는 아직 실감하지 못하고 있었다.

하지만 세상은 이미 썩을 대로 썩어 있었다. 당시 과거 시험장은 실력을 겨루는 경연장이 아니라 누가 얼마나 큰 문벌과 재력을 가지고 있는가를 확인하는 자리였다. 미리 문제를 유출하여 답안을 준비하는 사람, 돈을 주고 대신 시험을 봐줄 사람을 들여보낸 사람, 문필가를 옆에 두고 이를 베껴 쓰는 사람이 버젓이 시험장에 앉아 있어도 그 누구 하나 이를 문제 삼지 않았다. 이상재의 눈에는 참으로 가관인 풍경이었다. 하지만 이는 곧 자신의 낙방을 확인해주는 모습이기도 했다. 한참 기울어진 가문과 가난한 집안 형편은 실력이 있는 이상재에게 과거 낙방의 이유, 그 이상도 이하도 아니었다.

그러한 부정부패한 현실을 직접 목격한 이상재는 부정한 방법으로 과거에 급제하여 자랑삼아 돌아다니는 사람들을 보면서 더욱 한탄할 수밖에 없었다.

'세상이 이리도 썩어 있단 말인가!'

이상재는 참된 세상, 올바른 세상을 만나기보다는 부패하고 썩은 세상을 먼저 만나게 된 것이다. 이에 그는 분노하지 않을 수가 없었다. 길 가에서 비분강개하고 있던 이상재는 시험 전 날 함께 이야기를 나눈 선비들을 만났다.

"어떤가? 이제 세상이 어떻게 돌아가는지 알겠소?"

"참으로 한심하고 한탄스러운 세상입니다. 나라가 걱정입니다. 이렇게까지 썩어 있는 나라가 앞으로 어떻게 될지 걱정입니다."

짐짓 분개한 듯하면서도 나라 걱정에 눈물까지 글썽이는 이상재를 본 선비들은 그를 위로하며 말했다.

"이 나라가 이런 훌륭한 인재를 또 하나 잃게 되는구나."

이후 이상재는 문벌과 재력으로 인재를 등용하는 현실에 비분강개하여 더 이상 과거 시험을 보지 않겠다고 결심했다. 그리고 곧장 발걸음을 고향길로 옮겼다.

그러나 이런 사정을 익히 알고 있던 부친은 한산 이씨 가문의 일가가 되는 이장직에게 아들의 낙향만을 막아달라고 부탁했다. 이에 이장직(李長稙)은 더 이상 과거 응시를 하지 않겠다는 이상재를 데리고 정계에 두각을 나타내고 있던 죽천(竹泉) 박정양(朴定陽)을 찾아가 그를 맡겼다. 박정양의 모친은 한산 이씨 이장직의 고모였기 때문에 이상재를 부탁할 수 있었다.

이상재를 데리고 온 이장직이 말했다.

"일전에 말씀드린 이상재입니다."

이상재는 박정양에게 정중하게 인사했다.

"이상재라고 합니다."

부정으로 얼룩진 과거 시험장을 목격한 이상재인터라 그 눈빛이 남달랐다. 이를 알아본 박정양은 조심스럽게 이상재에게 물었다.

"과거에 낙방했다고 들었는데."

"낙방한 것이 아니라 그만둔 것입니다."

이상재의 단호한 대답에 박정양은 조금은 놀랐다. 조정의 대신으로 있는 박정양이었기 때문에 과거 시험의 폐해에 대해 달리 할 말이 없었다.

"그만 둔 이유는 무엇인가?"

박정양은 이상재가 과거 시험을 그만둔 이유를 짐작하고 있었으나 그 이유를 직접 듣고 싶었다.

"세상은 날로 어지러워지기만 하는데, 하물며 과거 시험이야 별수 있습니까? 그런 과거 시험은 다시는 보고 싶지 않습니다."

"그래서 고향에 내려간다. 다시는 과거를 보지 않을 생각으로?"

"그렇습니다."

"허허허! 단단히 화가 난 모양이군."

"단순히 화가 나는 것이 아닙니다. 통탄스러울 따름입니다."

이상재의 결심은 굳건해보였다. 박정양은 그런 이상재의 곧고 정직한 품성을 알아보고는 자신의 집에 머물도록 허락하였다.

이렇게 이상재의 나이 18세 때 박정양과의 인연은 시작되었다.

4 인생의 스승 박정양을 만나다

죽천(竹泉) 박정양(朴定陽)은 1866년(고종 3년) 별시문과에 병과로 급제, 1879년 형조참판을 지냈다. 이후 박정양은 성균관 대사성, 이조참판, 좌승지를 거쳐 사헌부대사헌, 도승지 등을 지냈다. 1887년 협판내무부사를 거쳐 주미전권공사 임명되었으나, 위안 스카이의 압력으로 출발을 연기하였다. 그해 말 청나라의 방해를 무릅쓰고 당시 미국 대통령이었던 클리블랜드에게 신임장을 제정하였으나, 청나라의 계속된 압력으로 인해 1889년에 귀국하였다. 1894년 호조판서, 한성부판윤을 지내다가 갑오개혁으로 군국기무처가 신설되자 회의원이 되었다. 그해 제2차 김홍집 내각의 학무대신이 되었고, 1895년 김홍집 내각이 붕괴되자 내각총리대신이 되어 을미개혁을 추진하였다. 그러나 같은 해 7월 내각총리대신을 사임하고 제

3차 김홍집 내각의 내부대신이 되었으나, 1896년 아관파천(俄館播遷)으로 김홍집이 살해되자 내부대신으로 총리대신서리와 궁내부대신서리를 겸임했다. 1898년 독립협회가 주관한 만민공동회에 참석하여 시정의 개혁을 약속했으나 수구파의 반대로 좌절되었다. 조선 말기의 온건중립파로서 진보적인 개화사상을 가지고 이상재와 같은 개화파인사들의 뒤를 돌보았다.

이렇게 박정양의 생애를 개괄한 것은 이상재의 생애를 살펴보면서 박정양을 빼놓을 수 없기 때문이다. 박정양은 이상재보다 나이가 9년 밖에 더 많지 않았다. 그럼에도 불구하고 이상재는 그를 평생의 큰 어른으로 모셨다. 박정양과의 인연이 그의 사랑방에서 맺어졌기 때문에 이상재는 박정양의 사랑방에서 정성껏 그를 보필하였다. 18세부터 31세까지의 13년동안 비서노릇을 한 것인데, 그 뒤에는 박정양과 함께 일본시찰을 떠나기도 했으며 외교관 생활도 같이 했고, 관료생활과 독립협회운동도 같이 했다.

이상재가 무려 13년동안 죽천 박정양의 집에 기거하면서 한 일은 그리 대단한 일은 아니었다. 당시 박정양은 조정의 대신으로서 활약하고 있었기 때문에 그를 찾아오는 손님들도 많았다. 그들을 일일이 대접하고, 그들과 나눈 이야기들을 박정양에게 들려주는 것이 이상재가 하는 일의 대부분이었다.

과거에 급제하여 세상에 대한 자신의 포부를 펼쳐보이고자 했던 18세의 이상재가 부패한 현실을 목도하고 비분강개하여 세상을 등지고자 했던 것을 생각하면, 실망스러운 처사라고도 생각할 수 있다. 그러나 박정양의 비서 노릇, 심부름꾼이라고 단순하게 평가할 만한 일은 아니다. 그가 경험했던 과거의 부패상은 실로 커다란 충격이자 세상에 대한 크나 큰 실망이 아닐 수 없었다. 그 때문에 더 이상 과거에 응시하지 않고 세상을 등지고자 낙향하려고 결심한 것이 아닌가! 그런 이상재가 달리 할 수 있는 일이 무엇이겠는가?

이상재의 분노와 실망은 결국 세상에 대해 13년이라는 길고도 긴 침묵을 낳은 것이다. 이상재의 오랜 침묵 때문에 그를 가장으로 서 무능한 존재로 치부할 수도 있을 것이다. 기울어져가는 가업을 일으켜 세운 것도 아니다. 자식으로서는 가출한 불효자였다. 또한 남편으로서는 아내와 함께 있어 주지 못하였다. 이상재의 젊은 아 내는 말 그대로 생과부나 다름 없었다. 그의 나이 19세 때 맏아들 승윤을 낳았고, 22세 때에는 둘째 아들 승인을 낳았으며, 25세 때 에는 셋째 아들 승간을 낳았다. 자식들에게는 아버지로서의 책임 을 다 한 것도 아니었다.

그러나 그는 오랫동안 침묵을 지켰다고 해서, 결코 세상을 등졌 다고는 할 수 없다. 오히려 세상을 조롱하면서 불합리한 현실에 아 첨하는 사람들을 향해 풍자적이고 비판적인 말을 주저하지 않았 다. 아마도 이상재를 기인(奇人)이나 유머러스한 인물로 평가하는 것도 이 때문이 아닐까.

또한 그는 당시 조정의 대신으로 있던 박정양을 어렵게만 대한 것은 아니었다. 오히려 박정양에게 투덜거리고, 그를 비꼬면서 질 책하기도 했다. 그래서인지 박정양과의 일화는 그런 이상재의 모습을 잘 보여준다. 그리고 그 일화들은 재치와 유머로 넘쳐나 있다.

비록 이상재가 박정양의 개인 비서생활을 하다시피 한 것은 사실이나, 이상재로서는 그 생활이 만족스럽지만은 않았다. 그래서 박정양의 심부름이 때로는 귀찮게 여겨지기도 했다.

한번은 박정양이 호조판서로 있을 때 감기가 심하게 걸린 적이 있었다. 박정양은 이상재에게 가서 의원을 불러오라고 시켰다.

"내가 몸이 좋지 않으니, 의원을 불러와 주게."

이상재는 박정양이 시키는 대로 의원을 찾아갔다.

"아무도 없소?"

"무슨 일로 찾아오셨습니까?"

자신을 찾아온 이상재를 보며 의원이 대꾸했다.

이상재는 뻔히 의원이 앞에 있으면서도 의원을 찾는 시늉을 했다. 그러고는 자신보다 나이가 많은 의원을 빤히 바라보며 찾아온 이유를 말했다.

"자네가 아무개란 의원인가? 난 죽천 박정양 대감 댁에서 온 이상재라고 하네. 박정양 판서께서 감기 때문에 몸소 누워계시는데, 좀 가봐줘야겠네."

누가 보아도 이상재보다 훨씬 나이가 많아 보이는 의원에게 이상재는 처음부터 반말을 했다. 그의 태도는 불손하기 짝이 없었다.

"어험. 알겠소."

이상재의 어이없는 태도에 화가 난 의원이 이렇게 대답하기도 전에, 이상재는 자신의 말만 하고서는 돌아서 가버렸다. 그 때문에 의원은 더욱 화가 났다. 의원은 그래도 하는 수 없이 박정양을 찾아가 그의 몸을 살폈다. 진맥을 마치고 난 의원은 아까의 일에 아직도 화가 나 있어 그 일을 고했다.

"좀 전에 저를 부르러 보내신 자가 이상재라는 사람이 맞습니까?"

"그렇네. 내가 몸이 아파 자네를 불러오라 시켰지. 그런데 왜?"

박정양이 대답했다. 그러자 의원은,

"아무리 대감 집 사람이라고 하나, 저를 대하는 태도가 너무 무례해서 그럽니다."

"그럴 리가 있나. 이상재를 내 옆에 두고 지내지만, 그럴 사람이 아닐 텐데."

"처음 보는 제게, 더구나 나이도 어려보이는 사람이 하대(下待)하는 것은 아무래도 무례한 것이지요."

의원에게서 이상재가 불손하게 군 일을 전해들은 박정양은 이상재를 불러다가 꾸짖었다.

"네가 자네를 잘못 본 것인가? 어떻게 그런 무례한 짓을 할 수 있는가?"

하지만 어찌된 일인지 이상재는 박정양의 호된 꾸짖음에도 아무렇지도 않은 표정을 지을 뿐이었다.

"아니, 왜 아무 말도 없는가! 사람이 사람을 그리도 불손하게 대할 수 있느냔 말인가?"

이상재는 잠시 말이 없다가 말문을 열었다.

"제가 이 집에서 비록 심부름을 한다지만, 심부름도 너무 착실히 하면 또 시킬까봐 그랬습니다."

너무도 태연한 그의 대답이었다. 어처구니가 없기도 했지만, 박정양은 이상재를 단지 심부름꾼으로만 생각하지 말아야겠다 싶었다. 심성 바르고 총명한 이상재가 한갓 심부름이나 할 사람만은 아니었던 걸 다시금 느끼게 된 것이다.

사실 이상재의 행동은 유별난 데가 있었다. 춘원(春園) 이광수(李光洙)가 그를 '기인'(奇人)이라고까지 말한 적이 있는데, 그만큼 특이하고 재치 넘치는 말과 행동으로도 유명하다는 것을 알 수 있다. 이광수는 1927년 <동광(東光)> 7월호에 이런 글을 실었다.

이상재옹은 현대의 기인이다. 기인이라 하면 실경(失敬)일는지 모르거니와, 옹이 기인인 까닭은 여러 가지 있다. 첫째 옹은 이미 80 노인이면서 청년이라 자칭하여 중앙기독교청년회의 간사요, 손자나 증손자뻘이나 되는 소년들과 너, 나 하고 가댁질을 하니 기인이요, 둘째 옹은 가정적으로는 무척 불행한 어른으로서 아들, 손자의 참척(慘慽)을 많이 보되 일쯕 슬퍼하는 빛을 보이지 아니하고, 오 이놈 너도 나를 두고 먼저 가느냐고 하며 태연자약한 것이 기인이다. 자녀를 낳은 것이 내 뜻이 아니요 신의 뜻일진대 자녀들이 도로 천국으로 찾아가는 것도 오직 신의 뜻이다. 신의 뜻에 대하여는 오직 유유(唯唯)할 뿐이니 무슨 원차(怨嗟)함이 있으랴 함이다. 설사 인정에 애통함이 있다 하더라도 그것을 사색(辭色)에 안보이고 감수하는 것이 천부(天父)에 대한 예(禮)가 아니냐. 옹은 이렇게 생각하는 모양이다.

이상재의 유머를 높이 평가한 글들은 이후에도 여러 군데에서 볼 수 있다. 그만큼 젊은 시절부터 노년에 이르기까지 이상재의 생애에서 유머를 빼놓을 수는 없다.

전기작가이면서 언론계 출신인 김을한(金乙漢)은 이상재의 해학과 풍자를 높이 칭송하기까지 하였다. 1956년에 출판된 <월남선생 일화집(月南先生逸話集)>의 권두언에 실린 글은 다음과 같다.

월남선생의 해학과 풍자는 고금독보(古今獨步)로서 웃음 속에도 눈물이 어리어 있고, 한낱 평범한 이야기 가운데에도 항상 후진을 지도하는 깊은 뜻이 숨어 있으니, 선생의 일화를 전부 수집한다면 한 권의 책자가 되고도 남음이 있을 것이다.

이런 이상재의 일화는 무척이나 많다. 그 중 하나를 잠깐 소개하도록 하자. 1907년의 일이었다. 일제는 유화책의 하나로 일본황실의 귀인 간인 노미야(閑院宮)를 한국에 파송하였다. 통감부 관리들은 환영준비에 야단법석을 떨었다. 집집마다 찾아다니며 청소를 하라, 일장기를 달아라 하면서 온갖 난리 법석을 떨었다. 이상재의 집에도 종로 파출소 소장이 순사들을 데리고 찾아왔다. 그들이 밖에서 불렀다.

"이리 오너라."

그러자 이상재는,

"오냐 나가마."

하며 대문을 열어주었다. 그러자 소장은,

"오냐, 나가마가 다 뭐요."

라며 버럭 화를 내었다. 그러자 이번에도 이상재는,

"이리 오너라해서, 오냐 나가마 한 것이 무슨 잘못이오?"

라며 대답했다. 그 소리에 소장은 화를 내지도 못한 채,

"전하께서 오십니다."

라고만 말했다. 그러자 이상재는 소장의 말에 깜짝 놀라는 척하면서 말했다.

"뭐? 그래요? 이렇게 누추하기 짝이 없는 집에 전하께서 오시다니! 애들아, 이리 나오너라. 전하께서 오신단다. 앞마당에 황토도 깔고, 소제도 하고, 의가가 없으니 절구통이라도 엎어놓아 앉으시게 하자!"

이렇게 말하면서 이상재는 미친 사람마냥 이리 저리 뛰어다녔다. 이것을 본 소장은 너무도 기가 막혀 아무 말도 하지 못하고 달아나 버리듯 집을 나왔다.

월남 이상재의 유머를 보다 한 차원 높게 평가한 것도 있다. 수주(樹州) 변영로(卞榮魯)는 <월남선생일화집>의 서문에서 이상재의

유머의 성격과 의미를 다른 시각으로 평가하고 있다.

을사보호조약 이래 선생께서는 관직을 떠나 기독교에 귀의하신 이래 일의전심(一意專心) 청년 훈육에만 몰두하신 것이다. 한편 경경(耿耿)한 조국광복의 열원(熱願)이 촌시(寸時)인들 가신 적이 있으랴! 치미는 울분을 본의 아닌 해학으로 대체하고, 북받치는 분만(忿懣)을 진심 아닌 풍자로 교역(交易)하신 것이다. 그러니 만큼 해학이라 해도 해학을 위한 해학이 아니요, 풍자라 치더라도 풍자 위주의 풍자가 아닌 것은 물을 것도 없는 것이다.

다시 돌아가 이상재가 박정양의 집에 기거할 때 있었던 일화 몇 가지를 더 살펴보자.

오랫동안 박정양의 사랑방에서 지내면서 자연히 그의 옷차림은 변변치 못했다. 하루는 이상재의 옷차림을 보고는 박정양이 물었다.

"자네가 신고 있는 버선이 왜 그 모양인가?"

그때 이상재는 한 쪽 발에는 새 버선을 신고 있었고 다른 쪽 발에는 헌 버선을 신고 있었다. 그 모습이 박정양에게는 보기 좋을 리가 없었다.

그러자 이상재는 자신의 발을 내려다보며 이렇게 대답했다.

"이것 말씀이십니까? 객지 생활이 오랜 제가 옷차림이야 변변치 못한 것은 당연하지 않습니까? 오래되어 헐고 떨어진 버선만 우선 갈아 신으면 되지요."

그렇게 대답하며 웃는 그를 바라보면서 박정양 역시 웃음밖에 나오질 않았다. 우스꽝스러운 그의 행실과 말은 이러하였다.

이런 일도 있었다. 이상재가 하루는 무엇인가 불만스러운 표정으로 앉아 있는 것을 박정양이 보았다. 그래서 그 까닭을 물었다.

"왜 그렇게 불만스러운 얼굴로 있는가?"

그러자 이상재는 뜬금없이,

"내일이 저의 생일이라서 그럽니다."

"어, 그런가? 객지에 나와 자기 생일상을 받지 못해 그런거군."

박정양은 생일이라는 말에 다음 날 아침 상을 잘 차려주도록 했다.

며칠 후 이상재는 또 불만스러운 얼굴을 한 채로 차려준 밥상을 거들 떠 보지도 않고 앉아 있었다. 그러자 이번에는 그것을 본 행랑어멈이 그 까닭을 물었다.

"아니, 왜 밥을 드시지 않으시우. 밥 맛이 없어 그러우?"

그러자 이상재는 지난 번 박정양에게 한 말처럼,

"오늘이 내 생일입니다."

라며 퉁명스럽게 대답을 했다. 그래서 결국 행랑어멈에게 또 한 상 잘 차려 먹었다.

그런데 며칠 뒤에 또 그는 투덜거리면서,

"내일이 내 생일인데."

라고 말하자 행랑어멈은 이 말을 그대로 안방 마님께 전했다. 지난번에도 생일, 이번에도 생일이라며 투덜거리는 이상재의 행동이 이상스러우면서 못마땅했지만, 안방 마님은 행랑어멈을 시켜 또 한 상 잘 차려주라고 시켰다.

그날 저녁, 안방 마님은 이런 일을 박정양에게 말했다. 평소에도 조금은 기이한 일을 하고 다니는 이상재인 터라, 박정양은 이번에는 무슨 이유에서 그런 행동을 하는지 궁금했다. 그래서 슬그머니 이상재에게 물어보았다.

"자네는 오늘로 생일상을 몇 번이나 차려 먹었나?"

그러자 이상재는 아무렇지도 않은 듯이 손가락으로 수를 헤아리고는,

"세 번째입니다."

박정양은 그 까닭이 더욱 궁금했다.

"다른 사람은 일년에 한 번 생일을 맞는데, 도대체 자네는 생일이 몇 번이나 되는가?"

그가 이렇게 묻자, 그제서야 이상재는 웃으면서,

"객지에 있는 저 같은 놈은 매일 매일 생일이 되면 좋지 않겠습니까?"

라고 대답했다.

그제서야 박정양은 이상재의 행동이 무엇을 뜻하는지 알게 되었다. 즉 비록 자신이 박정양의 집에 머물면서 지내지만, 자신을 아

무렇게나 대하는 박정양에 대해 불만을 그렇게 표현한 것이다. 이후 박정양은 그와 함께 세상사를 비롯하여 정사를 논의할 만큼 정성껏 대해주었다.

이상재의 어린 시절과 젊은 시절에 관한 기록이 거의 없는 것에 비하면, 앞의 몇몇 일화들은 그의 성격과 함께 박정양과의 관계를 짐작하게 해준다. 유별난 성격에 정직하고 올곧은 성품은 이미 박정양이 알아보았으며, 그 때문에 이후 박정양은 이상재와 함께 많은 일을 하게 된다.

이상재는 1881년, 그의 나이 32세 되던 해에 드디어 세상으로 나오게 된다. 귀향하는 대신 박정양의 집에 머무른 지 13년의 세월이 흐른 뒤였다. 어쩌면 귀향하여 세상을 등지고 세상으로부터 들려오는 모든 소리를 듣지 않았다면, 칩거의 시간은 더 길었을지 모른다. 그러나 이미 조정의 대신으로 자리잡고 있던 박정양의 집에 머물면서 그는 세상의 소식과 동향으로부터 무심할 수 없었다. 박정양과 그를 찾아오는 사람들과 대화하면서 차츰 다시 세상으로 나아갈 길을 찾고 있었을지도 모른다.

이상재가 세상을 향해 첫발을 내딛게 된 것은 박정양에 의해서이다. 1881년은 일본의 개화된 실상을 확인하고자 신사유람단(紳士遊覽團)을 보낸 해이다. 박정양은 신사유람단의 일원으로 일본으로 건너갔는데, 이때 이상재는 왕제응(王濟膺)과 함께 박정양의 수행원 자격으로 신사유람단을 따라 가게 되었다.

그 당시에는 개화파와 수구파의 대립이 치열하였다. 여기에는 흥선대원군이 물러나고 민비 세력이 정권을 잡은 전환기와 밀접한 연관이 있었다. 언제까지 나라의 문을 굳게 걸어 잠그고만 있을 수는 없었다. 1873년 말 대원군이 물러나면서 고종은 자신이 직접 정사를 돌보겠다며 친정(親政)을 선포하면서 쇄국정책은 끝이 나고 말았다.

고종의 친정과 더불어 정권은 자연히 고종의 왕비인 민비 세력에게 넘겨졌다. 민비의 척족들은 흥선대원군이 고수한 쇄국정책을 포기하였다. 개항을 주장하는 일부 세력들의 여론을 수렴하였고, 운요호 사건 이후 무력 시위를 하고 있는 일본의 국교 요청을 받아들였다.

당시 조선은 일본과의 문호개방에 대해서 미온적인 태도를 취하고 있었고, 일본의 입장에서는 다른 열강 세력들에 앞서서 조선에 진출하고자 한 계획이 계속 지연되고 있었다. 이러한 상황을 타개하고자 일본은 무력시위로써 조선을 굴복시키기 위해 군함 30척을 조선 연해에 파견하였다. 이것은 일종의 무력위협정책이었는데, 일본은 운요호를 조선 연해에 파견하여 강화도 동남쪽 난지도(蘭芝島)에 정박시켰다. 그들이 내세운 구실은 담수(淡水)를 구한다는 것이었다.

그러나 몰래 연안을 정탐하였고 강화도 초지진(草芝鎭) 포대에까지 접근하였다. 이에 대해 초지진의 포대에서는 포격을 가하였고 운요호에서도 포격을 가하여 접전이 이루어졌다. 그러나 일본의 포술은 조선의 포술에 비해 막강한 것이어서, 결국 초지진은 파괴되었다. 또한 일본은 영종진(永宗鎭)에도 포격을 가하여 일본군을 상륙시켜 온갖 방화와 살인, 약탈을 자행하였다.

이로 인해 조선군의 사상자 수는 전사자 35명, 포로 16명에 달하였고, 첨사(僉使) 이민덕(李敏德) 이하의 500명에 달하는 수비병은 모두 퇴각하였다. 또한 대포 35문, 화승총 130여 정 등 많은 군기를 약탈당하였다. 이에 비해 일본은 2명의 경상자만 냈을 뿐이었으니, 그 당시의 상황이 얼마나 불리했는지를 짐작할 수 있다. 그러나 일본은 침략과 약탈 등의 만행을 저질렀음에도 불구하고 강화도에서의 전투의 모든 책임을 조선에 돌렸다. 그것도 모자라 전권대사를 파견하여 조선의 책임을 더욱 추궁하였으며, 무력으로 개항을 강요하기에 이르렀다. 결국 1876년 일본과 병자수호조약(丙子修護條約)을 체결하여 외국과의 통상이 시작되었고, 이를 강화도 조약이라고도 한다. 이는 외국과의 경제적, 정치적 상호 교류의 첫 발걸음이었으나, 우리나라 최초의 불평등조약이기도 하였다.

일본과의 수호조약 체결 이후 일본으로 친선사절단을 보내기도 하였다. 이는 수호조약이 일본의 강압에 의해 이루어진 만큼 조선에게는 불리했기 때문이었다. 따라서 이를 고치기 위해서 사절단을 보낸 것인데, 그 성과는 그다지 크지 않았다.

사절단은 일본 정부의 관리들을 만나는 자리에서 강화도조약의 부당성을 지적하려고 끊임없이 노력했다.

"일본 정부가 우리 사절단을 이렇게 맞아 주신 것에 대해 감사드립니다."

수신사로 파견된 김홍집이 먼저 정중히 말을 꺼냈다.

"앞으로 우리 일본과 조선이 손을 잡고 교류를 해야 할 터인데 당연하지요."

일본의 관리가 김홍집의 말에 또한 정중하게 대답했다.

"하지만……"

김홍집은 하고 싶은 말이 있었지만 잠시 선뜻 하지 못하고 있었다.

"주저하지 말고 말씀하시지요."

일본 관리의 말에 용기를 내어 강화도조약에 관한 이야기를 꺼냈다.

"당시 강화도조약이 체결된 데에는 불편부당한 면이 없지 않습니다."

일본 정부의 관리는 김홍집의 말을 듣자 굳은 표정으로,

"그것은 이미 일본과 조선 양국 간의 합의 하에 이루어진 조약이오!"

"합의가 아니라 강압이겠지요. 일본 군대가 강화도로……"

"으흠! 더 이상 이야기하고 싶지 않소. 그 이야기를 하려거든 국왕의 전권 위임장부터 보여주시오!"

"그건……"

"전권 위임장이 없다면 나도 더 이상 아무 말도 하지 않겠소."

김홍집은 국왕의 전권 위임장을 가지고 오지 못했기에 아무런 말도 하지 못했다. 그러나 이는 일본의 억지에 불과했다. 일본 정부는 친목을 도모하는 모임에는 잘 응하다가도 수호조약과 관련한 부분을 언급하게 되면 고종의 전권 위임장이 필요하다고 억지를 부렸던 것이다. 수신사로 파견된 김홍집이 고종의 전권 위임장을 가지고 오지 못한 것을 빌미로 삼은 것이다. 1871년 일본 정부는 구미 열강과 맺은 불평등조약을 수정하기 위해 대사를 워싱턴으로 파견했지만, 국왕의 전권 위임장이 없다는 이유로 미국 정부에 의해 교섭을 거절당한 적이 있었다. 조선과의 교섭에서 일본이 당시 미국 정부와 같이 거절한 것은 이득을 얻기 위한 변명이었으면서도 수모를 엉뚱하게도 조선에 앙갚음한 것이다.

개화파와 수구파의 대립이 첨예하게 이루어지는 가운데, 1881년 황준헌의 <조선책략>이라는 책을 유입하여 배포한 사건이 있었다. 황준헌은 주일청국참사관으로 있던 청나라 사람으로, 1880년경 외교문제를 다룬 <조선책략>을 저술했다. 이 책은 러시아의 남하정책을 대비하기 위해 조선, 일본, 청국이 협력적인 외교정책을 펼쳐야 한다는 내용을 담고 있다. 우선 3국은 서구의 선진 기술과 제도를 배워야 하며, 러시아 남하를 막기 위해 3국이 수교를 해야 하며, 미국과도 연합을 해야 된다고 기술하고 있다. 특히 조선의 외교정책에 대한 사항은 다음과 같다.

조선국의 급선무는 첫째 중국, 일본, 미국 등과 손잡고 러시아 세력을 막아야 하며, 둘째 미국은 민주공화국으로서 약소 국가를 보조하는 공의스런 나라이므로 그 나라를 우방으로 삼는 것이 유리하다

1880년 수신사로 일본에 가 있던 김홍집은 황준헌의 <조선책략>을 직접 받아 귀국하고는 고종에게 이 책을 보여주었다. 고종은 조정 대신들로 하여금 이 책을 검토하게 한 뒤, 전국 유생들의 안목과 식견을 넓힐 생각으로 배포하였다.

그러나 유생들은 크게 반대하였다. 그때까지도 성리학적 세계관에 사로잡혀 있었기에 서양, 특히 일본과의 수교는 받아들일 수 없는 일이었다. 이에 따라 전국 각지에서 수교를 반대하는 상소가 올라왔다.

자연히 개항을 반대해온 수구파는 이를 빌미로 강력하게 민씨 세력 및 개화파를 규탄하게 된다. 심지어 위정척사 세력이었던 흥선대원군의 주변 세력들은 고종의 이복형인 이재선을 왕으로 옹립하려는 역모까지 도모하였다. 그러나 역모 행위가 적발되어 결국 민씨 일파에 의해 겨우 제압당하게 된다.

일본과의 조약 체결 이후 일본의 정치적, 경제적 간섭과 침투가 심해지자 나라 안에서는 개화파와 수구파의 대립이 더욱 치열해졌

다. 1881년 일본에 보내진 신사유람단도 개화 정책에 반대하는 수구파 때문에 사절단이 아닌 '유람단'이라는 명목으로 비밀리에 보내졌다. 당시 국내 수구파의 반대를 무마하기 위해서 동래부암행어사(東萊府暗行御史)로 가장하여 비밀리에 한양을 떠났다고 한다.

신사유람단은 참판(參判) 박정양을 수반으로, 승지(承旨) 홍영식, 교리(校理) 어윤중, 승지(承旨) 조병직 등 12명이 반장을 맡았고, 각 반장 밑에 한 두명의 수원과 통사(通事: 통역관)와 하인 등을 두어 총 62명으로 구성된 대규모의 시찰단이었다. 신사유람단은 일본의 개화 발전상을 조사하기 위한 목적으로 조직된 시찰단이었다.

박정양의 수행원으로 이상재와 왕제응이 따라 나섰다. 수행원 중 한 사람인 왕제응은 참봉(參奉)의 벼슬을 지낸 사람으로 이상재보다 8살이나 위였다. 승지 홍영식은 유길준, 유정수, 윤치호 등의 수행원과 동행하였다. 그 중 유길준은 이상재보다 6년 연하였고, 유정부는 7년 연하, 윤치호는 14년 연하였다. 반장인 홍영식 역시 이상재보다 5년이나 아래였다. 이처럼 이상재는 동료 수행원들보다 훨씬 나이가 많았으며, 심지어 반장들보다 연상이었다. 그리고 그들보다 나이는 많다고 하나 벼슬도 없었기 때문에 단순한 유학(幼學)의 신분으로 박정양을 따라 나선 것이다. 유학이란 벼슬을 하지 아니한 유생(儒生)을 말하는 것으로, 13여년 동안 박정양의 집에 기거하면서 벼슬길을 과감히 포기한 이상재의 당시 처지를 설명하기에 적합한 말이다.

60여명이 넘는 대규모의 시찰단인 신사유람단은 1881년 음력 4월 10일에 동래부를 출발하여 28일에 동경(東京)에 도착했다. 이들은 그곳에서 70일간 머무면서 일본의 개화상을 시찰, 조사하였다. 그후 요꼬하마, 고베, 나가사끼 등을 경유하여 7월초에 귀국했다. 일본에 머물면서 일본의 내무, 외교, 농상, 군부 등 각 성(省)의 시설과 세관, 조폐, 제사, 잠업 등 다양한 분야에 이르기까지 시찰을 하였다. 이는 일본의 근대적 기술의 성과와 문물, 제도를 살피고 이를 배우기 위한 의도에서였다.

이들 시찰단은 주로 일본의 내무성과 농상무성 등의 행정상황을 조사하였는데, 후에 일본의 행정기관에 대한 조사보고서를 제출하였다. 이와는 별도로 견문기(見聞記) 형식의 보고서인 <일본국문견조건(日本國聞見條件)>을 남겼다. 이 보고서는 일본의 지리, 역사, 인구, 법률, 교육, 종교, 군사, 외교 등 광범위한 문제를 상세하게 기록하고 있다. 특히 당시 조선은 일본과 긴장관계를 유지하고 있었기 때문에, 군사와 외교 문제에 관심을 두지 않을 수 없었다. 마찬가지로 이 보고서는 주로 군사 및 외교 문제를 중점적으로 다루었다. 그 중 군사 문제와 관련된 한 부분을 보면 다음과 같이 기술되고 있다.

일본에는 육군과 해군 2군대가 있다. 육군은 프랑스의 군제를 모방했고, 해군은 영국의 군제를 모방했다. 현재 육군의 상비군은 3만 1천 4백여 명이며, 군마는 2천 8백 여필이다. …… 매년 4월에 귀족 평민의 구별없이 민적(民籍)에 오른 20세의 미혼 남자들이 전부 징발 대상이 된다. ······ 복무 기간은 3년인데 30세부터는 상비군, 23세부터는 예비군, 26세부터는 후비군, 30세부터는 국민군이 된다.

이밖에 육군사관학교와 해국사관학교, 병기창에 대한 내용도 자세하게 기술되고 있다. 일본의 군사력을 가늠하게 해 주는 대목이다.

그리고 외교 문제에 대해 상세하게 기술된 부분도 있다.

28년 전에 개항한 이래 현재 서방 제국과 수교한 나라 수가 미합중국을 비롯하여 영국, 프랑스, 독일, 이태리, 포르투갈, 스위스 등 18개국에 이른다.

이와 관련하여 각국과의 영사, 공사의 주재 상황과 그들과의 교역 상황에 대해서도 자세하게 기록되어 있다. 일찍이 개항을 한 일본의 외교 상황을 살펴보면서 신사유람단의 많은 사람들은 개화의 필요성에 눈을 뜨게 되었다.

박정양은 일본의 군사, 외교, 법률, 지리 등에 대해 이처럼 상세하게 기술된 보고서 <일본국문견조건>을 귀국 즉시 국왕에게 복명하면서 제출하였다. 대부분의 조정 대신들은 일본의 실상을 제대로 알고 있지 못했기 때문에 그 보고서 자체만으로도 커다란 충격이었다. 일본의 눈부신 발전상이 보고서를 통해 상세하고도 명백하게 드러났기 때문이다. 이는 수구파에게는 타격을, 개화파에게는 용기를 북돋아주었다.

이러한 신사유람단에 이상재가 참여한 것은 실로 커다란 행운이었다. 일본으로 떠나기 전, 박정양은 조용히 이상재를 불렀다.

"자네도 이제 세상에 나갈 때가 되지 않았나?"

박정양이 사뭇 진지하게 물어보았다.

"제가 이 집에 머물러 있는 것이 불편하십니까?"

이상재는 박정양의 말이 무슨 뜻인지도 모른 채 되물었다.

"그런 것은 아닐세. 다만 자네가 아까울 따름이지."

이상재는 짐짓 자신의 능력을 알아봐주는 박정양이 고마웠다. 이윽고 박정양은 자신이 하고픈 말을 꺼냈다.

"이번에 신사유람단으로 일본에 다녀올 참인데, 자네도 따라나서게."

전부터 이상재의 능력과 성품을 알아본 박정양이었기 때문에 수행원으로 이상재를 데리고 가려고 마음을 먹었었다. 더 이상 이상재를 집에만 두기에는 아까웠다.

"신사유람단이요?"

"일본을 시찰하러 가는 걸세. 거기에 자네가 내 수행원 노릇을 해주었으면 하는데."

이상재는 잠시 생각에 잠겼다.

'일본이라.'

그러자 박정양이 말했다.

"좀더 넓은 세상을 보는 것도 큰 도움이 될 걸세. 그리고 날로 압박해오는 일본이 어떤 나라인지도 알 수 있을 테고."

박정양의 말을 듣고, 이상재는 더 이상 생각할 것도 없다는 듯이 대답했다.

"그리 하겠습니다."

그의 대답은 짧고도 단호했다. 이로써 그는 다시 세상에 발을 내딛게 되었다.

이 때 이상재는 박정양의 추천으로 시찰단에 참여하게 되었다. 그는 그전까지 박정양의 집에서 13년 동안이나 식객노릇을 하다가 본격적으로 세계적인 무대에 서게 된 것이다. 시찰단에 참여하게 되면서 이상재는 정신적으로 한 단계 성숙한다. 그는 박정양의 수행원으로서 주로 내무행정과 정부의 기구 개혁에 대한 것을 보고 배웠다. 한 번은 일본 각 방면의 유지들이 시찰단을 초대하고 이상재에게 일본 시찰의 감상을 물었다. 그 때 이상재는 침통한 어조로,

"새어머니를 보니 옛 어머니가 더욱 그립다."

라고 말해 좌중을 숙연하게 했다.

또 한번은 일본의 각 도시와 학교 등을 시찰한 후 동양에서 제일 크다는 도쿄 병기창을 시찰하게 되었다. 그 날 저녁 환영회가 있었는데 그 때 이상재는 의미심장한 말 한마디를 던졌다.

"오늘 동양에서 제일간다는 도쿄 병기창을 보니 커다란 대포며 무수한 총기며 과연 일본이 동양의 강국임을 알게 되었소."

"하하하! 개항 이후 일본은 군사와 외교에 전력을 다하고 있습니다."

일본인은 병기창을 둘러본 이상재가 그 규모를 보고 감탄하는 줄만 알고 자랑스럽다는 듯이 말했다.

잠시 후 이상재는 일본에 대해 일침을 가하는 말을 했다.

"그런데 한 가지 걱정은 성서에서 이르길, '칼로 일어서는 자는 칼로써 망한다.'라고 하였으니, 바로 그것이 걱정이오."

처음에는 일본을 찬양하는 줄 알고 좋아하던 일본인들이 자신들의 폐망을 예언하는 말인 줄 알고 분개했다. 그러나 이상재의 대담한 말에 아무런 대꾸도 하지 못했다.

이상재는 일본을 돌아보는 과정에서 일본의 발달상에 감탄만 하지 않았다. 오히려 일본의 발달을 경계하면서 개화의 필요성을 절감했다.

'일본 정부는 우리나라에 불평등한 통상 조약을 강요했기 때문에 우리나라로서는 좋기만 할 수는 없는 나라다. 일본의 개화상을 거울삼아 빨리 우리 스스로 힘을 길러야겠다.'

이상재에게는 외국과의 교류가 중요하다는 생각을 깨칠 수 있게 된 중요한 계기였다. 이러한 생각은 이후 행보와 연결되어 우리나라 외교관계에 뜻 깊은 업적을 남기게 된다.

신사유람단에 참여한 일이 이상재의 생애에서 중요한 이유는 한 가지 더 있다. 바로 금석(琴石) 홍영식과 친분을 쌓은 기회였던 것이다. 홍영식은 일찍이 개화사상에 눈을 떠 급진적 개혁을 주장한 사람으로 이후 갑신정변의 주역이 된다. 홍역식은 이상재에게 박정양 다음으로 중요한 사람으로서 그와의 교분은 이후 이상재의 사상과 활동에 대단한 영향을 미친다. 홍영식은 일본에서 돌아온 후 초대 우정국 총판이 되었는데 이상재를 높이 평가하여 사사로 임명하여 인천에서 사무를 보게 하였다. 그리고 장차 우정에 관한 일을 이상재에게 일임할 생각이었는지 이상재를 대단히 신임했다. 이 때 이상재의 나이는 35세였다.

수행원 자격으로 다녀온 사람들 중에 안종수는 <농정신편>을 저술하여 조선의 개화에 큰 공헌을 하였고, 유길준과 윤치호는 일본에 남아 신학문을 배워 개화의 선봉에 서게 된다. 그러나 이상재는 박정양의 수행원으로 따라 나섰지만 그의 행적에 대한 구체적인 언급은 찾기가 힘들다. 그렇다고 이상재가 아무 일도 하지 않은 것을 아니다. 박정양을 도와 내무 행정과 정부의 기구개혁에 대해 살펴보았을 것이다.

무엇보다도 이상재가 13여년 동안의 침묵을 깨고 바다 건너 개화 문물로 넘쳐나던 일본에 그 첫 발을 내딛었다는 것은 의미심장하다. 낙방의 쓰디쓴 아픔보다 썩어 빠진 조선의 현실에 통탄하고 분노했었던 이상재가 이번에는 너무나도 달라진 조선 밖의 세상을 접하게 된 것이다. 그것은 안으로는 부정부패로 얼룩져있고, 밖으로는 개화된 열강들의 압력에 시달리는 조선의 앞날을 걱정하게 만드는 의식의 각성이었다. 비록 조선을 압박해오는 일본이지만 그들의 개화상은 조선의 힘을 기를 수 있는 중요한 계기가 되기 때문이었다.

귀국길에 오르는 배 위에서 박정양과 이상재는 나란히 서서 이야기를 나누었다. 일본의 개화 발전된 모습들은 그 둘에게 일종의 충격이자 자극이었다.

"우리가 보았던 것들이 모두 일본의 달라진 모습일세."

동래부로 돌아오는 배 위에서 박정양은 이상재에게 말했다.

"세상이 이리도 빨리 변하는지 미처 몰랐습니다. 더구나 일본의 개화된 모습들은 너무나도 놀랍습니다."

이상재는 멀어지는 일본 땅을 바라보며 대답했다.

"놀라운 일이지. 그러니 우리를 압박해 들어오는 것이지."

"네. 한편으로는 일본의 개화 발전상이 위협적이기까지 했습니다."

"그래도 근대화된 제도며 문물은 참으로 놀라웠네."

"특히 일본의 행정이며 외교, 군사는 참으로 근대화되었습니다. 개화의 영향이 이리도 큰 줄 미처 몰랐습니다."

"막연하게 일본의 변화된 모습을 짐작하고는 있었지만, 이처럼 변할 줄이야."

귀국길에 오르던 배 위에서 박정양과 이상재는 잠시 말을 잃었다. 넓고 넓은 바다는 마치 세상의 넓이만큼이나 아득하게 보였다. 언제까지 우물 안의 개구리처럼 작은 하늘만 바라보고 있을 수는 없었다. 그 너머 세상은 광활하였고, 급속하게 변하면서 발전해가고만 있었기 때문이다. 한참을 푸른 바다의 어딘가에 눈길을 던지고 있던 박정양이 입을 열었다.

"그동안 우리는 눈과 귀를 막고 살았어. 참으로 걱정이야. 이래서야 나라를 지켜낼 수가 있겠는가?"

나라를 걱정하는 박정양의 마음을 이상재는 모를 리 없었다.

"그렇지요. 우리도 어서 일본 못지않은 힘을 길러야 합니다. 그러려면 일본의 신식 문물을 받아들일 것은 받아들여야 합니다. 힘은 안팎 모두에서 길러야 하지 않습니까!"

"하하하! 자네도 많이 변했네. 13여년이라는 세월이 갑갑하지도 않았나? 하하하!"

박정양의 말에 이상재는 부끄러웠다. 너무도 쉽게 등지려했던 세상이었다. 그리고 자신 또한 조선의 백성임을 너무도 오랫동안 잊고 살았다고 생각했다.

'어찌되었건 나는 조선의 백성이다. 이 나라, 이 민족의 앞날을 위해 기꺼이 이 한 목숨 바치리라.'

과거 시험에 본의 아니게 낙방한 선비로서 한 나라의 시찰단이나 다름없는 '신사유람단'을 따라 나선 것은 커다란 행운이었다. 이것은 이상재 자신의 의식에도 커다란 충격과 변화를 안겨주었으며, 13여년 동안의 침묵을 깨는 중요한 전환점을 마련해주었던 것이다.

앞서 언급한 조사보고서인 <일본국문견조건>의 파장은 실로 컸다. 이것이 발표되고 나서 1882년에 조미수호조약(朝美修好條約)이 체결되었고, 임오군란(壬午軍亂)이 일어났다. 단순히 우연적인 일로만 생각할 수는 없다. 조선은 일본의 개화상을 보고받은 후 개화정책에 대한 필요성을 절실하게 느꼈을 것이다. 이에 자극을 받아 조미수호조약이 체결되었고, 일본의 근대화된 강병(强兵) 정책을 모방하여 군제(軍制)의 개혁을 단행하다가 임오군란이 일어난 것이다. 또한 1884년에 일어난 갑신정변(甲申政變)은 신사유람단의 반장 중 한 사람이었던 홍영식이 주역으로 참여한 것이다. 그는 갑신정변의 주역이라 할 수 있는 김옥균과 정치 노선을 같이 했다. 이는 일본 시찰의 영향이 컸다고 볼 수 있다.

그러나 이상재가 수행원으로 따라나선 박정양은 이들 홍영식, 김옥균 등과 같이 급진 개화파의 성향을 띤 것은 아니다. 박정양은 개화정책에 찬성하는 쪽이었지만, 갑신정변에는 참여하지 않았다. 그 후 독립협회운동에 가담하였고 초대 주미한국공사가 된 박정양은 친미개화파이자 온건개화파로 볼 수 있다. 이러한 박정양의 개화 성향은 어느 정도 이상재에게도 영향을 미쳤을 것이다.

이상재가 살았던 시대는 안으로나 밖으로나 혼란한 시대였다. 어지러운 나라의 정세와 급변하는 시대의 흐름은 오히려 이상재로 하여금 나라와 민족을 위한 애국애족의 의식을 싹틔우게 하였다. 또한 어떠한 유혹이나 시련에도 굴하지 않는 곧은 정신과 지조를 지키게 하였다.

조선 청년을 위하여

5 갑신정변 후 고향에 내려가다

이상재가 박정양을 따라 신사유람단의 일원으로 일본을 다녀온 다음해인 1882년은 정계의 지각 변동의 일어나던 해이다. 1882년 대우 개선을 요구하던 구식군대가 폭동을 일으키면서 임오군란(壬午軍亂)이 일어난 것이다.

당시는 개화정책이 시행됨에 따라 본격적으로 제도의 개혁이 이루어졌다. 그 중 1881년 일본의 후원을 받아 신식 군대인 별기군(別技軍)을 창설하였다. 그 다음해 기존의 훈련도감, 용호(龍虎), 금위(禁衛), 어영(御營), 총융(摠戎)의 5영(營) 군제를 무위영(武衛營), 장어영(壯禦營)의 2영으로 개편 및 축소되었다. 여기에 소속된 구영문의 군인들은 별기군이 훨씬 높은 대우와 급료를 받자 별기군을 왜별기(倭別技)라 하여 증오하기까지 하였다. 결국 구식군대의 대우 개선을 요구하고 구식군대의 폐지에 반대하는 5군영 소속의 군인들이 임오군란을 일으켰다.

대원군의 집권기에는 구군영 소속의 군인들에게 보급되던 군량은 넉넉하였다. 하지만 군제 개혁이 단행되면서부터는 그들에 대한 대우가 예전 같지 않았다. 무려 13개월 동안 군료(軍料)가 밀려 있었다. 그러니 그들의 불만은 날로 커져만 갈 수밖에 없었다. 구군영의 군인들은 군료 미불의 원인이 궁중비용의 남용과 척신들의 탐욕에 있다고 생각하였다. 또한 군료관리의 책임자인 민겸호(閔謙鎬)와 경기도관찰사 김보현(金輔鉉)에 대해서도 깊은 원한을 가지고 있었다.

그러던 와중에 1882년 6월 전라도조미(全羅道漕米)가 도착하자 선혜청 도봉소(都捧所)에서는 무위영 소속의 구(舊)훈련도감 군인들에게 1개월분의 급료를 지불하게 되었다. 그런데 관리들의 농간으로 겨와 모래를 섞어 주었을 뿐만 아니라, 두량(斗量)도 절반 정도밖에 되지 않았다. 군인들은 분노하여 이를 따지게 되었다. 또한 군료 지급 담당자가 민겸호의 하인이며, 그의 언동이 여간 불손한 게 아니어서 군인들의 원성을 더욱 샀다. 결국 격노한 군인들은 구훈련도감 포수(砲手) 김춘영(金春永), 유복만(柳卜萬) 등을 선두로 선혜청 고직과 무위영 영관(營官)을 구타하고 투석하여 도봉소는 순식간에 수라장이 되었다.

민겸호는 군란(軍亂)의 주동자인 김춘영과 유복만 등을 잡아들였다. 김장손과 유춘만 등은 이들의 구명운동을 벌였으나 별 소용이 없었다. 결국 민겸호 집에 난입하여 가재도구와 가옥을 파괴하고 폭동을 일으켰다. 민씨정권의 보복을 염려한 군병들은 흥선대원군을 찾아가 진퇴를 결정해주기를 부탁했다. 대원군은 표면상으로는 군병들을 달래 해산시켰으나, 김장손과 유춘만 등을 불러 밀계(密啓)를 지령하고 심복인 허욱(許煜)을 군복으로 변장시켜 군병들을 지휘하게 하였다. 무기고를 습격하여 무기를 약탈하고, 포도청에 진입하는가 하면 민태호를 비롯한 척신 일가를 습격하였다. 사태는 걷잡을 수 없을 만큼 심각해져갔다. 그러던 와중에 일본공사관도 습격하였다.

이틀째 되는 날 결국 흥선대원군은 입궐하게 된다. 왕명에 따라 정권을 위임받은 후, 민비 명성왕후를 죽이기 전까지 물러날 수 없다는 관병들과 함께 민비를 찾아 나선다. 하지만 궁녀의 옷으로 변장한 민비는 궁궐을 빠져나가 겨우 죽음을 모면하였다. 이후 군란을 수습한 대원군은 민비가 죽은 줄만 국상을 선포하게 된다. 그러나 흥선대원군의 집권은 그리 길지 않았다. 청국은 종주국(宗主國)으로서 속방(屬邦)을 보호해야 한다고 명분으로, 일본에 빼앗겼던 조선에 대한 기득권을 되찾고자 했다. 결국 청국의 오장경은 군사를 거느리고 서울로 입성하여, 내정 간섭을 하는 동시에 대원군을 납치하여 천진(天津)으로 호송하였다. 피신 중이었던 민비는 고종과 비밀리에 접촉하여 청나라에 군사 지원을 요청한 것이다. 이로써 흥선대원군의 집권도 짧게 끝이 났다.

한편 군란(軍亂) 때 겨우 목숨을 보전한 하나부사 공사는 일본에 이 사실을 알렸다. 그러자 일본은 군함 4척과 보병 1개 대대를 조선에 파병하였다. 대원군의 납치와 함께 일본의 태도는 더욱 강경하였다. 군란에 의한 피해에 대해 책임을 물어 결국은 제물포조약(濟物浦條約)을 체결하게 되었다. 제물포조약의 내용은 다음과 같다.

첫째, 피살 당한 일본인의 구휼금조로 5만원을 지불할 것

둘째, 손해배상금으로 일본 정부에 50만원을 지불할 것

셋째, 한국은 대사를 파견하여 일본국에 진사할 것

이와 같은 일본의 요구는 흥선대원군이 없는 가운데 더욱 기세 등등하여 제시된 것이기는 하지만, 조선의 입장에서는 매우 치욕적이고 망국적인 일이었다.

임오군란으로 인하여 청국은 조선의 내정에 깊이 관여하게 되었다. 이에 대해 급진개화파들은 강한 불만을 가지고 있었다. 그들은 개화를 통해 근대문명을 적극적으로 수용하여 근대 국가의 건립을 이룩해야 한다는 주장하였다. 그러나 민씨 정권은 온건개화파와 손잡고 급진개화파의 주장에 반대하였다. 이에 따라 급진개화파는 일본과 모의하여 정변을 일으키려는 계획을 세우게 되었다. 결국 1884년 12월 김옥균, 박영효, 홍영식 등 급진 개화세력에 의해 갑신정변이 일어나게 된다. 그러나 일본 세력을 등에 업고 일으킨 갑신정변은 3일 천하로 끝이 나게 된다. 민중들의 지지도 없었을 뿐만 아니라, 근대적인 개혁을 추구하고자 하였으나 일본이라는 외세에 지나치게 의존했다는 점이 문제였다.

이상재가 처음으로 벼슬길을 오르게 되는 것은 갑신정변이 있기

6개월 전이다. 이상재의 벼슬은 인천(仁川) 우정국 주사(主事)였다. 갑신정변이 일어나기 직전, 우정총국(郵政總局) 총판(總辦)이 된 홍영식은 그를 인천으로 보냈다. 신사유람단 때 홍영식은 이상재를 눈여겨 보았었다. 비록 미관말직에 해당하는 우정국 주사였지만, 홍영식은 이상재에게 우정 행정을 전담시킬 계획까지 가지고 있었다.

그러나 1884년 12월 갑신정변은 3일 천하로 끝났다. 홍영식은 수구세력에 쫓겨 국왕을 모시고 인천으로 피신하려고 했다. 도중에 국왕의 마음을 바꾸어 되돌아갈 것을 주장하자, 대부분은 사람들은 국왕을 저버리고 일본으로 도피하자고 했다. 그러나 홍영식은 이를 단호히 거절하였다.

"만일 우리가 이대로 일본으로 달아난다면, 국왕을 납치하려던 꼴이 되지 않는가! 비록 정변을 일으킨 우리이지만, 국왕마저 저버리는 것은 아니 된다! 죽더라도 왕의 뜻을 따라야 한다!"

그의 결심은 흔들림이 없었다. 나라와 임금을 위한 충신이고자 했을 뿐, 개인의 명예와 이익을 위한 혁명을 하려고 한 것은 아니었다.

이상재는 이러한 홍영식의 충심을 보고 깊이 감복했다. 비록 이상재보다 5살 아래인 홍영식이었지만, 충신으로서의 홍영식을 존경하지 않을 수 없었다. 결국 홍영식은 일본으로 도피하는 것을 포기하고 임금의 뜻을 따랐으나, 후에 죽음을 면하지 못했다.

홍영식(洪英植)은 조선 말기의 문신으로, 자는 중육(仲育)이고 호는 금석(琴石)이다. 박규수의 문하에서 김옥균, 박영호, 서광범과 함께 개화사상에 관심을 가졌고, 개항 직후 박규수가 죽자 중인 의관인 유홍기의 지도를 받았다. 1881년 신사유람단의 조사(朝士)로 선발되어 일본의 육군을 주로 시찰한 바 있다. 귀국 후에는 통리기무아문(統理機務衙門)의 군무사부경리사(軍務司副經理事)가 되었으며, 민영익과 함께 총무국을 담당하기도 하였다. 1883년 6월에는 그 전해에 체결된 한미수호조약(韓美修好條約)에 따른 전권대신 민영익을 따라 미국을 다녀왔다. 개화에 깊은 관심을 가지고 있는 그는 미국에서 돌아온 뒤부터 개화당에서 적극 활동하였다. 1884년 우정국총판을 겸임 우정국 설립에 전력을 다 하였고, 그해 10월 17일 우정국의 개국연을 계기로 갑신정변을 일으켰다. 김옥균 등 개화당과 일본 세력과 모의하여 일어난 갑신정변은 일본 세력에 의지하여 친정 온건개화파를 제거하고, 개화당 정부의 수립을 시도하였다. 그러나 정변이 3일 만에 청나라의 개입으로 실패하자, 개화당 지도층 대부분은 일본에 망명하였으나 홍영식은 국왕을 호위하다가 청군에게 살해되었다. 그리고 아버지 순목은 이 사건으로 자살하였다. 홍영식은 문벌도 좋았고 성품도 온후하여 누구에게나 존경받는 인물이었다고 한다.

이상재는 홍영식이 죽은 후, 당시 처벌 책임자로 있던 한규설을 스스로 찾아갔다. 그리고 관직을 내어 놓으면서 다음과 같은 말을 남기고 고향으로 내려갔다.

"나는 홍영식 아래에서 일하던 사람이니, 죄에 관련이 있을지 모른다. 나는 벼슬을 하직하고 이제 길을 떠나 고향으로 내려 한다.

그러니 혹시라도 후일에 나의 죄상이 드러나 나를 포박하라는 명이 내려질지라도 결코 도망하는 불의(不義)에 생을 도모하지 않겠다."

한규설은 이러한 이상재의 태도를 보고 체포하지 않았다. 그의 충직하고 정직한 성품은 누가 보아도 감복할 만한 것이었다. 아무도 더 이상 그를 추궁하려들지 않았다. 덕분에 이상재는 화를 면할 수 있게 되었다.

고향 한산면에 내려오기는 참으로 오랜만이었다. 관직에서 물러나 고향에 내려왔지만, 마음만은 오히려 홀가분하였다. 그래서 두 팔을 벌려 고향 땅의 평화로움을 만끽하였다.

"고향 땅이 멀지도 않은데, 이제야 내려오는구나. 어수선한 한양 땅보다는 훨씬 평온하기 그지없다."

고향 땅은 여전히 그에게 포근한 안식처와 같았다. 그는 평소에 다하지 못한 효도를 하기 위해서라도 부모님께 정성을 다하였다. 또한 자식들과도 함께 시간을 보내는 것이 즐겁기만 하였다. 아침저녁으로 문안인사를 드리고, 아들들과 함께 논밭 일도 함께 거들기도 하였다. 한산은 모시로 유명한 곳이라 크게 열리는 모시 장을 구경하는 일도 좋았다.

고향에 머무른 3년여의 시간은 30대의 이상재의 마음을 넉넉하게 해주기에 충분하였다. 그러나 고향의 넉넉하고 포근한 안식이 그의 마음을 모두 달래주지는 못하였다. 과거 혜산선생의 큰 가르침, 애국애민(愛國愛民)과 구국제민(救國濟民) 다짐을 한시도 잊은 적이

없었기 때문이다. 그래서인지 가족과 함께하는 시간들이 행복하면
서도 마음 한 구석은 왠지 허전하였다.

　고향 산천은 여전히 변함이 없었고 그를 맞이하는 고향 사람들
의 인심 역시 변함이 없었다. 그러나 이상재는 어릴 적의 이상재가
아니었다. 나라를 걱정하고 불의를 참을 수 없는 충신이자 지사였
다. 하지만 모든 관직을 벗어던지고 고향으로 내려온 그로서는 더
이상 아무 일도 할 수 없었다. 하는 수 없이 우국충정의 뜨거운 마
음과 지사로서의 기개를 억누르며 우수 아닌 우수에 젖어 지낼 수
밖에 없었다. 그러면서 도연명의 <귀거래사(歸去來辭)>를 무심코 읊
조린 적도 한 두 번이 아니었다.

　　귀거래사(歸去來辭)

　　돌아감이여, 전원이 무성해지려 하는데 어찌 돌아가지 않겠는가
　　이미 스스로 마음이 몸의 부림을 받았으니, 어찌 근심하여 홀로
　슬퍼하지 않겠는가
　　지난 날을 고칠 수 없음을 깨달으니, 앞으로는 잘 할 수 있음을
　알겠노라
　　실로 길을 잘못 들었지만 그리 멀어진 것은 아니니, 지금이 옳고
　어제가 잘못이었음을 깨닫겠노라

　　(…중략…)

　　돌아옴이여, 사귀는 것을 그만하고 어울리는 것을 끊으리라
　　세상은 나와 서로 어긋나니, 다시 벼슬살이를 하여 수레를 탄들
　무엇을 구하리오

친척의 정다운 얘기를 즐거이 듣고, 거문고와 책을 즐기면서 근
심을 잊도다

歸去來兮 田園將蕪胡不歸
旣自以心爲形役 奚추창而獨悲
悟已往之不諫 知來者之可追
實迷塗其未遠 覺今是而昨非

(…중략…)

歸去來兮 請息交以絶遊
世與我而相違 復駕言兮焉求
悅親戚之情話 樂琴書以消憂

　도연명이 41세 때, 자신의 관직을 버리고 고향으로 돌아오는 심
정을 노래한 <귀거래사>의 일부이다. 이상재는 귀향한 후로 이 시
를 읊으면서 자신의 마음을 달랬다. 그러나 정작 이 시를 지은 도
연명은 세속과의 결별을 선언하고 전원생활에 심취했던 것과는 달
리, 이상재의 마음은 여전히 속세에 남아 있었다. 하지만 그것은
세상의 부귀와 명예를 위한 것이 아니라 오직 나라를 걱정하는 우
국지사의 마음이었다.

　그 당시 이상재는 불우한 처지에 있었지만 그 기개와 강직함은
늘 변함이 없었고 나라 걱정을 그칠 날이 없었다. 그러던 중 1885
년 서울에 올라왔다가, 당시 미국을 시찰하고 귀국한 상신 김홍집
의 초청을 받아 그와 정사를 의논한 일이 있었다. 김홍집은 부패한

정국을 개탄하여 말했다.

"현재 전국에 탐관오리가 백성을 도탄에 빠지게 하니 8인만은 죽여야 하지 않겠습니까?"

그 뜻은 본보기로 8도의 관찰사를 죽여야 한다는 뜻이었다. 김홍집은 나름대로 나라를 걱정하는 마음으로 말한 것이다. 그러나 이 말을 들은 이상재는 김홍집에게 뼈 있는 말 한마디를 남겼다.

"8인까지 죽일 필요가 있겠소? 3인만 죽이면 될 것이오."

김홍집은 이 말을 듣고는 아연실색하여 아무 말도 하지 못했다. 왜냐하면 3인만 죽이면 된다는 것은 3인의 정승을 죽여야 한다는 뜻이었고, 김홍집은 그것이 자기를 빗대어 하는 말임을 알았기 때문이다.

6 전권 공사 수행원 자격으로 미국에 가다

　모친상을 당한 이듬해인 1887년, 고향에서 지낸 지 3년 만에 그
는 다시 정계에 진출하였다. 당시 내무 협판이던 박정양의 알선으
로 친군후양에서 회계와 문서를 관장하는 직책을 맡게 되었다. 비
록 하급관리이긴 했으나 이상재는 박정양의 뜻이 고마워 맡은 일
을 열심히 했다. 그러던 중 조선은 한미 수호통상조약에 따라 미국
과 공사를 교환하기 위해 박정양을 주미 공사로 보내게 되었다. 박
정양은 이 때 이상재를 일등 서기관으로서 삼아 함께 미국으로 떠
났다. 그만큼 박정양은 이상재를 믿었고 그의 능력을 신뢰하였던
것이다.

　미국에 있는 동안에도 이상재는 많은 일화를 남겼다. 처음 미국
에 도착한 박정양 일행. 그들은 모두 상투를 틀고 조선에서의 한복

차림 그대로 워싱턴 시내를 구경하였다. 그런 옷차림을 처음 보는 미국의 아이들은 박정양 일행을 조롱하거나 돌맹이를 던졌다. 그 때 호위하던 경찰이 그 아이들을 잡아 가두었다. 이상재는 철없는 아이들을 불쌍하게 생각하여 일부러 경찰서까지 찾아가서 그들의 석방을 간곡히 요구했다. 미국 신문은 이러한 우리나라 사신들의 너그러움을 대서특필하였으며 이런 이유로 미국 국민은 우리나라 에 대한 좋은 인상을 갖게 되었다.

박정양 일행은 가끔 연회에 초청을 받았는데, 식사 때 쇠고기가 썰지 않은 채 나온 것을 보고 이상재는 직원을 불러 칼로 썰어 가 지고 오도록 부탁했다. 썰어진 고기가 나오자, 이상재는 포크 대신 주머니에서 젓가락을 꺼내 집어먹었다. 젓가락을 처음 본 미국인 들은 모두 신기해하며 감탄했다. 이상재는 젓가락과 숟가락, 붓과 먹, 조그만 요강을 외국에 갈 때 항상 가지고 다녔다. 자기의 습관 과 풍습이 다른 사람에게 해를 끼치는 것이 아니라면 구태여 고칠 필요가 없다고 생각했기 때문이다. 외국의 문물을 배우고 본받아 야겠다고 생각하면서도 자기 문화의 좋은 점은 자주적으로 지킬 줄 알았던 이상재. 그의 이런 자세는 우리나라의 외교사절로서 모 범이 될만하였다.

그러나 당시 조선은 미국과 공사를 교환하는 일이 자유롭지 못 했다. 바로 청국 때문이었다. 청국은 자신이 조선의 종주국이라고 강력하게 주장하면서 조선이 외교사절을 자유롭게 보내지 못하도 록 방해했다. 청국은 우리나라가 서양에 공사를 파견할 때는 먼저 청국과 상의할 것을 요구하였다. 당연히 박정양이 미국으로 떠나는 것도 반대했다. 정부는 무엇보다 박정양을 미국에 보내야했기 때문에 청국과 굴욕적인 조약을 맺을 수밖에 없었다. 영약 삼단이라 불리는 그 조약은 아래와 같았다.

첫째, 한국 공사가 미국에 가면 먼저 중국 공사를 찾아보고 그 안내로 외무부에 같이 갈 것.

둘째, 조회나 공식 연회 석상에서 한국 공사는 마땅히 중국 공사 다음에 앉을 것.

셋째, 중대 사건이 있을 때에는 반드시 중국 공사와 의논할 것.

우리나라의 자주적인 외교권을 인정하지 않는 조약이었다. 박정양은 처음부터 이 조약이 불평등한 조약이라고 생각했기 때문에 조약의 내용을 실천하지 않았다. 단독으로 미국 외무부와 만남을 가졌던 것도 이런 생각 때문이었다. 그러나 청국 정부가 우리나라에 압력을 가해 영약삼단을 지키도록 압력을 넣자 박정양은 주춤할 수밖에 없었다. 아무리 박정양이라고 해도 본국 정부의 지시는 무시할 수 없었다. 급기야 박정양은 이 문제로 앓아눕는다.

"영감. 몸이 편찮으시다고요. 외국인데 몸을 잘 살피셔야지요"

"요즘 같아서는 어찌 몸과 정신이 온전할 수 있겠나. 밤마다 잠을 이룰 수 없다네. 자네는 잠이 오던가."

"하하. 잠을 자지 않으면 문제가 해결되던가요. 본국의 지시 때문에 요즘 걱정이 많으시지요?"

"무례한 청국의 요구는 당치도 않지. 하지만 외교사신으로서 본국의 지시를 무시할 수도 없지 않나. 정말 어떻게 해야하겠나?"

"너무 걱정 마십시오. 모든 것은 나에게 맡기시고."

이상재는 앓아누운 박정양을 대신하여 공사 대리로 직접 나섰다. 이상재는 논리적인 언변과 용기로 청국 사신들에 맞서 그들을 설득시켰다. 미국 언론 또한 우리에게 호의적이었다.

"영약 삼단이란 조선과 청국간의 문제로 제3국인 미국과는 전혀 관계가 없다. 한 나라의 사신이 다른 나라에 와서 외교활동을 할 때, 제3국의 지도 하에 한다는 것은 국제 통례상 있을 수 없는 일이다. 그러한 요구를 강행하려는 것은 중국의 무례함을 폭로한 것이다."

결국 청국 사신들은 이상재의 주장을 받아들이게 되었고 우리 사신은 미국과 단독으로 외교를 수행하게 되었다. 이상재의 담판으로 우리나라의 국위가 크게 선양되고, 주미 공사였던 박정양의 위신도 높아졌다. 그뿐 아니라 청국 노동자의 입국 문제로 청국에 불편한 감정을 가졌던 미국 정부는 우리나라 공사에 대해서는 항상 호의적이었다. 미국은 공식 좌석에서도 우리나라 공사를 청국

보다 상석에 앉혀서 청국의 감정을 상하게 했다.

미국 여론의 호의와 공사의 배려에 힘입어 박정양 일행은 본국 정부의 명령까지 무시하고 미국 대통령을 단독으로 접견하게 되었다. 그리하여 1월 16일, 마침내 미국의 제2대 대통령 클리블랜드를 접견하고 국왕의 신임장을 봉정하게 되었다. 그 날의 모습은 공사의 일기에 그대로 기록되었다.

1888년 1월 17일은 아침에는 눈이 오고, 저녁에는 흐렸다. 오전 11시경 조선공사 일행은 참찬관 이완용을 선두로 국서를 받들고 숙소를 떠나 마차를 탔다. 박정양 공사는 서기관 이하영, 이상재, 번역관 이채연과 수원 강진희, 이헌용과 무변 이종하, 하인 2명과 미국인 참찬관 알렌, 뉴욕 주재 영사관 프레이져 등 여러 사람을 데리고 먼저 외부로 가자, 장관 베이야드와 차관 브라운이 나와 맞아주었다. 거기서 외무부 장관과 차관과 함께 대통령 관저에 이르러 문수에서 마차를 내려 장관과 차관의 인도로 들어갈 때 무변과 하인만은 밖에 두고 접객소에 이르러 잠시 휴식하였다.

장관과 차관이 안으로 들어가더니 조금 뒤 대통령이 앞에 서고 장관과 차관이 뒤따라 나와 대통령은 대청 한복판에 바로 섰다. 이때 박공사가 적이 두어 발걸음 나가 대통령을 향하여 한 번 머리를 끄덕여 예를 취하니 대통령도 역시 박 공사를 향하여 머리를 끄덕여 답례를 하였다. 참찬관은 국서를 받들고 박 공사의 왼쪽에 서 있었고 서기관 등은 차례로 나란히 서 있었는데, 박공사가 대통령에게 진사를 낭독하고 나자 참찬관이 국서를 받들어 공사의 앞에 나오니 공사는 궤를 열고 국서를 삼가 꺼내어 대통령께 드리매 대통령은 손수 받아 외무부 장관에게 교부하였으며, 이내 박 공사와 악수의 예를 행하고 나서 대통령은 답사를 낭독하였는데, 통변이 공사에게 가까이 와서 번역해드리매 공사는 적이 머리를 끄덕여 사의를 표시하였다.

다음에 참찬, 서기, 번역 및 수원의 관직 성명을 낱낱이 소개하니 통변이 영어로 번역하여 대통령께 일러바칠 새 참찬관 이하 차례로 머리를 끄덕여 대통령께 예를 하였고, 대통령도 역시 머리를 끄덕여 참찬 이하에게 모조리 답례를 하였다. 이런 의식이 끝나자 공사는 여러 사람을 데리고 대통령 관저를 물러나왔다.

이로써 박정양 일행은 정식으로 조선 공사관의 사무를 개시하고 3층 양옥 위에 태극기를 높이 달았다. 그리고 미국 정부의 관례대로 워싱턴 주재 28개국 외국 공관 중 도착순서로 각국 공사를 찾아가 부임 인사를 했다. 얼마 후 홍콩을 거쳐서 모셔온 고종의 사진과 세자의 사진을 공관에 전시하고 보름마다 망배의 예를 행했다.

그로부터 약 1년에 걸쳐 박정양 일행은 외교업무를 성실하게 수행했다. 공식 · 비공식 연회에 참석하고 군사 고문단을 알선하고 관상 전문가를 선정하는 등 여러 가지 사무를 처리했다. 이상재는 미국에서 활동을 하던 중 미국인의 생활과 사고방식을 직접 체험하고 기록했다. 그리고 그는 좁은 조선에만 닫혀있는 것이 아니라 세계로 시야를 넓혔다. 세계 속의 조선이 어떤 위치에 있으며, 조선 청년들은 어떤 노력을 해야하는지에 대해서도 생각했다. 다음은 재미 시절 이상재가 그의 아들들에게 보낸 편지이다.

일전에 보낸 편지는 보았느냐. 할아버님 기력도 강건하시오며 가내내소 제솔도 나 태평하고 묘일(妙一)의 어머니 병세도 평복(平復)되었는지 참으로 궁금하다. 나는 기거가 여전하거니와, 약간 견디기 어려운 것이야 어찌할 수 있겠느냐. 여기 온 후부터 아직도 안후(安候) 듣잡지 못하여 더욱 견디기 어렵구나. 너희들은 공부를 착실하게 하여 괄목할 만큼 학업의 진보에 성과를 거두어 가고 있느냐?

현금 천하가 분분하여 총칼로 정치를 삼고 이해(利害)로써 풍속을 삼아, 전자가 아니면 후자로, 후자가 아니면 전자로써 일을 삼아 서로 강력을 숭상하여, 바다에는 기선이 있고 육지에는 철로가 있어 만리를 지척으로 보고 사해를 이웃으로 여기고 있는데, 그들의 문화는 동양 문화가 아니며, 그들의 도덕은 모두 다 사학(邪學)이다. 그러므로 우리 유가(儒家)의 전통이야말로 거의 다 말살될 지경이 되었으니, 이것이 어찌 글을 읽어 도덕을 배우는 자가 크게 두려울 바 아니며, 크게 분발할 바 아니랴.

내가 세계 대세를 살펴보건대, 부강과 이익을 추구하여 사람의 이목을 어둡게 하지 아니하는 자가 하나도 없으니, 만약 마음가짐이 든든하고 도리에 밝게 통한 자가 아니면 그들의 손 속에 떨어지지 아니할 자 없을 것이다. 그러면 마음을 굳게 하는 법은 무엇이겠는가. 오직 부지런히 독서하여 진리를 탐구하는 것이다.

또 진리를 통명하게 밝게 하는 방법은 어떠한 것일가. 오직 선(善)지식을 흉중에 쌓아 잡념이 마음 속에 못 들어가게 하여 마음이 거울같이 되고, 물이 티가 없이된 것 같이 된 뒤에라야 툭 트이게 밝아지는 것이다. 이렇게 되면 만물이 다 와서 비치기를 각각 제꼴대로 나타내서 하나도 제 본색을 숨길 수 없게 되는 것 같은 것이다. 너희들은 내 말을 허탄(虛誕)하게 여기어서는 아니 된다. 몇 해가 아니 가서 내 말이 망발이 아닌 것을 알게될 것이다. 너희는 이것을 염두에 두어 삼가고 또 삼가서, 집안이 무사하고 나라가 무사한 이 때에 눈을 크게 뜨고 근근자자(勤勤孜孜)하여 십분 용력함으로써 다음날 도능독(徒能讀)의 한탄이 없도록 하여라. 그리고 독서의 여가에는 시시로 글씨를 연습하여 조금이라도 방심함이 없이 하여라.

오늘날 일각의 공부가 다음날 하루의 성과를 얻을 것이며, 오늘날 하루의 공부가 후일의 10일 간의 성효(成效)를 얻을 것이니, 명심하고 또 명심하기 바란다. 너희들의 근태(勤怠)가 어떠하였다는 것은 내가 귀가하는 날에는 한 번 보아 알 수 있는 것이니, 내가 돌아가는날 좋은 얼굴로 너희를 보게할 수 있게 하려느냐? 너희를 꾸짖는 나쁜 얼굴로 대하게 하려느냐? 깊이깊이 명심해 주기 바란다.

지난 겨울에는 어떤 글을 읽었으며, 어떤 글을 마치었느냐. 그리고 연송(連誦)을 할 수 있는 것이냐. 이만 그친다.

마음이 물욕이 없는 경지에서 다시 사물의 이치를 추구하는 공부를 더해서, 이 마음이 편협하여 막히는 염려가 없도록 연마가 되는 이러한 마음이…

다시 비유해 말하자면 등불이 비록 밝다고 할지라도 사물을 정확하게 비칠 수가 없다면 무엇에 소용이 있겠는가. ……이러한 마음, 곧 말한 바, 잘 연마가 된 마음이 없고서는 하루인들 어찌 이곳에서 지냈을 수가 있었으랴. 나는 일찍이 주자가 이렇게 말한 것을 들은 적이 있다.

'학문을 닦는 법은 일상 전전긍긍하여 조심하는 데에만 있는 것이 아니다. 이 마음으로 물욕의 침공을 받지 않도록 하고 난 다음 독서하고, 또 추구할지니, 이렇게 하면 나아가 통치 못할 바 없을 것이며, 사물을 당하거나 사물을 처리함에 합당하지 아니할 것이 없는 것이다' 라고 하였다.

이 말은 곧 내가 말하는 것과 똑같은 의미인 것이다. 그러나 내가 어찌 감히 대유(大儒)에 비해 자처할 수 있겠느냐. 이렇게 말하는 것은 세간에서 내가 말하는 것을 가지고 허망하기 불가(佛家)에 가깝다고 할까 보아서 이렇게 간단하게 논단하는 바이다.

이상재는 미국에 있는 동안에도 자식들에 대한 관심과 사랑을 드러내고 있다. 미국 생활에서 겪은 경험을 바탕으로 자신이 생각하는 여러 가지를 아들들에게 주문하고 있다.

한편 청국이 또 문제를 일으켰다. 이상재의 담판으로 자신들의 요구를 유보했지만 순순히 물러날 청국이 아니었던 것이다. 청국은 조선 정부에 더욱 압력을 넣어 박정양 일행의 외교업무를 방해했다. 조선 정부의 입장은 난처해졌다. 마침내 정부의 입장을 헤아린 박정양은 자진해서 사직을 했다. 박정양은 청국과의 관계가 불편해진 것과 본국 정부의 명령을 어기고 독립적으로 외교를 추진한 것에 대해 해명을 요구받았다. 또한 입국하지 말고 일본에 머물면서 입국하라는 전갈을 기다리라는 명을 받았다. 박정양보다 먼저 본국으로 돌아온 이상재는 고종에게 먼저 불려갔다. 이상재는 고종에게 외교 전말과 미국의 사정에 대해 설명해주었다. 고종은 이상재의 말을 듣고 대단히 놀라워했다.

"그래. 미국이 청국 공사보다 우리나라 공사를 더 우대했다는 것이 사실이냐?"

"그렇습니다. 그렇지만 그것은 우연한 일로 그렇게 된 것이므로 그다지 기뻐할 일이 못됩니다. 오직 정치가 올바르고 나라가 발전되어야 영구히 열강의 우대를 받을 것입니다. 이는 오로지 전하께서 하시는 바에 달려있습니다."

이상재는 자신의 경험담을 통해 고종에게 개화의 필요성을 역설하였다. 이듬해 비로소 박정양은 입국할 수 있었다. 하지만 그는 모든 책임을 지고 관직에서 파면 당했다. 이상재는 다시 본래의 친군후양의 하급관리로 돌아갔다. 고종은 공을 세웠으나 모든 책임을 지고 물러난 박정양에게 미안한 마음이 들어 대신 이상재에게

보다 높은 벼슬을 주고자 했다. 그러나 이상재는 이를 정중히 거절
했다.

"성은이 망극하나이다. 하지만 함께 외국의 사신으로 나갔다가
상사는 파면되었습니다. 그러니 어찌 부하만 홀로 영달할 수 있겠
습니다. 이것은 의리가 아니라 생각됩니다. 황공하오나 성지를 거
두어 주옵소서."

"허허. 그러면 아들은 어떠냐? 큰 아들이 과거에 응시하는 것이
어떠할고."

"황공하오나 불가하옵니다. 신의 자식들은 산촌에서 농사나 지
으며 살고 있습니다. 어찌 과거에 응시할 수 있겠습니까."

고종은 상관에 대한 이상재의 의리가 기특하여 그를 특별히 우
대하고 싶어 했다. 하지만 이상재는 번번이 거절했다. 이상재는 고
종의 특별한 은사까지 거절하면서 상관과의 의리를 저버리지 않았
던 것이다. 이 광경을 보고 있던 순가(舜歌) 심상훈은 크게 감동하여
그 때부터 이상재를 귀하게 대했다고 한다.

7 외국 세력의 내정 간섭을 물리치기 위해 노력하다

1894년 한국은 대혼란 속에 있었다. 조정에서는 권력을 둘러싼 쟁탈전이 치열하게 벌어졌다. 한편 외국 세력인 일본·중국·러시아 등 열강들은 조선의 이권을 두고 각축전을 벌였다. 이런 분위기를 틈타 탐관오리와 정상배들의 횡포는 더욱 심해져 갔다. 백성들 역시 새로운 세계 조류가 밀려들어와 판단력을 잃고 방황하였다. 생활은 더욱더 어려워졌다.

처음 미국에서 돌아온 이상재는 통위영 문안이란 말단미직에 맡았다. 그러나 1892년 박정양이 다시 전환국 독판이라는 요직을 맡게 되자 그 위원에 임명되었다. 이때부터 이상재는 그 능력을 인정받아 국가 요직에 중용된다.

1894년 나이 45세에 이상재는 승정원 우부승지와 경연각 참찬관을 겸한 자리에 올랐다. 이 자리는 국정에 대해 자신의 견해를 임금에게 밝힐 수 있는 중직이었다. 승정원이란 오늘날의 문화공보부와 같고 경연각이란 임금 앞에서 경서와 문헌을 강론하는 관청이다. 계급을 따지자면 정3품 당상관에 해당하는 것으로 만조백관이 조회를 할 때에 당 위에 올라서는 높은 계급이다. 18세 때 낙방거자에서 27년 만에 처음으로 국정에 발언할 수 있는 관직에 오른 것이다. 하지만 그는 출세를 위해 아부를 한다거나 불의와 타협하는 일이 없었다. 그는 시험장의 부정비리를 목격하고 '다시는 과거 보는 자리에 들어서지 않겠다.'고 말한 적이 있다. 그는 그때의 마음가짐을 잊지 않았다.

이상재가 정부 요직에서 활동하기 시작한 이때 1894년은 우리의 역사에서 매우 중요한 세 가지 사건이 일어난 때이다. 전통시대 최대 규모의 민중 봉기인 갑오농민봉기, 일본이 동양의 패자(覇者)로 등장하는 결정적 계기가 된 청일전쟁, 그리고 일본식 근대적 제도를 본격적으로 받아들인 갑오경장 등 이 세 사건이 그것이다. 그해 1월 전봉준은 제폭구민을 표방하여 농민이 중심인 일반 백성들을 규합한다. 전봉준 휘하 동학의 무리는 전운사의 폐지, 균전사(均田使) 폐지, 타국 상인의 미곡 매점과 밀수출 금지, 외국상인의 내륙 횡행(橫行) 금지, 포구의 어염선세(漁鹽船稅) 혁파, 수세 기타 잡세 금지, 탐관오리 징벌, 각읍의 수령·이서(吏胥)들의 학정 협잡 근절 등의 폐정개혁 조목을 내걸고 고부관부 관아를 습격했다. 이들은 무기를 탈취하였으며 관아의 양곡을 풀어 빈민들에게 나누어주었다. 그 후 청일 양군이 군대를 파견하자 동학군과 정부군은 강화를 맺었다. 그러나 곧 청일 양국군이 한반도에서 충돌하였다. 대원군은 입궐하여 중대 정부를 결재하면서 부자연스런 시정 개혁을 시작했다. 즉 개화파들이 대원군을 업고 그해 6월에 갑오경장을 선언한 것이다.

배일(排日) 보수 세력의 대명사 격이었던 대원군의 개혁 정치는 순탄할 리 없었다. 그 당시 총리대신으로 임명된 김홍집 밑에서 이상재가 승정원 우부승지와 경연각 참찬관을 겸하고 있었다. 그리고 그때 방정양은 내무독판이 되었다가 갑오경장에 의한 관제 변경에 따라 학부대신이 되고 그 이듬해인 1895년에는 김홍집의 뒤를 이어 총리대신이 되었다. 이때 이상재는 처음에는 학부의 아문 참의 겸 학무국장이 되었다. 그후 학부참사관, 법부참사관이 되고 외국어학교 교장직도 맡았다.

이때부터 그의 개혁에 대한 과감한 시도와 일념은 드러나기 시작했다. 처음 외국어 학교가 설립될 때 일본 공사 이노우에는 한국 정부를 돕는다는 구실로 내정에 간섭했다. 그는 외국어 학교 교사는 오직 일본인만 고용해야한다고 억지를 부렸다. 그 때와 학부대신은 끝끝내 버티지를 못하고 문제의 해결을 협판과 국장에게 미루었다. 협판은 국장인 이상재와 이 문제를 상의했다.

"일본 공사 이노우에의 요구가 너무 강경하오. 그의 주장은 부당하나 일본 쪽 요구를 무작정 무시할 수 없으니 우선 일본인으로만 교사를 임명하는 것이 어떻소?"

"안될 말이오. 어찌 다른 나라 말을 가르치는 일을 일본 사람에게 맡긴단 말입니까? 절대로 불가합니다. 곧 파약을 통고하여야 하오."

"물론 그렇지만……. 그러면 국장이 이 일을 맡으시겠소?"

"그리하오리다."

이상재의 노력으로 외국어 학교는 타국 사람을 마음대로 초빙할 수 있게 되었다. 그러나 동학농민전쟁, 청일전쟁, 명성황후 시해 사건 그리고 세도 척신들의 횡포 등으로 여러 가지 공사 간에 견디기 어려운 문제에 직면하였다. 한 예로 전환국 위원으로 있을 때의 일이다. 이상재는 당시 재상이었던 민응식에게 공한을 가지고 찾아갔다. 그런데 민응식은 외증바지(일본에서 들여온 비단옷)를 입고 시가를 물고 사람을 본척만척하며 거만스럽게 굴었다.

"사람들은 개화하기 위해서는 외국에 나가서 공부해야한다고 말하지만 정말 개화처럼 쉬운 일이 없을 듯 싶소."

"아니 그것이 무슨 말이오."

"사람들은 외증바지를 입고 여송연을 피우면 개화한줄 알지 않소?"

1894년에는 아버지의 병세가 위독하다는 기별을 받고 그는 고향으로 내려갔다. 혼란한 국정 상황에서도 그는 주저함 없이 내려갔고 8월 부친상을 당한다. 그런데 상을 치루는 도중 이상재는 사지(死地)로 몰리게 된다. 이상재가 15세 때 할아버지의 묘소를 빼앗으려던 사람을 혼내준 적이 있는데 그자가 앙심을 품고 이상재의 목숨을 노린 것이다. 이상재는 그의 사주를 받은 사람들에게 끌려가 죽음의 위협을 당한다. 하지만 도리어 이상재는 당당하게 자신을 끌고 간 사람들에게 호통을 쳤다. 그러자 이상재를 죽이려고 했던 사람들은 그의 기백에 기가 눌려 어찌할 도리없이 그를 풀어주었다. 그 이듬해 이상재는 다시 상경하여 학무국장에 복직하고 법부참사관까지 겸직하였다. 이상재의 지위라면 자신의 목숨을 위협했던 사람들을 치죄할 수 있었지만 그는 용서하고 과거의 일을 다시 묻지 않았다.

갑신정변(甲申政變)으로 조선에서의 세력을 잃은 일본은 그들이 실추한 세력과 지위를 만회하고자 기회를 노렸다. 이때에 동학농민운동이 발발하여 그 기세가 험악하게 되자 정부는 청나라에 원병을 요청하게 되었다. 이에 텐진조약(天津條約)을 구실로 일본도 군대를 파병하였다. 이후 일본은 조선에 대하여 강력한 지배권을 확립하기 위한 공작을 계속한다. 처음에는 청나라의 공동철병(共同撤兵) 요구를 일축해 청·일 공동 간섭하에 조선의 내정개혁을 주장하였다. 그리고 다시 청나라가 협력치 않으면 일본 단독으로 단행하겠다고 선언하였다. 오토리 게이스케(大鳥圭介) 일본공사는 본국 훈령에 따라서 1994년(고종 31) 7월 3일 고종에게 내정개혁방안요령(內政改革方案要領) 5개조를 제출한다. 물론 청의 세력을 물리칠 것을 강요하였다. 이에 청의 위안스카이(袁世凱)는 대세의 불리함을 깨닫고 본국으로 돌아간다. 이제 실권은 개화당이 거머쥔다. 일본은 조선의 전통적인 봉건체제의 개혁을 수행하기 위하여 척족세도와 청국세력의 축출하고 친일세력이 권력을 잡을 수 있는 기구 설치의 필요성을 절감하였다. 이러한 필요성에 의해 김홍집을 수반으로 한 계획중추기관인 군국기무처(軍國機務處)가 개설되었다. 일본의 전쟁 구실이 내정개혁에 있었던 만큼 개혁사무는 개전과 동시에 군국기무처를 중심으로 신속하게 진행되었다.

정부 조직을 의정부와 궁내부로 나누고, 의정부 아래에 8 아문을 두었으며, 과거 제도를 폐지하여 새로운 관리 임용법을 제정하였다. 그리고 독자적으로 개국 기원을 결정하고 재정을 일원화하며 납세 제도를 고치고 도량형을 통일하였다. 또한 계급 타파, 신분 해방 등으로 신분 제도를 철폐하고, 조혼을 금지하는 한편, 과부의 재혼을 허용하였다.

이러한 개혁은 한국의 근대화를 추진하는 데 꼭 필요한 조치였다. 하지만 전 국민은 이러한 개혁에 대해 두려움과 불신을 감추지 않았다. 즉 이러한 개혁이 진정 조선을 위해 개혁이 될 것인가를 확신하지 못한 것이다. 이러한 불신으로 인해 개혁 조치의 실행은 난관에 봉착한다. 그러므로 군국기무처에서 의결된 안건이 한번도 실행에 착수해 보지 못한 채로 완전히 사문화(死文化)되는 경우가 많았다.

청일전쟁이 점차 일본 측에 유리해지는 가운데 일본은 한국 문제를 일본의 발전에 있어 중요한 문제로 간주했다. 일본은 대사를 오토리 대신 이노우에 가오루〔井上馨〕로 교체하였다. 이노우에는 같은 해 10월에 동학당(東學黨)을 선동하며 청나라와 통한다는 구실로 대원군을 몰아냈다. 그리고 12월에는 갑신정변 이래 일본에 망명하였던 박영효(朴泳孝)·서광범(徐光範)을 귀국 입각(入閣)시켜 정부의 친일적 성격을 강화하였다. 일본의 영향력은 점점 강력해졌다. 그렇다고 국왕이었던 고종이 일본에 끌려만 다닌 것은 아니다. 1895년(고종 32) 1월 7일 고종은 세자와 대원군·종친 및 백관을 거느리고 종묘에 나아가 먼저 독립의 서고문(誓告文)을 고하고 홍범 14조를 선포하였다. 서고문·홍범 14조는 근세 최초의 순한글체와 순한문체 및 국한문 혼용체의 세 가지로 작성하여 발표하였다. 그 중 순한글체에서는 홍범 14조를 '열 네 가지 큰 법'이라 표기하였다. 오늘날의 헌법에 해당하는 홍범 14조의 내용은 다음과 같다.

① 청국에 의존하는 생각을 끊고 자주독립의 기초를 세운다.

② 왕실전범(王室典範)을 작성하여 대통(大統)의 계승과 종실(宗室)·척신(戚臣)의 구별을 밝힌다.

③ 국왕이 정전에 나아가 정사를 친히 각 대신에게 물어 처리하

되, 왕후·비빈·종실 및 척신이 간여함을 용납치 아니한다.

④ 왕실사무와 국정사무를 분리하여 서로 혼동하지 않는다.

⑤ 의정부와 각 아문(衙門)의 직무권한의 한계를 명백히 규정한다.

⑥ 부세(賦稅)는 모두 법령으로 정하고 명목을 더하여 거두지 못한다.

⑦ 조세부과와 징수 및 경비지출은 모두 탁지아문(度支衙門)에서 관장한다.

⑧ 왕실은 솔선하여 경비를 절약해서 각 아문과 지방관의 모범이 되게 한다.

⑨ 왕실과 각 관부(官府)에서 사용하는 경비는 1년간의 예산을 세워 재정의 기초를 확립한다.

⑩ 지방관제도를 속히 개정하여 지방관리의 직권을 한정한다.

⑪ 널리 자질이 있는 젊은이를 외국에 파견하여 학술과 기예(技藝)를 익히도록 한다.

⑫ 장교를 교육하고 징병제도를 정하여 군제(軍制)의 기초를 확립한다.

⑬ 민법 및 형법을 엄정히 정하여 함부로 가두거나 벌하지 말며, 백성의 생명과 재산을 보호한다.

⑭ 사람을 쓰는 데 문벌(門閥)을 가리지 않고 널리 인재를 등용한다.

이처럼 갑오개혁과 홍범 14조의 선포로 조선은 제도·경제·사회면에 걸쳐 대개혁을 시작한다. 이것은 조선의 지도층에 의한 근대화 시도라는 점에서 그 의의가 대단하다. 하지만 실상 이러한 개혁은 자력에 의한 것이 아니고 일본의 압력에 의한 것이다. 그들은 성장하는 일본 국내 자본주의가 침투할 수 있는 기반을 조선에서 마련하고자 하였다. 외세에 의한 개혁은 실제적인 성과를 거두기 어렵다. 비록 재래의 뿌리 깊이 박힌 봉건사회의 조직과 제도가 점차 붕괴되고 현대국가의 체제를 제법 갖추었다. 하지만 일제가 보다 적극적으로 조선의 내정을 간섭하고 침략을 노골화하는 계기가 된 것도 사실이다.

일본은 청일전쟁에서 승리함으로써 조선에 대한 우월권을 확보하고 청으로부터 랴오둥반도(遼東半島) 등지를 할양받아 대륙침략의 발판을 마련하였다. 하지만 일본의 독주를 우려한 열강 즉 러시아가 주동하고 프랑스·독일이 연합한 이른바 삼국간섭으로 랴오둥반도를 청에 다시 반환하였다. 이러한 러시아의 영향력에 자극되어 조선에서는 배일 · 친러적 경향이 싹트게 되었다.

이러한 분위기 속에서 그동안 친일세력에 눌려 있던 명성황후의 척족세력과 함께 구미공관과 밀접한 접촉을 가지며 친미 · 친러적 경향을 보이던 정동파(貞洞派) 인사들이 득세하기 시작한다. 러시아 공사 베베르(Weber, K.I.)도 미국공사와 재한미국인을 포섭하고 명성황후 세력에 접근하여 친러 정책의 실시를 도왔다. 이에 비해 친일세력은 급격히 세력을 상실하는데 결국 이런 분위기의 급진전은 김홍집(金弘集) 내각의 붕괴를 초래하였다.

　일본공사 이노우에는 매수정책을 이용하여 다시 김홍집의 재기를 도왔다. 하지만 명성황후 세력과 손을 잡은 친미·친러파가 요직을 장악하게 된다. 새로 성립한 친러 내각은 일본의 주도하에 이루어졌던 개혁사업을 폐지하고 친일파를 축출하였다. 마침내 일본에 의하여 육성된 훈련대마저 해산당할 위기에 처한다. 이에 마음이 다급해진 신임 일본공사 미우라(三浦梧樓)는 1895년 음력 8월 20일에 일본인 낭인과 훈련대를 경복궁에 침입시켜 명성황후를 시해하는 을미사변을 일으켰다.

　이로써 세력을 만회한 일본은 친일내각을 성립시켜 단발령의 실시를 포함한 급진적인 개혁사업을 재개하였다. 그러나 국모시해로 인해 고조되었던 백성들의 반일감정은 단발령을 계기로 폭발하였다. 게다가 전국적인 의병봉기가 일어났다. 김홍집 내각은 지방의 진위대(鎭衛隊)만으로 의병을 진압할 수 없게 되자 중앙의 친위대(親衛隊) 병력까지 동원하였다. 이로 말미암아 수도경비에 공백이 생겼고 이 기회를 틈타 친러파는 고종을 러시아공사관으로 옮기려는 계획을 수립하기 시작하였다. 정치가 이렇게 혼란하자 전국 각지에서 의병이 일어났다. 전국은 혼란 상태에 빠졌다.

　이것을 기화로 친러파 이범진(李範晋) 등은 고종에게 접근하였다. 즉 대원군과 친일파가 고종의 폐위를 공모하고 있으니 왕실의 안전을 위하여 잠시 동안 러시아공사관으로 파천해야한다는 것이다. 정국이 불안한 가운데 이범진 등 친러파가 보다 적극적으로 주청을 드리자 마침내 고종은 파천을 승락한다. 이 사건이 친러파들이 고종과 태자를 러시아공사관으로 피난시켜 거처하게 한 사건 '아관파천'이다. 아관파천은 1896년(고종 33) 2월 11일부터 이듬해 2월 20일까지 계속된다.

이 때에 이상재는 권재형의 후임으로 내각총서로 있었다. 직제 개편 때 의정부 총무국장으로 바뀌었으며 그해 9월 중추원 일등의 관을 겸하였다. 이듬해는 교전소지사원까지 겸했다. 높은 관직은 아니나 정부의 모든 사무가 그를 거치지 않으면 안 되는 정부의 요직이었다. 어느 날 러시아 공관으로 임금을 알현 차 들어갔다가 매관매직을 청하려는 관료의 서류뭉치를 발견하였다. 그는 내관에게 물었다.

"그것이 무엇이오."

"아……아무것도 아니오. 국장은 신경쓰지 않아도 되오. 백성들의 민원을 모아둔 서류요."

"백성들의 민원이라. 도대체 어떤 백성이 이런 서류를 올린다 말인가. 정말 춥구나. 폐하가 계신 방이 왜 이렇게 추워서야."

이상재는 이 서류 뭉치를 화로 속에 던져버렸다. 그리고 임금 앞에 엎드려 통곡하면서 벌을 청하였다. 이에 감격한 고종은 오히려 이상재를 위로하였다. 물론 이상재는 물러나오는 길에 그 서류를 올린 자들을 크게 꾸짖었다.

"아까 그것이 무어라고 하였소."

"……"

"이놈들! 폐하께서 이런 곳에 계시게 한 것도 불충한 일이거늘 이런 곳에서까지 폐하를 욕되게 하느냐."

어떤 날은 이용익이 이상재의 몸을 걱정해 산삼 몇 뿌리를 가지고 와 이상재의 소매 속에 넣었다.

"이것이 무엇이오?"

"요즘 국장이 너무 과로한 것이 아닌가 싶어 사람을 시켜 구하게 하였소이다. 국장이 쓰러지면 우리 조정이 쓰러지는 것이 아니오."

"하하. 마치 도라지처럼 생겼구려. 이런 것을 잘못 먹다가는 생사람 잡지요."

이상재는 이용익의 호의를 정중히 거절하였다. 이상재는 마음은 고마웠으나 아관파천의 상황에서 자신의 몸만 돌볼 수 없다고 생각한 것이다.

이처럼 이 시절 이상재는 유머를 잃지 않으면서도 강직한 성품을 잃지 않았다. 그는 자신이 맡은 국정에 공정하였고 한시라도 사사로운 이익을 경계했다. 이에 대한 일화는 매우 많다. 아관파천 이전의 일로 이상재가 참찬으로 있을 때 일만 해도 그렇다. 참찬대신 박제순은 사사로운 일을 위해 위원 몇 명을 쓸 일이 생겼다. 하지만 함께 있는 이상재의 강직함이 부담스러웠다. 박제순은 이상재를 끌어들여 자기의 불의를 무마하려하였다.

"내가 위원 몇 십 명을 쓸 터이니 그런 줄 아시오. 물론 참찬도 몇 사람 쓰시오. 국가의 일을 하다보면 사람 쓸 일이 많은 것이오"

"영감이나 위원을 쓰시오. 나는 위원이 필요 없소이다. 대신 영감에게 돈이나 받아야겠소."

"돈? 무슨 돈 말이오. 또 내게 무슨 돈이 있다 해도 위원과 돈이 무슨 상관이겠소?"

"어허. 위원과 돈이 상관이 없다니오. 정말 모르시고 하시는 말씀이오."

"어찌 내가 영감에게 돈을 줘야한단 말이오. 나는 떳떳하게 국가의 일로 위원을 쓰는 것이오."

"오 그러시오. 물론 대감께서는 늘 관직을 팔아 자시니까 돈이 많이 있을 것이오. 하지만 나는 관직을 팔 곳도 모르니 위원이 소용없지 않소!"

이상재의 호령에 박제순은 할말을 잃었다. 이 일로 부정부패를 일삼는 고관들을 더욱 이상재의 강직함을 두려워했다.

1896년 아관파천에 의해 개화당 정부가 무너졌다. 따라서 개화를 역설하던 인물들이 권력의 핵심으로부터 멀어지게 된다. 권력에서 밀려난 인물들은 민의 힘을 의식하고 민권운동을 주도하는 세력으로 변화하였다. 이 변화를 추동하면서 주도적인 역할을 하였던 단체가 바로 독립협회다. 독립협회는 갑오개혁을 추진하였던 개화파 관료세력을 기반으로 하여 결성된 일종의 사회단체이다. 건양협회를 발기하였던 개화파 관료 세력과 외교계에 간여하고 있던 관료들인 정동구락부 세력이 주축이 되었던 이 단체는 처음은 고위 관료들 중심의 사교클럽이었다. 그 조직의 목표가 '조선인민이 세계에 자유하는 백성이 된 것'과 '아 대조선국이 독립국이 된 것'을 축하하기 위한 것이라는 점에서 드러나듯 청국으로부터의 독립을 뜻 깊게 생각하고 이를 적극적으로 지지하던 세력이었다.

　정동구락부 세력은 주로 외교계 관료로 구성되어 외국 외교관들과 교제를 널리 가지고 있던 관료세력이었다. 이 모임의 한국인 주요 회원은 민영환(閔泳煥), 윤치호(尹致昊), 이상재(李商在), 서재필(徐載弼), 이완용(李完用) 등이다. 한편 외국인 주요 회원은 미국 공사 실(John M. B. Sill), 프랑스 영사 플랑시(Collin de Plancy), 한국 정부의 고문 다이(William M. Dye)와 리젠드어[Charles W. Legendre 이선득(李善得)], 미국 선교사 언더우드와 아펜젤러 등이 있다. 이들은 한국을 중립국으로 만들기 위하여 중립화안을 작성한 적도 있다. 이상재는 일찍이 외교관 경력이 있었던 이유로 정동구락부의 중심 세력과 친분이 깊었다. 1887년 주미 공사관 시절 동료 알렌과 정부의 재정고문인 브라운과의 친분으로 이상재는 정동구락부에 적극적으로 참여하였다.

8 독립협회를 조직하고 만민 공동회를 개최하다

1894년부터 1895년 사이에 벌어진 청일전쟁은 일본의 승리로 끝이 났다. 이후 조선의 지배권을 두고 일본과 중국, 러시아 세 나라의 세력 다툼은 더욱 격화되었다. 이러한 세력 다툼은 조선에 대한 내정간접에까지 이르렀다. 백성은 백성대로 관리들의 폭정을 견디다 못해 민란을 일으켰다. 전북 고부에서 일어난 동학들의 봉기가 대표적이다. 이 봉기를 핑계로 청군과 일본군은 조선에 진주했다. 조선의 앞날은 그야말로 풍전등화였다.

이 시기에 이상재는 정동구락부라는 단체에 참여하고 있었다. 이 단체는 정동에 근거지를 둔 국제적 사교단체였다. 그 시기에 선교사를 비롯한 외국인들은 우리나라에 들어와 미국 공관 근처에 자리를 잡았고 정동구락부는 이런 배경에서 결성되었다. 사교단체로 시작하였지만 이 단체 회원들은 때로는 정치적인 문제를 진지하게 논의하였다. 그들 중 궁중의 사정과 정치 내막을 잘 아는 사람들도 있었다. 예를 들어 한국 정부의 재정 고문으로 온 영국인 브라운과 군사 고문으로 온 미국인 다이 등이 대표적이다. 그들은 누구보다 국왕을 존경하고 동정했다.

청일전쟁, 을미사변, 아관파천 등 정치적 격변기에서 고종이 느낀 불안감은 이루 말할 수 없었다. 고종은 내관이나 신하도 외국의 사주를 받았을지 모른다 하여 불신하였다. 다만 미국 선교사들을 비교적 신뢰하였다. 따라서 미국 선교사들은 일본으로부터 고종을 보호하기 위해 매일 밤 2명씩 번갈아 야경을 섰다. 이것이 이 불행한 통치자가 가졌던 유일한 방패였다고 한다. 고종은 극도의 불안 속에서 한밤중에도 무서움이 생기면,

"밖에 양인들이 없느냐?"

하고 외국인 선교사를 찾고는 했다고 한다.

이 같은 상황 속에서 미국 선교사들과 각국 외교관들을 중심으로 만들어진 정동구락부에는 미국이나 외국을 다녀온 한국 사람도 참여하게 되었다. 이상재는 이 모임에 열심히 참석했다. 1887년 미국 공사관 시절의 동료였던 알렌 등 이 구락부 구성원 중에는 이상재와 친분이 두터운 사람이 많았다.

이상재는 일찍이 외교관으로 활동했던 만큼 누구보다도 외국인들과 자연스럽게 어울렸다. 본래 원만한 성격의 소유자인데다가

정부 고관이었기 때문에 정부의 고문으로 있는 외국인들과 공적인 면에서도 많은 대화를 나눴다. 또 그들과의 폭넓은 만남을 통해서 외국 유학을 가지 않고도 세계정세와 서구 민주주의 사상과 제도를 자세히 알게 되었다.

이 시기에 이상재는 서재필을 만나게 된다. 미국 이름이 필립 제이슨인 서재필은 미국의 시민권을 가지고 의사 노릇을 해가면서 일생을 미국에서 보낸 사람이다. 물론 조선에서는 갑신정변의 주도자로 유명했다. 서재필은 당시 스무 살 남짓한 육군 훈련대 생도로서 정변이 일어나던 날 밤에 창덕궁 금호문에서 파수를 보고 있었다. 갑신정변이 청병의 개입으로 결국 실패로 돌아가자, 홍영식은 피살되고 김옥균·박영효는 일본으로 망명했다. 서재필도 그들과 함께 일단 일본으로 간 다음에 거기서 다시 미국으로 건너갔다.

미국에 도착한 서재필은 거리에 벽보를 붙이는 일부터 시작해서 여러 가지 일을 닥치는 대로 했다. 물론 공부도 소홀하지 않았다. 그야말로 주경야독(晝耕夜讀)의 미국 생활인 셈인데 그는 의학을 공부했다. 그러기를 십년이 지나자 그는 박사 학위를 가진 의사가 되어 어느 정도 안정된 생활을 누릴 수 있게 되었다. 그러나 자나깨나 고국을 생각하는 마음은 날이 갈수록 사무쳤다. 그 와중에 조선은 정치적 격변기에서 표류하게 되고 그 소식을 접한 서재필은 조국을 구할 때는 바로 지금이라고 생각했다. 미국의 눈부신 발전을 조선에서 이룰 생각으로 그는 귀국할 결심을 하였다.

1896년 서울로 돌아온 서재필은 여러 동지들과 더불어 자주독립을 이룰 수 있는 단체와 이를 널리 홍보할 신문을 만들어야한다고 생각했다. 원래 이상재는 어려서부터 유학을 배웠고, 서재필은 기독교 신자였으므로 그 때까지는 서로 종교가 달랐다. 그러나 이상재는 처음부터 그와 뜻이 얘기가 잘 통했을 뿐더러 새로운 개혁이 아니면 나라를 구할 수 없다는 데에 뜻을 같이 했다. 그래서 그 둘은 '독립 협회'라는 단체를 만들어 상하협력과 군민공치를 기치로 내세웠다. 그리고 자주 독립하여 외국에 기대지 말고, 외국의 간섭을 물리칠 것을 토론했다. 이상재는 서재필과 윤치호 등과 함께 자주독립수호운동을 전개했다. 또한 나라의 자주 독립을 지킬 것을 요구하는 상소를 올리기로 결정하였다. 상소문의 내용은 다음과 같다.

신등이 생각건대, 나라의 나라됨이 둘이 있으니, 가로되 자립하여 다른 나라에 의뢰하지 않는 것이요, 가로되 자진하여 일국에 정법을 행하는 것입니다.

이 두 가지는 하느님께서 우리 폐하에게 주신 바의 대권입니다. 이 대권이 없은즉 그 나라가 없습니다. 때문에 신등은 독립문을 세우고 독립협회를 설립하여 위로는 황상의 지위를 높이고, 아래로는 인민의 뜻을 굳게 하여 억만년 무강(無疆)의 기초를 확립하려 했습니다. 그러나 근일 나라형세를 가만히 보건대 자못 벼랑에 선 것처럼 위험하여 무릇 백 가지 정책이 백성들의 요망을 크게 위배하고 있습니다.

자립하는 것으로써 말씀하오면, 재정(財政)은 다른 나라에 양도함이 으레 마땅치 않거늘 그것을 다른 나라에 양도했으며, 병권(兵權)은 그 스스로 잡음이 으레 마땅하거늘 다른 나라에게 쥐게 하였습니다. 심지어 대신들의 임명과 해임도 또한 자유롭게 하지 못하는 일이 있습니다. 이것은 간세배가 기회를 만듦에 중간에서 사사로움을 지으며, 혹은 외권(外權)을 끼고 빙자하여 황제를 위협하며, 혹은 풍설을 만들어 내어 황제의 총명을 현혹해서 그러한 것입니까? 서리를 밟으면 곧 굳은 얼음이 얼게 됨은 이치가 반드시 그러한 것입니다. 하루 이틀에 한 일두 일이 매우 빨리 나쁘게 될 것 같으면 만일 이것을 말지 아니한즉 며칠 몇 달 만에 어찌 전국의 주권을 모두 다른 나라에 주어 큰 칼을 자루는 남에게 주고 거꾸로 칼날을 쥐는 후회가 있지 아니하겠습니까?

자진하는 것으로써 말씀하오면 무릇 나라라고 청함은 그 전장과 법도가 있음으로써입니다. 이제 우리나라에 전장(典章)이 있다 할 수 있으며 법도가 있다 할 수 있겠습니까? 구식(舊式)은 폐지했다 하여 행하지 아니하고 신식(新式)인즉 비록 정한 바가 있으나 역시 행하지 아니한즉 이것은 있어도 없음입니다 이에 전장(典章)과 법도(法度)가 없은즉 이것은 나라가 아니오, 나라가 이미 나라가 아닌즉 인심이 자연히 다른 나라에 의뢰하려 하고, 다른 나라 역시 그러기를 기약치 않고 내정(內政)에 간섭해 옵니다. 아! 이것은 무슨 연고입니까?

3천리 1천 5백만 인구는 모두 우리 대황제폐하의 적자(赤子)이라,

황실을 보호하여 국권을 유지하는 이것이 적자의 직분이어늘, 밖으로는 강한 이웃나라가 모욕하고 핍박하도록 하고 위로는 황제의 몸을 외롭고 위태롭게 한 것은 신등이 단지 한가닥의 목숨만 알고 전국의 큼을 알지 못함에 말미암은 것이오, 구차하고 목전의 안일만 취하여 오늘에 이르게 된 것이니 말씀과 생각이 이에 미치면 하나도 신등의 죄요 둘도 신등의 죄이옵니다. 하늘을 우러러 보고 땅을 내려다봄에 어디에 용납받을 곳이 있겠습니까?

무릇 오늘의 폐하의 적자된 자가 구차하게 잔명(殘命)을 보존하여 차마 군부(君父)의 곤욕받음을 봄에 차라리 가슴에 총을 맞고 배에 창을 맞아 청천백일 하에 한번 죽어서 보지 않고 듣지 않는 쾌(快)함만 같지 못할지라, 이에 감히 소리를 가지런히 하여 엄하신 밝음의 하에 한 번 하소하오니, 엎드려 원컨대 황상께서는 그 성충(聖衷)을 확고히 잡으셔 3천리 1천 5백만 적자의 마음으로써 마음을 하시고 그 분(憤)을 함께 하시며 그 근심을 함께 하시어 안으로는 정해진 전장(典章)을 실천하시고 밖으로는 다른 나라에 의뢰함이 없게 하시어 우리 황상의 권(權)을 자립(自立)하신즉 비록 십백(十百)의 강적이 있을지라도 누가 감히 함부로 간섭하오리까?

하늘의 내려보심이 뚜렷하게 밝으신즉 신등이 맹세코 오늘의 마음을 바꾸지 아니하오리니 엎드려 빌건대 성명께서는 내려 보소서. 신등이 두렵고 간절한 바람의 지극함을 이기지 못하여 삼가 죽음을 무릅쓰고 말씀드리옵니다.

이 상소문에서 이상재는 임금에게 자주독립을 강조하고 있으며, 부패한 탐관오리들의 제거와 정치개혁을 요구하고 있다. 또한 나라의 모든 권리를 다른 나라에 빼앗기는 현실에 대해서 통탄하고 있다. 어쨌든 이상재는 목숨을 두려워하지 않고 자신의 신념과 의지를 실천해갔다. 임금뿐만 아니라 당시 정부에도 자신의 의견을 피력했다.

오늘날 우리나라 조정 형편을 말하는 사람이 있다면 안락하다고 말해야 옳겠습니까? 위태롭다고 해야 옳겠습니까? 안으로는 탐관오리들이 있어 계급이 낮은 자는 훔쳐 먹고 지위가 높은 자는 긁어 먹고 빼앗아 먹어 인민이 어육이 되고 있으며, 밖으로는 가까운 이웃 나라와 먼 적국들이 총칼을 가지고 나타나서 대포가 터지고 피가 흘러 강토가 짓밟히고 있으니 이것은 차라리 안락한 것이 아니고 위태롭고 하는 것이 옳을 것입니다.…… 또 오늘날 내가 말한 이 언동으로 인해 위해가 이 몸에 닥칠 것을 분명히 알고 있으며, 또 그자들이 무슨 말로 나를 얽을 것인지 예측할 수 없습니다. 그러나 이렇게 국가의 안위가 눈 앞에 임박한 긴급한 이 때를 당하여 한결같이 일언도 없이 묵묵히 보고만 있다면, 자신의 이익만 꾀하고 국가를 망각하는 자들과 조금도 다를 바 없으므로 이렇게 진언하는 바이옵니다. 즉시 각의를 경유하여 각 국의 입헌제도에 따르고, 우리나라 구규(舊規)를 참작하되 국민이 국사를 의논하는 권리를 부여하도록 상주하여 시급히 법률을 제정 반포케 하여 주시기

바랍니다. 이것은 이른바 일거삼득이니,

첫째로, 하늘로부터 받은 자연지성을 보양하는 것이며 돌고 돌아 맑게 변화하는 하늘의 운수를 순조롭게 하늘의 운수를 순조롭게 지키는 것이 되는 것입니다.

둘째로, 수백년간 속박되어 오던 국민의 질곡을 풀어 자유를 주어 활발하게 살게 하는 깃이니 국민으로부터 환심을 얻게 되는 것입니다.

셋째로, 위로 천명을 지키고 아래로 국민의 환심을 얻어서 근본을 북돋아 기초를 확립하는 것이니 이것은 국권을 공고하게 하는 것입니다.

성명(聖明)이 위에 계시고 어진 재상이 자리에 있고 2천만 국민이 아래에서 활동하여 상하가 협력하여 함께 전진하면 위태로웠다가도 편안해지고, 망하였다가도 다시 일어나는 것이 꼭 오늘에 달렸으니 혼연 일체가 되어 움직이는 곳에 무슨 내우(內憂)와 외모(外侮)가 있겠습니까만 우자(愚者)의 일득(一得)을 살펴주시기 바랍니다.

이상재는 당시 시대 상황을 명확하게 파악하고 있었다. 그는 조선을 둘러싸고 있는 강대국에 대한 경계를 늦추지 말 것을 강조한다. 또한 백성을 위한 정치를 하기 위해서는 법률의 제정이 필요하다고 생각하고 있다. 그래야만 국민에게 권리를 부여할 수 있고 온 민족이 평화롭고 자유롭게 살 수 있다는 것이다.

이상재와 서재필 같은 중진의 눈부신 활약으로 독립협회는 나날이 회원이 늘어갔다. 회무가 진행되어 갈수록 열기를 더하였고, 시국을 규탄하는 연설이 매일같이 열렸다. 이때 이상재는 종종 많은 사람들 앞에서 연설을 하였는데 이때부터 열변가 혹은 웅변가로서 이름이 알려지기 시작하였다.

독립협회는 처음부터 왕의 존재는 인정하되 전제 군주체제를 입헌 대의 군주체제로 전환시키려는 것이 기본 목적이었다. 나라의 자주독립 수호를 위한 운동을 열정적으로 전개함과 동시에 '의회'를 설립하여 전제군주제를 입헌대의군주제로 개혁하여 민주주의 근대국가를 수립하고자 했던 것이다. 따라서 독립협회의 민주주의 사상은 기본적으로 국민자유권사상, 국민평등권사상, 국민주권사상, 국민참정권사상의 정립에 기초를 두고 있었다. 특히 국민주권 사상과 국민참정권사상은 의회설립운동으로 발전하게 되는데, 이것은 이상재가 열정적으로 추진하던 운동이다. 이상재는 이미 선진적인 정치사상을 익혔고 그것을 조선에 실현하고자 하는 열의를 보인 것이다. 그만큼 다른 어떤 정치인보다도 앞서나갔고 앞을 내다볼 줄 아는 진정한 혁명가였던 것이다.

독립협회의 입헌대의군주제는 민권이 군권 위에 있다는 것을 천명한다. 당시로서는 대단히 선진적이고 혁명적인 제안이었다. 이러한 확고한 국민주권에 기반하여 국민참정을 주장하게 된다.

  정부가 항상 다 잘하여 국부병강하는 것이 아니라, 백성들이 항상 정부에서 하는 일을 주목하여 조금이라도 잘못되는 일이 있으면 곧 불평한 의론이 비등하여 정부로 하여금 잠시라도 방심하고 그른 일을 못하게 하니 개화한 나라일수록 시비하는 공론이 많고 시비가 많을수록 개화가 점점 잘 되나니…대한백성들도 이 이치를 깨달아 정부에서 하는 일을 각별히 주의하여 어느 때든지 잘못하는 일이 있으면 꺼리지 말고 시비하며 정부로 하여금 방심하는 폐단이 없게 할지어다.

— 반대의 공력, 『독립신문』, 1898. 11. 7 중에서

이제 독립협회는 의회설립을 위해 박차를 가한다. 그들은 각종 토론회를 통해 의회를 설립하는 의미와 필요성에 대해 논의를 했고, 더 나아가 국민들에게 계몽운동을 펼쳐 독립협회의 주장을 알리는 데 주력했다.

독립협회를 창립할 당시에는 범국민적으로 회원을 총망라하기 위해 친청·친로·친일 등 관계없이 정부 고관들까지 모두 참여시켰다. 하지만 이들의 참여는 오래가지 못했다. 국회를 설치하여 대의 정치를 한다는 협회의 근본 방침이나 정부를 비판하거나 탐관오리를 규탄하는 만민공동회 등이 모두 정부 고관의 기득권을 위협하기 때문이다.

만민 공동회는 독립협회의 활동 중 가장 의미있는 활동이다. 만민 공동회는 독립협회에서 여론을 모으기 위해 조직한 대중 집회로서 역사상 처음 있는 각계 각층의 대중집회였다. 그 이전의 집회는 양반끼리, 천민끼리, 평민끼리의 모임이었지 양반·천민, 남자·여자를 막론하고 모이는 모임은 존재하지 않았다. 만민공동회는 사회적으로 큰 반향을 불러일으켰는데, 한 외국인의 소설에 만

민공동회에 대한 묘사가 아래처럼 그려졌다.

"어제 저녁에 그자들은 모여서 무슨 공론을 하더냐?"
라고 총리대신이 물었다.

"오, 그자들은 '예와 아니오 회(yes and no meeting)'를 가지고 토론을 하더이다."

"또 다시 예와 아니노 회를 가졌단 말이냐! 불과 며칠 전에 가지더니 또 다시 그러한 모임을 가졌단 말이냐. 예와 아니오 회! 이런 희한한 모임이 어디 있단 말이냐. 찬성하면 예하시오. 반대하면 아니오 하시오. 하하……."

총리 대신은 크게 웃으며 명령했다.

"그 같은 해괴망측한 행위를 하는 자들은 다 잡아 가두어야한다."

비록 소설이기 때문에 과정이 섞여있지만 전체적인 사실과는 크게 다르지 않았다. 회의에서는 많은 사람들이 모여 있었으므로 단상에 서는 사람들은 제외하고는 개별적인 의견을 내기가 어려웠다. 대신 여러 사람들이 예, 아니오 고함을 지르면서 토론을 벌였다. 이러한 광경을 '예와 아니오 회'라고 본 것이다. 만민공동회에서 벌어진 토론의 내용은 대부분 정부 규탄과 개혁에 관계된 것이었다. 따라서 조정은 만민공동회를 곱게 볼 리가 없었다. 뿐만 아니라 만민공동회에서 규탄의 대상이 되었던 정부와 수구파 고관들은 보부상들을 매수해서 집회 중인 만민공동회를 빈번히 습격하여 사상자를 내기도 했다. 하지만 민의를 분출하려는 사람들의 의지는 꺾이지 않았다. 수만 명의 군중들은 종로나 광화문에 모여 개혁을 부르짖으니 여기에서는 혁명의 기운까지 느낄 수 있었다.

당시 독립협회는 만민공동회뿐만 아니라 여러 가지 놀라운 사업을 추진하였다. 대표적인 예가 독립문과 독립신문의 창간이다. 정동구락부 모임에서는 늘 민주주의 사상과 회의가 화제였는데, 이는 한국인 회원들에게 큰 자극이 되었다. 서구의 독립정신에 바탕이 된 링컨과 로크, 루소, 몽테스키외 같은 사람들의 사상을 배우고 독립협회 등에서 토론회와 강연회를 가지며 독립에 대한 정신을 고취시켰다. 특히 서재필의 연설은 당시 조선 사회에서는 혁명적이었다.

"아무리 강한 사람이나 정부라 하더라도 하느님이 여러분이나 나에게 주신 권리를 빼앗을 수 없다. 어떠한 정부라도 국민의 뜻을 무시하는 정부는 국민의 원수다."

국민을 우선시하는 생각과 독립에 대한 열의는 신문에 대한 열망으로 이어졌다.

"신문은 자유다. 누구나 신문을 읽게 될 때는 천하태평이다. 신문 없는 정부와 정부 없는 신문 중 하나를 택하라고 한다면 나는 서슴지 않고 정부 없는 신문을 택하겠다."

서재필의 이 말 한 마디로 신문에 대한 당시의 열망을 짐작하고도 남는다. 근대 사회에서 민중의 지도와 계몽을 위해서는 무엇보다 먼저 언론기관이 있어야한다. 당시 서재필, 이상재를 비롯한 개화 인사들 또한 언론기관의 필요성을 절감하고 있었다. 그들은 곧 뜻을 모으고 곧바로 독립신문을 발간하는데 착수했다. 독립신문은 순수한 민간 신문으로 출발했으며, 순한글로 된 기사를 쓴 우리나라 역사상 최초의 근대식 신문이었다. 독립신문이 창간되자 사회적으로 많은 주목을 받았다.

"한 번 독립신문이 나오자 국민들은 미몽에서 깨어나 관리들의 악정과 부당한 재판을 맹렬히 비판하는 여론을 일으킬 수 있었다. 신문이 나오자 부정부패와 죄악상을 만천하에 폭로시켜 사회의 규탄을 받게 하는 동시에 또 한편 합리적인 교육과 정당한 개혁을 촉진하여 인간 개발에 큰 도움을 주었다. 이에 탐관오리와 부정부패의 관리들은 모두 당황하며 두려워했다. 국문으로 된 신문을 옆구리에 끼고 거리를 활보하는 광경과 또 각 점포마다 이 신문을 펴놓고 읽고 있는 광경이란 참으로 1896년 이해의 새로운 현상이다."

그러나 이런 언론을 통한 규탄에도 불구하고 당시 조정은 이미 너무 부패해있었기 때문에 국민들의 요구를 수용하지 못했다. 따라서 정동구락부 회원들은 독립신문만으로는 부족함을 느끼며 독립협회의 사상을 대변할만한 다른 행동을 구상하기 시작했다.

그 구상의 결과가 독립문이다. 당시 한국에는 영은문과 모화관이란 것이 있었는데, 이 건물들은 중국 사신들이 왔을 때 큰 연회를 베풀거나 영접하던 장소였다. 사대주의의 상징이라 할 수 있는 이 건물들을 헐어버리고 거기다 독립문과 독립관을 세우기로 결심했던 것이다. 이에 서재필은 독립문 건립위원회를 만들고 이상재는 위원회의 위원으로 참석했다. 독립협회는 먼저 독립 기념문의 건립을 내세웠던 만큼 극히 비정치적인 집회로 간주되었으므로 정부나 일반 지식인들과 충돌할 염려가 없었다. 또 모든 사람에게 개방해 보조금을 내는 사람은 누구나 회원이 될 수 있도록 하였다.

이러한 운동은 차차 왕세자가 천원을 하사한 것을 비롯하여 일반 부녀자들까지 기부금을 기탁해올 정도로 성공적으로 국민들의 호응을 얻었다. 모화관은 수리를 하여 독립관으로 준공하고, 독립문은 스위스 사람에게 부탁하여 프랑스의 개선문을 기본 모델로 세우게 되었다. 각계각층의 천여 명으로부터 답지한 기부금은 1896년 8월 현재 5897원에 달했다. 공사는 착공한 지 1년만에 완성되었다. 독립협회는 조선의 자주 독립의 상징으로 많은 사람들의 사랑을 받게 된다.

그 당시 이상재는 만민공동회에서 대단한 활약을 보인다. 그는 만민공동회의 토론회 자리에서 사람들에게 널리 알려지고 스스로 정치적으로 성숙하였다. 그는 토론회 때마다 사회자가 되어 자리를 이끌었다. 물론 그는 당시 정부의 내각 총무국장으로 독립협회의 토론회에 나오기가 껄끄러웠다. 다른 정부 고관들이 토론회에 한두 번 나오다가 독립협회를 비난하며 탈퇴한 것이 이를 반증한다. 하지만 이상재는 독립협회에 적극 찬성하였으므로 조금도 두려움 없이 민중 집회의 사회자로 앞장서서 여론을 이끌었다. 어느 날 인화문 밖에서 독립협회가 소집한 만민 공동회가 열렸다. 그런 데 청중으로부터 어떤 논박이 있었던지 사회를 보던 회장이 격분 하였다.

"이럴테면 나는 이 자리를 내놓고 나가겠다."

분위기가 심상치 않았다. 이 때 보교 한 채가 들어왔다. 이상재 가 보교에서 내려 몇 마디만 하자 회장의 분위기가 정리되고, 논박 도 없어져 회의를 다시 진행할 수 있었다. 군중의 인심을 수습하는 그의 언변은 만민공동회를 이끌어가며 가장 큰 원동력이었다.

처음 만민공동회는 독립협회 내부의 토론회였다. 하지만 1898년 10월에는 정식허가를 받은 대중 집회로서의 만민공동회가 종로에 서 열렸다. 이 토론회는 10여명의 정부 고관들과 각 사회 단체, 각 학교 학생 · 일반 시민 · 상인이 너나 할 것 없이 참여하여 수 천 명 을 헤아리게 되었다. 물론 이때도 이상재는 사회를 보았다. 먼저 회장 윤치호가 앞서 말문을 열었다.

"이 나라가 칭제건원하고 국호도 대한이라 하여 세계만방에 자 주 독립을 선포한 것은 틀림없는 사실이다. 그러나 궁중에는 아직 도 간신 소인배들이 드나들며 정부는 정부대로 청도·삼림 등의 국 가 권익을 외국에 넘겨주기에 바빴고 뇌물을 주고받는 일, 매관매 직하는 일은 날로 성행할 뿐이니, 이같이 하고서야 어찌 도탄에 빠 진 국민들을 구할 것이며 위기에 직면한 국가 운명을 만회할 수 있겠는가?"

이어 백정 출신의 박성춘이 단상에 올랐다.

"나는 비록 대한제국의 지천한 백성이며 무지하고 몰각하지만, 임금과 나라에 충성을 다하는 뜻만은 짐작하고 있소이다. 오늘 같은 판국에서 나라를 이롭게 하고 백성을 편하게 하는 방법은 정부와 백성이 합심하고 협력하여야만 오로지 가능하다고 확신한다."

박성춘의 열변은 사람들의 큰 박수갈채를 받았다. 이 날은 공개적인 정식 집회였다는 것 외에도 한 가지 중요한 점이 더 있다. 그것은 6개조의 관민합동 만민결의안을 채택한 것이다. 이상재는 박성춘 다음으로 단상에 올라 6개조를 하나하나 큰 소리로 읽기 시작했다.

"첫째, 외국인에게 의부하지 않고 관민이 동심 합력하여 전제 황권을 견고히 할 것. 둘째, 광산·철도·석탄·삼림과 차관·차병 등 정부의 모든 대외 조약 사무는 각부 대신과 중추원 의장이 합동 날인하지 않으면 시행하지 말 것. 셋째, 국가 재정은 물론 기세하고 탁지부가 이를 총괄하게하고 다른 부나 사사로운 회사에서는 간섭을 못하게 하며 국가의 예산과 결산도 국민에게 공표할 것. 넷째, 지금부터는 모든 중범죄자는 특별히 공개하여 공판하되 피고가 피의 사실을 자복한 후에 형벌을 시행할 것. 다섯째, 칙임관은 대황제께서 정부에 자문하여 과반수의 찬성을 얻어서만 임명할 것. 여섯째, 제반 현행 장정을 실시할 것."

위의 6개조는 그 자리에 있던 사람들의 우레와 같은 박수 속에서 채택되어 고종에게 전해졌다. 고종은 친히 이를 받아들여,
"모든 신하들은 이를 성실하게 행하라."
는 조서와 함께 5개조의 조칙까지 더하여 즉각 시행을 명령했다.

고종이 독립협회에서 제출한 조칙을 그대로 받아 반포를 한만큼 관민합동 만민결의안은 성공적인 것으로 보였다. 독립협외의 제안을 받아들인 정부는 의정부 참정 박정양의 이름으로 다음과 같은 중추원신관제, 즉 의원설립법을 황제의 재가를 얻어 공포하게 된다.

제1조 중추원은 다음의 사항을 심사의정(審査議定)하는 처소를 할 사.

① 법률(法律)과 칙령(勅令)의 제정, 폐지 혹은 개정에 관한 사항.

② 의정부(議政府)에서 경의(經義) 상주(上奏)하는 일체사항.

③ 칙령(勅令)을 인하여 의정부(議政府)로서 자순(諮詢)하는 사항.

④ 의정부(議政府)로서 임시건의(臨時建議)에 대하여 자순(諮詢)하는 사항.

⑤ 중추원(中樞院)에서 임시건의(臨時建議)하는 사항

⑥ 인민(人民)의 헌의(獻議)하는 사항.

제2조 중추원은 다음의 직원으로 합성(合成)할 사.

의장 1인.   부의장 1인

의관(議官) 50인.

참서관(參書官) 2인.   주사(主事) 4인

제3조 의장은 대황제폐하께옵서 성간(聖簡)으로 칙수(勅授)하시고 부
    의장은 중추원공천(中樞院公薦)을 인(因)하여 칙수(勅授)하시고,
    의관(議官) 반수(半數)는 정부에서 공로가 일찍이 있는 자로 의
    회주천(議會奏薦)하고 반수(半數)는 인민협회(人民協會)에서 27세
    이상의 인이 정치 법률 학식에 통달한 자로 투표선거(投票選
    擧)할 사.

제4조 의장은 칙임(勅任) 1등이오, 부의장은 칙임(勅任) 2등이오, 의관
    (議官)은 주임(奏任)이니 서등(敍等)은 무하고 임기(任期)는 각기
    12개월로 정할 사.

    단, 의관(議官)이 기만(期滿)하기 전 1개월에 후임의관(後任議官)
    을 예선(豫選)할 사.

제5조 참서관(參書官)은 주임이오 이사는 판임이니 서등(敍等)은 일반
    관리와 동할 사.

제6조 부의장은 중추원통첩을 대(待)하여 정부에서 상주(上奏)하여
    조칙(詔勅)으로 임명하심을 공준(恭竣)하고, 의관(議官)은 정부(政
    府)에서 상주서임(上奏敍任)하고, 참서관(參書官)은 중추원천첩(中
    樞院薦牒)을 대하여 정부에서 주임(奏任)하고, 주사(主事)는 의장

이 경의전행(經議專行)할 사.

제7조 의장은 중추원(中樞院)의 대소 사무를 총할(總轄)하고 일체의
공문(公文)에 서명할 사.

제8조 부의장은 의장의 직무를 보좌하고 의장이 유고(有故)할 시(時)
는 그 직을 대변(代辦)할 사.

제9조 참서관(參書官)은 의장 및 부의장의 지휘를 승(承)하여 서무(庶
務)를 장(掌)할 사.

제10조 주사(主事)는 상관의 지휘를 승(承)하여 서무(庶務)에 종사할
사.

제11조 중추원(中樞院)에서 각 항 안건에 대하여 의결(議決)하는 권(權)
만 유(有)하고 상주(上奏) 혹은 발령(發令)을 직행(直行)하지 못할
사

제12조 의정부(議政府)와 중추원에서 의견이 불합(不合)하는 시(時)는
부(府)와 원(院)이 합석협의(合席協議)하여 타당가결(妥當可決)한
후에 시행하고 의정부에서 직행(直行)함을 득치 못할 사.

제13조 국무대신(國務大臣)이 위원(委員)을 명하여 그 주임(奏任)하는
사항으로 의정부의 위원(委員)이라 하여 중추원에 지하여 의
안(議案)의 이취(異趣)를 변명할 사.

제14조 국무대신(國務大臣) 및 각부협변(各部協辦)은 중추원(中樞院)에
내회(來會)하여 의관이 되어 열석(列席)함을 득(得)하나, 단 그
주임사항(主任事項)으로는 의결(議決)하는 원수(員數)에 가(加)하
지 못할 사.

제15조 개국(開國) 504년 칙령(勅令) 제40호 중추원관제(中樞院官制)는 본관제(本官制) 반포일로부터 폐지할 사.

제16조 본관제 제3조 중 인민선거(人民選擧)는 현금간(現今間)에는 독립협회로서 행할 사.

제17조 본령은 반포일로부터 시행할 사.

광무(光武) 2년 11월 2일 봉칙(奉勅)

의정부참정(議政府叅政) 박정양(朴定陽)

　최초의 의회설립법이 완성된 것이다. 이제 독립협회가 오랫동안 주장해오던 의회설립이 가능해졌다. 하지만 이승만 등 소장파들은,

　"지금까지 조칙을 정부가 실시한 일이 없으니 경솔히 해산하지 말고 각 대신과 쟁론하여 실시하는 것을 보는 것이 좋겠다."

고 주장하기도 했다. 이러한 염려는 사실이 되어 며칠 뒤 정부는 이상재 등 17명을 갑자기 잡아 가두고, 만민공동회에 참석했던 박정양을 비롯하여 친 독립협회 관료들을 모조리 문책하고 파면했다. 이상재 등 독립협회 간부들이 체포된 것은 황제를 폐위시키고 공화정치를 꾀한다는 누명이 씌워졌기 때문이었다. 누군가 독립문의 돌담 위에 익명서를 붙였다. 그 내용은 다음과 같다.

● 고시

　대저 임금의 길은 천리를 따라 천명을 받드는 것이 고금의 도리다. 왕실이 퇴폐하고 국가의 일이 곤두박질하고 있으나 임금을 보필

할 신하도 없고 관리들도 제 배만 불리고 백성을 염려하며 돌보려 하지 않고 은전(銀錢) 구하는 데만 눈이 벌겋게 되어 바른 정치는 생각지도 않아 나라가 이 지경에 이르렀다. 그리하여 민중의 마음이 하나 되고 하늘과 백성도 상응하여 만민이 공동으로 대관(大官)에서 회의를 하여 대통령에게 권한을 주어 관아를 바로잡아 신인(神人)이 서로 맹세하게 되면 피흘림 없이 인군(仁君)을 추대할 수 있을 것이 다. 그렇게 되면 악이 날뛰는 일이 없고 소리는 고르게 되고 숨겨져 있던 인물이 조정에 나아가게 되면 민심이 천심이니 백성을 다스림 에 큰 복이 있을 것이다. 온 백성이 함께 지각을 갖고 개병 진보함 을 축수하노라. 회중(會中)

이것은 당시 참정의 농간이었지만, 이를 계기로 고종은 독립협 회에 대한 태도를 백팔십도 바꿨다. 하지만 이것은 표면적인 이유 였다. 가장 큰 이유는 검거하기 며칠 전에 쓴 이상재의 대정부 규 탄문에 있었다. 이 규탄문은 사리사욕에만 눈이 먼 정부 고관들을 통렬히 비판하고 있다 규탄문의 주요 내용은 아래와 같다.

"오늘날 우리나라 조정 형편을 말하는 사람이 있다면 평안하다고 말해야 옳겠습니까? 위태롭다고 해야 옳겠습니까? (…) 이런 때에 이 르러서 국정을 담당하고 계신 여러분께서는 조금이라도 마음을 씻 고 (…) 저부가 생각하시는 것은 무엇이며 하시는 일은 무엇인지, 당 초에 백성을 위하고 나라를 위하여 염려는 조금도 하지 않고 서로 헐뜯고 모함하고 비방하고 시기만을 일삼고, 다만 자기들 한 몸의 영리에만 급급하여 삼천리 강토가 누구 손으로 들어가고 이천만 민 중이 어떤 지경에 이르렀는지를 까맣게 모르고 계시어서, 불쌍한 민 중들이 서로 붙들고 가슴을 치고 통곡을 하려고 하여도 할 곳이 없 을 지경입니다. (…) 또 말하기를, '국가의 대권은 국민으로부터 나와 서 국왕이 이것을 모아서 대표하는 것이다'라고 하였으니 (…) 국민이 국가의 기초가 된다는 것과 국가 경영의 향방이라는 것은, 알고 보면 천부의 권리를 보는 데서 각각 본연의 의무를 지키게 하는 것에 불과한 것입니다. (…) 이렇게 국가의 안위가 목첩에 임박한 긴급한 이 때를 당하여 한결같이 일언도 없이 묵묵히 보고만 있다면 자신의 이익만 꾀하고 국가를 망각하는 자들과 조금도 다를 바 없으므로 이렇게 진언하는 바이오니, 즉시 각의를 경유하여 각국의 입헌 제도에 따라서 우리나라 구류를 참작하여, 특히 국민이 국사를 의논하는 권리를 부여하도록 상주하여 시급히 법률을 제정 반포케 하여 주시기 바랍니다. (…)"

위의 대정부 규탄문은 이상재의 민주정치 사상을 대변한다. 그는 황제를 배척하지는 않지만 봉건적인 황제를 거부했으며 근대적인 입헌 군주 정치를 지지했다. 위에 나타나 있듯이 이상재는 개인은 천부인권과 국민의 권리를 가지고 있고 황권은 그 위에 있으며 근대사회에서는 입헌정치가 필요함을 강조했다. 그는 규탄문에 대한 정치적인 책임까지 각오하였다. 정부에 몸담으면서 정부를 규탄할 수 없다는 판단 하에 내각 총서 사임서를 내면서 과감하게 대정부 규탄문을 제출한 것이다. 하지만 이런 그의 뜻은 펼쳐지지도 못한 채, 그의 대정부 규탄문을 눈에 가시처럼 여긴 관료들에 의해 황제를 폐위하려 한다는 누명을 쓰고 감옥에 가게 되었다.

이상재의 투옥을 전해들은 만민공동회 측 청년들의 분노는 대단하였다.

"우리의 지도자를 석방하라."

"썩은 정부 관리들이나 투옥해라."

"우리는 지도자와 함께 행동할 것이니 투옥하려면 회원 수천 명
도 함께 투옥하라."

이상재를 사랑하는 청년들의 석방 운동으로 이상재는 6일 만에
풀려나왔다. 독립협회의 젊은 회원들은 이 일을 계기로 점차 강력
한 운동을 전개하였다. 독립협회의 분위기는 점점 과격해져 결국
해산명령을 받게 된다.

9 기독교 활동을 통해 조선 청년을 계몽하다

독립협회 활동은 점차 침체되었다. 독립협회의 3대 인물 중 서재필은 독립 협회가 해산되기 6개월 전에 이미 추방되어 미국으로 떠났다. 윤치호는 또한 떠났는데 아버지의 도움으로 지방에서 지방관으로 임명되었기 때문이다. 그동안 독립협회의 후원자 중 한 명이었던 박정양도 이 때부터는 독립협회의 과격한 행동을 책임져줄 수가 없었다. 독립협회의 중심인물 중 이상재만이 남게 되었다.

그러나 이상재는 이런 위기를 피하려고도 하지 않았다. 그는 혼자서라도 독립협회를 이끌어 가야한다고 생각했다. 이상재는 친미파도, 친러파도, 친일파도 아니었기 때문에 서재필과 윤치호가 떠나간 뒤 외국의 도움을 받을 수 없었다. 하지만 그는 조금도 흔들리지 않고 계속 정부를 비판하고, 관리들의 부패를 규탄하는 언동을 멈추지 않았다. 비록 독립협회가 정부로부터 해산명령을 받았지만, 정부의 눈을 피해서 은밀히 어느 정도의 사람들을 모을 수 있었다.

그렇게 한 해가 흐르는 동안 그는 고향에 거의 내려가지 않은 채 독립협회의 일에만 몰두했다. 내각총서에 있을 때는 박봉이라도 받았기 때문에 가족들이 먹고 사는 일에는 걱정이 없었다. 하지만 관직을 내 놓은 뒤에는 입에 풀칠하는 것조차 힘들었다. 하지만 배가 고프다고 나라에 대한 충성심이 식을 이상재가 아니었다. 혼자서 독립협회를 이끌어 나가기 위하여 낮에는 밖에 나가 동지를 규합하고 밤에는 등불을 벗 삼아 사색에 잠기는 등 눈코 뜰 새 없이 바쁜 나날을 보냈다..

당시 정권은 친러파의 수중에 있었다. 이완용은 당시 총부대신으로 처음에 독립협회 창설자였다. 그는 시류에 재빠르게 변신하는 변절자였다. 정국의 변화에 맞춰 친일파가 되었다가 친러파가 되었다. 당연히 독립협회는 그의 변절을 강력하게 비판하였다. 이완용이 독립협회의 비난을 두려워할 수밖에 없었다. 그는 자신의 기득권을 지키기 위해 독립협회를 해산해야만했다. 그는 독립협회 해산을 위해 경위원이라는 특무기관을 설치하였고 조작극을 꾸몄다.

민영환이 회장으로 있는 조선협회가 일본에 망명 중인 박영효 등 친일 분자와 공모하여 정부를 전복했다는 것이다. 이것이 이른바 이완용의 대표적인 조작극인 '개혁당 사건'이다.

이상재는 이 사건의 혐의를 받아 그의 몇 동지들과 함께 1902년에 경위원에 의해 체포되었다. 심지어 그의 둘째 아들 승인도 함께 체포되었다. 경위원은 조작된 사건의 자백을 받기 위해 두 달 동안 혹독한 고문을 가했다. 그 때 경위원 총감이었던 이근택은 이상재를 백방으로 위협했으나 이상재는 태연자약할 뿐이었다. 오히려 이상재의 기백에 눌리어 이찌힐 바를 몰랐다.

그래서 이근택은 죄 없는 그의 아들 승인을 이용해 자백을 받아내기로 하고 그의 아들에게 계속 혹독한 고문을 가했다. 이 과정에서 승인은 열일곱 차례나 기절을 했다. 그런 아들을 보는 아버지의 마음은 찢어졌을 것이다. 하지만 이상재는 약해지지 않았다.

"영감 고집으로 아들이 고생하는구려. 아들이 불쌍하지도 않소. 어서 자백하시오."

"이 천인공노할 놈. 대체 내 아들이 무슨 죄가 있다고 그렇게 심한 매질을 하느냐. 우리 부자는 죽을지언정 하늘과 땅에 거짓을 고할 수 없다."

이상재는 호통을 치며 절대 물러서지 않았다. 경위원은 부정부패를 일삼은 고관들처럼 이상재의 강직함을 두려워하지 않을 수 없었다. 그렇다고 조작극을 포기하지도 않았다. 그들은 심지어 거짓 자백서까지 만들었다. 그들은 날조한 자백서를 보여주며 도장을 찍을 것을 요구했다. 이상재는 한참 자백서를 노려보다니 도장을 꺼내 이근택의 면전에 던졌다.

"너희들 마음대로 만든 자백서이니 도장도 너희들 마음대로 찍어라."

"영감. 그만 고집부리시오. 영감은 친일파 아니오. 모든 일이 밝혀졌으니 어서 자백서에 도장을 찍으시오."

"친일파라고! 나는 황실과 국민에게 충성하는 황실파이자 국민파이지 외국을 위해 일하는 사람이 아니다. 오히려 너희들이 외국의 세력을 등에 업고 국정을 농단하는 것이 아니냐. 너희들은 지금 친러파이지만 앞으로 일본이 득세하면 진짜 친일파가 될 놈들이다."

이상재의 이러한 비판은 당시 기회주의적 관리들의 본질을 그대로 간파한 비판이다. 그의 예언은 실제로 들어맞았다. 이근택과 이완용은 러일전쟁에서 일본이 러시아를 이기자 친러파에서 친일파로 표변한다.

이로 인해 이상재 일행은 완전히 국사범으로 몰려 1902년 8월에 감옥에 수감되었다. 2년 동안의 감옥생활은 쉽지 않았다. 하지만 옥고를 치루면서 이상재는 결정적인 인생 전환의 계기를 마련한다.

그 계기 중 하나가 이승만을 비롯하여 학생운동을 주도한 청년들과의 만남이다. 이 감옥에서 그는 청년 시절의 이승만을 만났다. 그는 이상재가 1898년 10월 대정부 비판으로 옥고를 치룰 때 석방을 위해 군중 시위를 지휘하던 죄로 감옥에 들어와 있었다. 그는 중간에 한 번 탈옥을 시도했고 이 때문에 종신형까지 언도받았다. 그곳에는 이승만을 비롯하여 학생운동을 주도하다 실형을 선고받은 청년 동지들이 있었다. 그 청년들은 감옥 안에서 외국 선교사들이 차입해 준 여러 가지 내외 서적을 탐독하며 놀라운 지적 발전을 이루고 있었다.

이를 두고 훗날 이승만의 전기를 썼던 작가는

"감옥 당국의 호의로 이승만의 옥중 생활은 지적·정신적 성장의 완숙을 가져왔으며 그는 책과 잡지를 모아서 감옥 문고를 만들었다. 무료한 감방 생활 동안 영어 사전을 외우면서 영어 공부를 열심히 하여 그로 인해 그는 언어에 통달했고 아펜젤러·벙커 등이 차입한 정기 간행물 '전망'지와 '독립'지를 읽으며 국내외 정세를 알 수 있었다."

고 표현했으니 그 안에서의 지적 성취가 어떠했는지를 짐작할 수 있다. 비록 청년들을 아끼던 감옥 내의 간부들의 도움이 중요한 도움을 주었지만 선교사들이 서적을 전달해주지 않았다면·불가능한 일이었을 것이다.

이 과정에서 이상재는 어떤 전환점을 맞이하였을까? 그는 다른 청년들처럼 영어에 능통하지 않았기 때문에 외국어 서적은 읽을 수 없었다. 대신 한글로 된 성경과 한문으로 된 종교 서적을 많이 읽었다. 이미 감옥 내의 청년들 중에는 기독교 신자들이 많았다. 그도 미국에 있을 때부터 성경을 읽었지만, 그 때는 단순히 미국이 강대국이 된 이유를 알기 위해서 읽었지 기독교를 믿어서가 아니었다. 또한 그는 미국이 군사력을 강화라는 것을 보고 미국을 경계해야 한다고 생각했다. 심지어 한 때는 미국를 반대하기도 하였다. 그런데 하루는 이상재가 마음이 무겁고 우울해 방에 앉아 있을 때에 거적자리 밑에서 우연히 책을 한 권을 발견했다. 펼쳐 보니 빨간색 표지에 '요한복음'이란 글자가 새겨져있었다.

'누가 일부러 넣어둔 것일까?'

하나의 의문이 머릿속을 스치고 지나갔다. 이상재는 머리 속을 떠나지 않은 이 의문을 붙잡고 책 속에 빠져들었다. 이상재는 한번도 쉬지 않고 책을 단숨에 읽었다. 그 뒤 이상재는 기독교 신자가 아니었음에도 여러 가지 기독교 관련 서적을 탐독하였다. 사람들은 비기독교 신자이면서 기독교 관련 책을 탐독하는 그를 조금 이상하게 생각하였다. 그래서 어느 날 한 청년이 용기를 내어 그 연유를 물었다.

"선생님께서는 요 근래에 어떤 책을 읽고 계십니까?"

"기독교 관련 책을 열심히 읽고 있다네. 자네는 많이 읽어보았는가?"

"예. 그런데 선생님께서는 기독교 신자가 아니지 않습니까? 그런데 그리도 열심히 책을 읽으시니 반가우면서도 그 연유가 궁금하였습니다."

"나는 얼마전에 생전 처음으로 이상한 체험을 경험했다네. '그 해 한 임금이 보낸 사자'가 나에게 와서 말하기를 '나는 수년 전 그대가 워싱턴에 갔을 때 성경을 주어 예수를 믿을 수 있는 기회를 주었건만 그대는 거절했다. 그것이 첫 번째 큰 죄다. 다시 그대가 독립협회에 가담했을 때에도 기회를 주었는데 그대는 자기가 예수를 믿지 않을 뿐만 아니라 다른 사람들까지도 믿지 못하게 방해했다. 이런 식으로 그대는 민족의 진보할 기회를 막았으니 이것이 더 큰 죄다. 나는 그대 생명을 보존하여 옥중에 그대를 두었고, 이제 믿을 수 있는 또 다른 기회를 주노니 지금이라도 그대의 잘못을 회개하지 않는다면 전보다 더 큰 죄가 될 것이다'라고 말했다네."

이런 경험을 하고 난 후 그는 주님을 두려워하게 되었고, 성경을 더욱 열심히 읽게 되었다. 그런 점에서 감옥은 단순히 지옥만은 아니었다. 이상재는 지옥 같은 감옥에서 하나님을 믿는 천당을 경험한 것이다. 이상재에게 기독교는 단순한 종교로서의 의미만 가지는 것은 아니었다.

"공중에 나는 새를 보아라. 심지도 아니하고 거두지도 아니하고 곡식 모아 곡간에 들인 것도 없었으나 하나님이 저들을 먹이시느니라. 들에 피는 백합화를 보아라. 수고하지도 않고 길쌈하지도 않으나 하나님께서 저들을 입히시니라. 내가 진실로 너희에게 이르노니, 솔로몬의 한 때의 영화도 이 꽃만 못하였느니라. 무엇을 먹을까, 무엇을 입을까 근심하지 말라. 이는 이방 사람들이 구하는 바로, 너희는 먼저 그 나라와 의를 구하라. 하나님께서 반드시 이루어 주시리라."

"너희를 욕하고 비방하고 거짓 증거로 너희들을 핍박할지라도 낙심하지 말라. 너희들보다 먼저 왔던 선지자들도 다 그리하였느니라."

이상재는 마음에 드는 성경 구절을 반드시 외워두었다. 특히 위의 성경 구절을 즐겨 외었다고 한다. 그리하여 성경을 계속 반복해 읽음으로써 기독교의 교리를 깊이 이해하게 되고, 조국을 구하고 장차 나라의 기둥이 될 청년들을 지도하기 위해서는 무엇보다도 기독교 정신이 하다는 결론을 내리게 되었다.

수감 생활을 한 지 3년이 지나면서 정국에도 큰 변화가 있었다. 일본이 영국과 영일동맹을 맺으며, 러시아를 견제한 것이다. 그러자 우리나라에서 친러파의 세력이 약해지고 친일파들이 전면에 나서게 되었다. 이에 한국의 신정부는 시대의 변화에 발맞추어 1904년에 "한국의 독립과 영토의 보존을 확실히 한다."는 다짐을 받고 한일의정서를 체결하게 되었다.

한일 의정서는 표면상 "한국의 독립과 영토"를 보장한다고 약속하고 있지만 이상재는 이것이 거짓임을 간파하였다. 따라서 이상재는 자신이 감옥에 갇혀 조국을 위해 활동할 수 없음을 내심 한탄하였다. 그렇다고 감옥에서 나오기 위해 집권층의 비리를 맞추지 않았다. 친일파들은 백성들의 민심을 얻기 위해 이상재의 지지를 얻고 싶어 하였다. 따라서 의정서 체결 후 일본인 재판장을 시켜 이상재의 의중을 떠보았다.

"선생. 이제 감옥에서 나가고 싶지 않소?"

"나가라면 나가고, 있으라면 있을 뿐이다."

"그 태도가 매우 당당하오. 선생은 유명한 사람이니 특별히 보석을 허락할 수 있소이다. 보증금 삼백 원을 낼 수 있는가?"

"어허. 나는 오직 나라와 민족을 위해 일한 사람이오. 그러니 언제 재산을 모을 수 있었겠소. 나는 가난한 사람이라 돈 한푼 없소."

처음에는 이상재의 회유하기 위해 찾았지만 곧 재판장은 이상재의 당당함에 매료되었다. 심지어 재판장은 이상재가 고생하는 모습이 안타까웠다. 그래서 보석을 받을 수 있는 방법을 제시하였다.

"선생이 윤치호와 친하다니 그에게 보증금을 구해보는 것이 어떻겠소?"

"가당치도 않소이다. 내 몸 편하자고 남에게 구걸하기는 싫소."

"그래도 어서 풀려나와야 다시 활동을 할 수 있을 것이 아니오."

"나는 지금까지 나라와 민족을 위해 했던 활동들에 대해 후회한 적이 없거늘 어찌 보석을 신청하겠소."

이처럼 이상재는 당당하게 재판장의 회유와 권유를 물리쳤다. 정세의 변화는 감옥에 있는 이상재의 석방을 앞당겼다. 즉 심상훈·김가진 등 이상재를 평소 존경하고 흠모하는 사람들이 정계에 진출하였다. 이들은 이상재가 석방될 수 있도록 여러 가지로 힘을 썼다. 이상재는 새로운 변화의 시기에 3년간의 수감 생활을 마치고 같이 투옥되었던 독립협회 관계자들과 함께 다시 사회로 돌아왔다.

이상재를 아끼고 존경하는 사람들은 모두 그의 출감을 축하하였다. 하지만 이상재는 사람들의 축하가 달갑지 않았다. 감옥에서 나온 지 얼마 되지 않았을 때 우연히 길에서 전부터 알던 청년을 만났다. 이상재를 알아본 청년은 달려가 이상재에게 크게 인사하며 반가워했다.

"선생님, 얼마나 고생이 많으셨습니까?"

"너는 잘 있었느냐?"

"저야 잘 있습니다. 이렇게 선생님을 다시 만나 뵙게 되어 너무나도 기쁩니다. 축하드립니다."

"잘 지냈다니. 그리고 무엇을 축하한단 말이냐. 내가 보기에 너는 호강으로 지내는 모양이구나."

일본치하에서 우리 민족의 처지는 감옥이나 다를 바 없다고 이상재는 생각했다. 그의 말뜻을 알아챈 청년은 부끄러워 고개를 숙이고 얼굴을 붉힐 뿐이었다.

이상재는 감옥에서 나온 후 곧바로 나라와 민족을 구하기 위한 방법을 고민하기 시작했다. 하지만 3년의 감옥 생활 동안 나라는 많이 바꾸어있었다. 그가 혼신을 힘을 다해 지켰던 독립협회는 이미 해체되어 흔적도 찾을 수 없었다. 정부 역시 친일파들과 탐관오리들이 득세하고 있었다. 절망적인 상황이었다. 하지만 이상재는 좌절하지 않고 조국을 구할 수 있는 활동을 찾기 시작했다. 여러 날 동안 고심한 이상재는 이 상황에서 나라를 구할 수 있는 것은 기독교뿐이라는 결론을 내렸다. 미국은 중국이나 일본과 달라 우리나라 영토에 대한 야심이 없으므로 국토를 보전하고 독립을 획득히지면 미국의 힘을 빌리는 것 역시 필요하다고 판단했다. 그런데 미국의 힘을 빌리자면 기독교의 영향력이 필수적이었다. 물론 이상재가 단순히 미국과의 관계 때문에 기독교를 선택한 것은 아니다. 그는 기독교의 정신에 조국의 자주 독립을 성취할 수 있는 힘이 있다고 생각하였다. 이와 같은 결론을 내리자 그는 감옥에서 같이 성경을 공부했던 동지들과 함께 신앙생활을 통해 나라를 구하는 길을 모색하기 시작했다.

때마침 선교사들이 황성기독교청년회(이후 YMCA)라는 단체를 창설했다. YMCA는 세계적인 기독교 평신도 운동단체로서 1844년 6월 영국 런던의 히치콕로저스 상점의 점원이던 조지 윌리엄스(George Williams)가 12명의 청년들과 함께 산업혁명 직후의 혼란한 사회 속에서 젊은이들의 정신적·영적 상태의 개선을 도모하고자 설립하였다. 그후 유럽 각국으로 급속히 전파되어 1855년 프랑스 파리에서 세계 YMCA 연맹(The World Aliance of YMCAs)을 결성하였다. 제1·2차 세계대전을 치르면서 전쟁포로를 위한 사업과 난민구호 사업을 펼쳤다. 1955년 YMCA 창립 100주년을 기념하여 주체성 재확립을 위한 노력을 다짐하였고, 1973년 우간다 캄팔라 세계대회에서 캄팔라 원칙을 채택하여 YMCA의 새로운 시대적 사명을 감당할 수 있는 사회적 관심과 책임을 강조하였다. 우리나라에서 YMCA가 창설된 1903년으로부터 3년 후 미국의 백화점왕 와아너 메이커가 10만 달러의 건축비를 기부하고, 내장원경 현흥택이 종로에 토지를 제공하고, 황실에서도 적지 않은 금액을 기부하여 그 때로서는 매우 보기 드문 붉은 벽돌 3층의 웅장한 청년회관을 세우게 되었다. 그 후 사십 여 년 동안 국가의 운명을 함께 했던 YMCA의 건물은 6·25 전쟁으로 소실되어 안타깝게도 지금은 그 흔적을 찾아볼 수 없다.

이상재는 동지들과 함께 기독교 단체를 통해 구국 운동을 벌이고자 YMCA에 가입하고, 교육부 위원장으로서 활동을 넓혀가기 시작했다. 그러나 이상재가 안정을 찾아가기도 전에 정세는 또 다시 소용돌이에 휩쓸려갔다. 바로 러·일 전쟁에서 승리한 일본이 우리나라와 1905년 치욕적인 을사보호조약을 강제로 체결한 것이다. 제2차한일협약인 을사보호조약의 전문은 다음과 같다.

● 한일협약

일본 정부와 한국 정부는 양 제국을 통합하는 이해공통의 주의를 공고케 하기 위하여 한국의 부강지실을 이룰 때까지 이 목적으로써 다음의 조약을 협정함.

제1조 일본국 정부는 동경에 있는 외무성으로 하여금 금후 한국

이 외국에 대하는 관계와 사무를 감리 지휘케 하고 일본국 외교 대표자와 영사는 외국에 주재하는 한국의 신민과 이익을 보호하게 함.

제2조 일본국 정부는 한국과 타국 간에 현존하는 조약의 실행을 완전히 하는 임무를 맡으며, 한국 정부는 금후에 일본 정부의 중개를 경유하지 않고는 국제적 성질의 어떤 조약이나 약속을 할 수 없음을 약정함.

제3조 일본국 정부는 그 대표자로 하여 한국 황제폐하의 밑에 1명의 통감을 두되 통감은 전적으로 외교에 관한 사항을 관리함을 위하여 경성에 주재하고 친히 한국 황제폐하에게 내알하는 권리를 부여함. 또 일본 정부는 한국의 각 개항장과 기타 일본국 정부가 필요로 하는 지역에 이사관을 두는 권리를 갖되, 이사관은 통감 지휘하에 종래 주한 일본 영사에게 속한 일체의 직권을 집행하고 동시에 본 협약의 정관을 온전히 실행하기 위해 필요로 하는 일체 사무를 장악하도록 함.

제4조 일본국과 한국 간에 현존하는 조약과 약속은 본 협약 조항에 저촉되는 것을 제외한 나머지 모두 그 효력을 계속하는 것을 보증함.

제5조 일본 정부는 한국 황실의 안녕과 존엄을 유지하는 것을 보증함.

위의 조항을 증거로 하여 아래 서명한 이름은 본국 정부에서 상당한 위임을 받아 본 협약에 기명 조인함.

광무 9년 11월 17일

외부대신 박제순

명치 38년 11월 17일

특명전권공사 임권조

　미국 대통령 루즈벨트에 의해 열린 포츠머스 회담에서 미국은 우리나라에 대해 러시아보다 일본이 우월권을 가지고 있다는 일본 측의 주장을 승인하였다. 따라서 이미 그때 우리나라는 국제적으로 독립국가로서의 주권을 잃은 것이나 마찬가지이다. 그 뿐만 아니다. 이 자리에서 일본의 한국침략이 미국에 의해 공식적으로 승인되었다. 을사조약은 이러한 배경에서 이토 히로부미가 우리나라에 대사를 파견하여 우리나라의 외교권을 박탈하고 '보호'라는 기만적 수사로서 우리나라를 식민지화한 것이다. 고종은 '정부에서 협상 조처하라'며 책임을 회피할 뿐이었고 우리나라의 대신들은 일본 헌병 수십 명이 지켜보는 가운데 가부의 결정을 강요당했다. 결국 이완용을 비롯하여 이근택, 이지용, 박제순, 권중현 등이 모든 책임을 고종에게 전가하면서 찬성표를 던졌다. 이들이 '을사오적'이다.

　이 조약의 체결 소식은 1905년 11월 20일자 황성신문에 장지연의 '시일야방성대곡'이라는 논설을 통해 전국에 알려지게 된다. 곧바로 전국 곳곳에서는 조약 체결에 대한 반대와 일제에 대한 항쟁이 일어났다. 민영환 등 수많은 애국지사들의 자결도 줄을 이었다.

한편 나라를 팔아먹은 친일파들은 이완용을 총리대신으로 하여 새 내각을 구성했다.

이러한 시국에 이상재는 의정부 참찬에 임명된다. 하지만 이상 재는 고종의 하명을 받자 곧 사양하였다.

"신은 참찬의 자리를 받을 수 없습니다. 지금 조정은 매국노들로 가득 차있습니다. 어찌 신이 그들과 같은 자리에 설 수 있겠습니까. 폐하께서는 그들을 벌하시어 그들을 내쫓거나 목을 베어 백성들에게 사례하소서. 그렇지 않으면 신이 폐하의 성총을 흐리고 있는 것이니 신을 만 번 주륙하소서."

이상재의 충언에 감복한 고종은 눈물을 흘리며 다시 한번 권하였다.

"신의 뜻은 충분히 알겠소. 이런 때일수록 충직한 신하들이 짐을 도와야하오. 다시 한번 생각해주시오."

이상재는 거듭 이완용 일당의 처벌을 주장하였으나 그 뜻을 이루지 못하고 1905년 12월 관직에 나서게 된다.

이상재가 예상하였듯이 친일파들이 득세하는 조정은 매우 어지럽고 부장부패가 극심하였다. 하지만 이상재는 한번도 그 강직함을 굽히지 않았다. 한 번은 궁중에서 이완용·민영기·이용직 등 여러 대신들과 함께 모여 앉은 적이 있었다. 그 자리에서 민영환의 혈죽(血竹)이 화제로 올랐다. 한국의 외교권이 박탈된 데 분개하여 자결한지 꼭 1년 만에 자결할 때 흘린 피에서 핏빛의 대나무가 나니 사람들은 민영환의 충심이 그렇게 만든 것이라고 하여 칭송한 것이다.

"민영환 충정공이 죽어서 혈죽이 났다는데, 우리들이 죽으면 무엇이 날꼬?"

이완용의 말에 곁에 있던 의정부 참찬 이상재는 크게 비웃으며 이렇게 말했다.

"대감들이 죽으면 **빵대쑥**이 나지요."

이완용 이하 대신들은 이상재의 냉소적 말에 무색하지 않을 수 없었다. 이상재는 고종의 거듭된 부탁으로 의정부 참찬에 나갔지만 그 일에 별 흥미를 보이지 않았다. 조정에는 더 이상 희망이 없다고 생각했기 때문이다. 그래서 의정부 참찬으로 있을 때에도 YMCA에 열의를 가지고 활동하였으며 가끔 입조할 때도 고관들을 향해 일침을 가하는 것이 주된 업무였다.

한 번은 조선미술협회라는 것이 창립되어 이완용 · 송병준 등의 매국노들과 자리를 함께 하게 되었다. 같은 자리에 참석하게 된 것도 비위가 상하는데 이상재의 맞은 편 자리에 이완용과 송병준이 나란히 앉아있는지라 이상재는 더욱 불쾌하였다. 이상재는 그들을 노려보다가 웃음을 띠며 그들에게 농담을 던졌다.

"어제 가만히 생각해보았는데 대감들이 어서 도쿄로 이사를 갔으면 좋겠소."

"영감 그것이 별안간 무슨 말씀이오? 도쿄라니?"

"영감들은 반드시 도쿄로 이사가야하오. 정말 부탁하오."

"갈수록 못 알아먹을 소리네. 도쿄에 뭐 좋은 것이 있소?"

"그게 아니오. 단지 나뿐만 아니라 많은 사람들이 대감들은 무엇을 망하게 하는 데 천부적인 소질을 가지고 있다고 생각하오. 그러니까 도쿄로 가시면 이제 인본이 망할 것이 아니오."

그 말을 듣자 그 자리에 있던 이완용과 송병준은 물론이고, 일본인들에게 아첨을 잘하던 사람들 모두 얼굴이 파랗게 질렸다고 한다.

이상재는 매국노의 행동에만 일침을 가한 것이 아니다. 그는 비록 국운(國運)이 기울고 있지만 조국의 자주독립만은 끝까지 포기하지 않았다. 그렇기 때문에 일제에 이익이 되고 우리나라에는 해가 되는 법안에는 결코 찬성하지 않았다. 예를 들어 정부 참찬관이 된 이듬해 새로 제정된 이민 보호법 제 20조에는 일본국 통감의 동의를 얻어야 한다는 조항이 있었다. 이상재는 그 조항을 삭제하여야 한다고 주장했다. 이상재 혼자 끝까지 굽히지 않고 계속 버티어 1월부터 5월까지 그 법령의 분포가 미뤄졌다. 그것을 계기로 또다시 경무청에 구금되었다가 두 달 만에 풀려나게 된다. 이 당시 그는 '헤이그 밀사 사건'을 계획하고 있었으므로 절체절명의 위기였지만 대범하게 행동했기 때문에 경무청은 어떤 혐의도 발견하지 못했다. 그가 석방되었다는 소식을 듣고 일본 공사관 통역 시오카와가 찾아왔다.

"석방을 축하하오. 이번에 영감이 감옥에서 나오시게 된 것은 우리 일본 공사가 영감의 억울하심을 귀국 황제 폐하께 아뢰어 특지를 내리신 것이오."

"내게 원하는 것이 무엇이오."

"한번 우리 공사를 찾아뵙고 감사의 말을 전해야하는 것이 예의가 아니겠소? 곧 영감은 우리 공사를 찾아오시오."

"말도 안 되는 소리나 하려면 썩 물러나시오. 나를 석방할 수 있는 분은 오직 우리 황상폐하 뿐이시오. 어찌 귀국 공사가 관여했다고 억지 주장을 하시오. 내 일찍이 일본 공사와 일정한 거리를 두고 만나지 않았거늘 나에게 죄가 있고 없는 것을 그가 어찌 알고 억울함을 아뢰었겠소?"

이상재는 분노를 참으며 냉랭하게 대답했다. 이상재는 더 이상 조정에 희망을 걸 수 없었다. 그는 의정부 참찬관을 사직하고 다시는 관직에 나가지 않았다. 그리고 YMCA의 일에 매진하였다.

이상재는 끊임없이 조국을 구하기 위해 고민했다. 특히 그는 을사보호 조약에 분노하였고 이 조약을 무효라고 확고히 믿었다. 결국 그는 이 조약의 부당함을 세계에 알려야겠다는 결심하였다. 이것이 바로 '헤이그밀사 사건'의 시작이다. 이상재는 자기 이전에 의정부 참찬이었던 이상설과 YMCA의 심판원으로서 한 때 검사로 활약했던 이준을 만나 비밀스러운 계획을 세운다. 곧 이상설과 이준, 그리고 러시아 한국 공사관에 있는 이위종을 고종의 뜻을 전할 밀사로 결정되었다. 이상재는 그들이 1907년 네덜란드 수도 헤이그에서 열릴 예정인 세계평화회의에 보내 을사조약이 황제의 뜻에

반하는 강제조약이었음을 알려야한다고 주장하였다.

"헤이그에서 이번에 세계평화회의가 열리오. 이 회의는 세계평화를 위해 각국의 중요 인사들이 참여할 것이니 이번에 반드시 을사조약의 부당성을 세계에 알려야하오."

"정말 을사조약을 파기할 수 있습니까? 제가 그곳에 가서 죽은 것은 두렵지 않습니다만 그들이 과연 호응해줄지"

"쉽지 않을 일이 될 것이오. 하지만 여러분들의 어깨에 조국과 민족의 미래가 달려있소이다. 반드시 해낼 수 있을 것이오. 아니 해내야만 하오."

이상재와 이상성, 이준 등은 최대한 은밀하고 조심스럽게 이 일을 추진하였다. 하지만 어찌된 일인지 계획이 누설되었다. 계획을 안 일본은 곧 고종을 감금하다시피하고 그들의 네덜란드 공관과 대표회의를 통해 우리나라 대표의 회의 참석을 방해하는 공작을 폈다. 결국 네덜란드는 을사조약은 각국 정부도 이미 승인한 바이니 한국 정부의 자주적인 외교권을 승인할 수 없다는 이유로 회의 참석을 거부한다. 이상설과 이준, 이위종은 회의에는 참석할 수 없었다. 하지만 다행히 네덜란드 신문사의 도움을 얻어 평화회의를 계기로 개최된 국제협회에서 호소할 기회를 얻게 되었다. 이 때 외국어에 능통한 이위종이 연설한 '한국을 위하여 호소한다'라는 기사가 세계 각국에 보도되었다. 하지만 주목을 끄는데 성공했음에도 불구하고 구체적인 성과를 얻지는 못하자 이준은 울분을 삭히지 못하고 그 자리에서 분신자살을 하였다.

일본으로서는 이 같은 상황을 꿈에도 생각하지 못했다. 이상설 일행이 회의에 참석하는 것을 막지 못했지만 국제 여론은 일본에 대해 그리 호의적이지 않았다. 따라서 더 큰 화근을 막기 위해 고종을 강제로 왕위에서 물러나게 하려는 계략을 세운다. 이토 히로부미는 고종에게 헤이그 밀사사건을 따지며,

"이 같은 음흉한 수단으로 일본의 보호권을 거부하기보다는 차라리 당당하게 선전 포고를 하소서."

하고 협박했다. 그리고 총리대신 이완용에게 어전회의를 열게 한 다음 고종에게 물러날 것을 종용하게 한다. 이때 송병준은 서슴없이 매국노 같이 행동하였다.

"폐하. 폐하가 이 일에 대해 책임을 지셔야합니다."

"무엇이라고!"

"폐하께서 이 일에 책임을 지셔야한다고 했습니다. 진정 이 나라를 생각한다면 자결이라도 해야 마땅한 줄 아옵니다."

"그것이 경의 입에서 나올 말인가!"

"만일 폐하가 자결하지 못하신다면 친히 도쿄로 가시어 일본 천황폐하에게 사례하시든지 아니면 하세가와군 사령관을 대한문 앞에서 맞아 면박의 예를 하시옵소서."

"고얀지고! 경은 과연 누구의 신하인가. 이제 경에게는 일본의 천황만이 주인인가."

고종은 매국노의 행동에 분노하여 일체의 사과를 거부하였다. 하지만 일본과 매국노들은 고종을 강하게 협박하였다. 이들의 강

압을 견디지 못한 고종은 결국 다음과 같이 발표하고 만다.

"우리 열조의 예에 따라 군국의 대사를 왕세자에게 대리케 한다."

이것은 왕권의 대리 행사를 왕세자에게 양위한다는 것이지, 고종이 왕위에서 물러나겠다는 뜻과는 다른 것이었다. 그럼에도 불구하고 일본은

"황제가 그 아들에게 양위했다."

며 허위 선포를 하고, 고종이 참석하지도 않은 자리에서 양위식을 단행해버렸다.

이 사실이 알려지자 전국은 다시 시위물결로 넘쳐났다. YMCA 회원들과 대한 자강회, 대한 구락부 회원들은 뭉쳐서 대한문 앞 광장에서 시민들을 모아놓고 고종 양위 반대 연설을 하였다.

"만일 일본 황제에게 머리를 숙이기 위해 황제가 일본으로 가는 어가가 궁궐을 나설 때에는 모두 궤도에서 깔려죽자."

이 과정에서 시위를 저지시키려는 일본 헌병들과 충돌이 발생하였다. 그러자 이 사건을 두고 일본의 신문들은

"YMCA가 완강하게 황제의 양위를 반대하는 폭동의 주모자이다."

라고 YMCA를 매도하는데 앞장섰다.

"YMCA는 종교의 탈을 쓰고 정치 선동과 폭동을 주도해왔다. 게다가 지금 YMCA는 외국 선교사들과 함께 손을 잡고 해산명령에 맞서고 있다. 이들은 외국 선교사들을 등에 업고, 일본은 YMCA를

해산시킬만한 힘이 없다는 것을 민중에게 선동하는 동시에 이미 해산당한 민간단체들을 YMCA 회원으로 포섭하는 공장을 펴고 있다."

이상재는 그 당시 YMCA 회원들과 함께 민중을 지휘하는데 앞장서서 활약했다. 그는 고종이 물러난 것에 대해 몹시 비통해 했으며, 만약 고종이 일본 황제 앞에 가서 고개를 숙인다면 자결로써 이를 저지할 결심이었다. 사태는 날로 악화되어지고 곳곳에서 일본 헌병과 충돌이 발생했다. 그리하여 이상재는 일단 가장 안전한 곳으로 피신해 있을 수밖에 없었다.

이 시기는 이상재에게 개인적으로 가장 힘든 시기였다. 그는 고종의 퇴위를 진심으로 침통하게 생각하였다.

더구나 그 시기에 그는 가정적으로도 힘든 일을 많이 겪어야했다. 이상재가 가정을 돌보지 못하는 동안에도 일편단심으로 자신을 뒷바라지 해오던 부인이 세상을 떠나고, 사일 뒤에 그의 맏아들마저 세상을 떠난 것이다. 그리고 이듬해에는 둘째 아들마저 세상을 떠났다.

둘째 아들은 감옥살이를 함께 했기 때문에 남다른 미안함을 가지고 있었다. 그 때 받았던 가혹한 고문 때문에 감옥 안에서 여러 번 죽을 고비를 넘기기도 했다. 이상재보다 한 해 늦게 석방된 둘째 아들은 고종의 특명으로 군수로 임명되었다. 아들은 아버지를 도와드리기 위해 봉급을 절약해 50마지기의 토지를 샀다. 이 소식을 들은 이상재는 당장 내려가서,

"대대로 청빈을 자랑하며 살아온 우리 가풍을 훼손시키고 논밭을 사다니 말이 되느냐. 도저히 용서할 수 없다."

고 아들을 꾸짖어 그 논밭을 다시 팔게 했다. 그런 아들마저 세상을 떠났으니 이상재로서는 마음을 가누기조차 힘든 시기가 되었다.

선교사들의 집을 돌아다니며 피신해 다니는 동안 그는 극도의 좌절을 맛보았다. 그는 정말 죽음을 결심했다. 이를 눈치 챈 선교사들은 이상재의 결심을 돌리기 위해 적극적으로 설득하였다.

"리(Lee)! 당신의 마음을 이해하지 못하는 바는 아니오. 어떤 사람도 당신이 겪고 있는 불행에 직면하면 좌절할 것이오. 하지만 힘을 내야하오."

"국가와 민족을 위해 이 한 몸 아끼지 않았지만 지금 남은 것은 하나도 없소. 국운은 이미 기울었소. 이 나라의 자주 독립의 초석이 될 독립협회도 해산되었소. 조정은 매국노와 친일파로 넘쳐나오. 게다가 내 사랑하는 사람들까지……."

"하지만 리! 당신은 이미 당신 혼자의 몸이 아니오."

"무슨 말이오. 혼자의 몸이 아니라니."

"지금 조선의 많은 청년들이 당신을 흠모하고 존경하고 있소. 그들은 이 혼란한 시대에 당신과 같은 지도자가 자신들을 이끌어주기를 원하오. 만약 당신이 당신을 소홀하게 생각한다면 당신을 믿고 따르는 청년들은 어떻게 할 것이오."

"청년. 조선 청년!"

"리. 청년회 사업을 맡아주시오. 청년을 바른 길로 이끈다면 아직 조선의 희망을 꺼지지 않은 것이오."

선교사들은 이상재가 청년회 사업을 맡아주길 기대하였다. 이상재는 청년회 사업이란 말에 정신을 번쩍 들었다. 원래 그가 감옥에서 나와 YMCA에 들어간 것은 '기독교와 청년이 아니면 이 나라를 구할 수 없다'는 생각했기 때문이다. 큰 환난을 겪으면서 마음이 흔들렸던 이상재는 선교사들의 인도와 보살핌으로 용기를 되찾는다. 이상재는 곧 YMCA에서 열정적으로 활동하였다. YMCA는 곧 이상재를 종교부 간사로 임명하였다. 종교부는 6개 부서 중 하나로 매우 중요한 자리였다. 그는 이 자리에 앉음으로써 새로운 도약을 하게 된다.

10 YMCA에서 비폭력저항운동을 전개하고 조선 청년을 계몽하다

이상재가 YMCA 종교부 간부가 된 것은 59세 때였다. 이 시기에 그는 10년이나 젊어진 모습을 보여주었다고 한다. 그토록 고난과 풍상을 많이 겪었지만 이상재의 기백과 의지는 조금도 꺾이지 않았다. 비록 마음속에 고민거리가 있더라도 겉으로 내색하지 않고, 다른 사람들에게 풍자와 해학으로 웃음을 주었다.

이상재는 생활이 검소하여 의복을 되는대로 입었는데 노년에는 더욱더 그러하여 옷차림에는 조금도 관심이 없었다. 그래서 추운 겨울에는 재래의 남바위 위에다 중산모를 쓰고 다녔다. 남바위에 중산모라니. 사람들은 이상하게 생각했다. 어느 날 종로 YMCA회관에서 한 청년이 이상재에게 그 까닭을 물었다.

"선생님, 중산모 아래다가 남바위를 쓰십니까?"

"그럼 중산모 위에다가 남바위를 쓰랴?"

이처럼 나이 어린 청소년들을 아끼고 친자식처럼 사랑하며 잘 어울렸다. 그래서 이상재 스스로 자신을 '노인 청년'이라고 불렀다. 이런 일도 있었다. 이상재는 종종 청년들과 장기를 두며 담소를 하였다. 물론 이상재와 연배가 비슷한 친구들은 이런 모습이 못마땅하였다.

"여보게, 자네 젊은 사람들과 너무 친하게 지내는 것이 아닌가? 너무 격의 없이 굴면 버릇이 없어지지!"

"여보게, 그럼 내가 청년이 되어야지 청년들더러 노인이 되라고 하겠나? 내가 청년이 되어야 청년이 청년 노릇을 하는 걸세."

이처럼 YMCA에서 이상재는 청년들과 동고동락하며 어떤 청년보다 더 열심히 활동하였다.

그리고 조선청년을 계몽하기 위한 노력을 게을리 하지 않았다. 예를 들어 이상재는 일본에 가서도 유학 중인 조선 청년을 계몽하였다. 이상재가 YMCA에 종교부 간사가 된 이듬해인 1911년의 일이다. 그때 일본은 조선에서 각 방면의 지도적 인물들로 여겨지는 사람들로 모아 일본 시찰단을 구성하여 파견했다. 이상재도 기독교를 대표하는 인물로 선정되어 참석하게 되었다. 일본 방문 중 그는 조선 유학생들 앞에서 옛날 한국 공사관으로서 강연을 하였다.

이상재는 강연장에 들어서자마자 하늘을 우러러 한번 껄껄 웃고 곧이어 흐느껴 울었다. 이런 행동에 장내는 곧 술렁거렸다. 이윽고 이상재가 통곡을 멈추고 좌중을 둘러보았다.

"내가 평생에 울지 않고자 하였더니 오늘 처음으로 운다. 내가 이 집을 한국 공사관 때에 와서 보았는데 유학생 감독부가 된 오늘에 와보니 옛일이 새롭도다."

이 같이 말하고 눈물 자국이 채 가시지 않은 눈을 들어 학생들을 향해

"오늘 청년 제군을 이 자리에서 만나매 부모 잃은 동생을 만난 것과 같다."

고 통탄하였다. 청년들은 이상재의 말로 따라 울지 않을 수 없었다. 새삼스럽게 떠난 온 조국과 주권을 상실한 조국의 운명을 이상재가 일깨워준 것이다. 이상재는 청년들에게 뼛속 깊이 나라 잃은 아픔을 심어주었다. 이상재가 청년들을 얼마나 사랑했는가를 보여주는 또 다른 일화가 있다. 한번은 한 청년이 이상재의 집에 찾아왔다. 그때는 추운 겨울이었기 때문에 방이 얼음장같이 찼다. 청년은 이상재가 나이가 많은데 너무 고생하는 것이 민망해서 주머니에서 있던 돈 20원을 꺼냈다.

"이것으로 우선 땔나무와 쌀이나 사십시오."

이상재는 고마움을 표시하며 그 돈을 받아 넣었다.

그런데 조금 있다가 다른 학생이 이상재를 찾아왔다. 내일 도쿄

로 유학을 떠나는데 여비가 없다는 것이다. 이상재는 거침없이 그 돈을 학생에게 내주었다.

"선생님. 선생님의 사정도 어렵다고 들었는데 제가 어찌 이 돈을 받겠습니까. 저는 단지……."

"내 걱정은 말고 받아두게나."

"선생님. 정말 이 은혜를 어찌 갚아야 할지요. 정말 감사합니다."

"은혜 갚을 걱정은 하지 말게나. 정말 갚고 싶다면 공부나 열심히 하고 돌아오게나."

한편 그 학생과 청년이 모두 간 뒤에 처음부터 그 광경을 보고 있던 이상재의 친구는 기가 막히지 않을 수 없었다. 돈을 받아간 학생의 어려움을 동정한다하더라도 얼음장같은 방을 덥혀줄 귀중한 돈을 쉽게 내주는 법이 어디 있는가.

"여보게! 자네의 귀한 뜻은 알겠지만 너무 쉽게 내주었구만. 돈을 몽땅 학생에게 주었으니 이제 이 방은 어떻게 하겠나?"

"무슨 걱정을 그렇게 하나. 저 친구가 열심히 공부할 걱정을 해야지."

"아니 내 말은 그런 뜻이 아니고……."

"차가운 방 사정을 아는 사람이 있다면 또 도와주겠지 않겠나. 허허허"

이상재에게 중요한 것은 방의 온기가 아니라 청년의 마음 속 온기였던 것이다. 다행히 사정을 알고 땔감을 건넸던 청년이 다시 찾아와 약간의 돈을 더 내놓게 되었다고 한다. 이렇게 이상재는 청년을 사랑했다.

 이상재가 YMCA에서 종교부 간사로 활동했던 시절. 이상재는 항상 청년들을 사랑했고 그들과 즐겨 이야기하기를 좋아했다. 하지만 그렇다고 그 시절 생활이 순탄한 것만은 아니다. 이상재가 YMCA에 들어오던 때에는 벌써 일본의 입김이 YMCA까지 미쳐있었으며 YMCA는 여러 번 위기에 직면했다. 이토 히로부미는 1905년 부임한 이래 황성기독교청년회에 대해 경계심을 가지고 있었다. 그 이유는 황성기독교청년회가 서구 여러 나라 사람들과 국제적인 연대관계를 맺고 있어 총독부는 이를 일본에 대항하기 위한 움직임으로 보았기 때문이다. 실제로 1907년에 헤이그밀사가 청년회 지도자들에 의해 주동된 사실이 밝혀졌다. 또 고종퇴위를 가장 반대한 사람들 역시 YMCA 회원들이었다. 따라서 총독부는 YMCA에 대해 날이 갈수록 경계의 수위를 높여갔다.

 이상재가 YMCA의 종교부 간사로 활동하면서 YMCA는 몇 번의 위기에 봉착했다. 그중 '유신회 풍파'라는 사건이 있었다. 그것은 김린이라는 이완용의 심복의 책동으로 발생한 사건이었다. 김린은 이상재 등의 독립협회 지도자들과 함께 감옥 안에서 기독교 신자가 된 것을 계기가 되어 1907년 청년회 부총무로 취임했다. 그러나 이후 YMCA회원들 중에서 회원들을 따로 매수하여 '유신회'라는 것을 만들어 외국인들을 추방하자고 주장했다. 가장 먼저 청년회 사업을 도우려고 온 미국인을 축출해야한다고 주장했다. YMCA가 미국으로부터 독립해야한다는 것이다. 하지만 이러한 주장은 YMCA에서 외국인 조력자를 몰아냄으로써 YMCA를 일본의 통제 하에 두기 위함이었다.

또 황성기독교청년회에서 '황성'을 지우자고도 했다. 어느 날 아침 무장 경찰들이 지키는 가운데 중국인 석수장이들이 정문 위의 간판에 쓰인 '황성'이라는 두 자를 쪼아내었다. 이것을 본 직원들이 즉시 YMCA 간부들에게 보고했지만, 경찰들의 무력 앞에서는 어쩔 수가 없었다. 일제는 YMCA 정신을 말살하려는 뜻에서 '황성'이라는 글자를 없앴다.

이 뿐 아니라 깡패와 가짜 회원들을 동원하여 지도자들을 습격하거나 일본 YMCA 산하에 들어가야 한다고 주장했다. 이 후 계속된 방해공작으로 결국 황성기독교청년회는 몇 가지 요구를 들어주지 않을 수 없었다. 우선 조직명에서 황성을 조선중앙으로 바꿔 조선중앙기독교청년회로 개명했다. 또 앞으로 조직할 전국 연합회는 일본 YMCA 동맹과 형제 관계를 맺어야한다는 조건을 수락했다.

질레트는 그때 방해공작을 주도한 김린의 역할을 다음과 같이 설명했다.

"YMCA 직원 하나가 총독부로부터 기밀비를 타서 YMCA를 뒤집어엎으려고 한다는 것이 판명되었다. 이것은 완전히 YMCA에 대한 반동 행위였기 때문에 나는 이사회에 보고하여 그를 파면하게 되었다. 유신회의 목적은 순전히 YMCA의 서양인 직원들을 몰아내고 자기들이 그 자리에 앉아 재정권을 잡자는 데 있었다. 유신회는 총독부의 공식 등록을 받아 재정 원조를 받고 있다는 사실이 판명되었다."

이상재는 김린의 배후에 이완용이 있었음을 알고 있었다. 따라서 저음에 그늘이 아무리 회유나 협박을 하여도 부화뇌동하지 않았다. 그러다가 YMCA회원들의 비난의 목소리가 점차 커지자 YMCA 회칙이 명시한대로 정회원 총회를 개최하였다. 그리고 외국인을 축출하자는 그들의 제의를 받지 않기로 했다. 이상재의 대응은 전광석화처럼 일어났다. 불행히도 이 과정에서 이상재는 부상을 입게 되었다. 당시 회의를 앞장서서 주도했던 이명원은 이 사건에 대해 다음과 같이 말했다.

"이상재 선생의 사전 허락을 받고 밤중에 회원들에게 기별하여 비밀리에 그 이튿날 회원대회를 소집하게 되었다. 이것을 뒤늦게 안 김린 일파는 강당문을 박차고 회장에 밀고 들어오려고 했지만 그 때는 이미 만장일치로 이사회의 파면 결의를 지지한 때였고, 유도부 김홍식 등 회원들이 문을 든든히 지키고 있었기 때문에 그 자들을 일단 힘으로 저지할 수 있었다. 그러나 산회한 뒤에 그 자들이 골목에 숨어 있다가 집으로 돌아가는 지도자들을 해칠까 염려가 되어 호원들은 호위대를 조직했다. 그리고 며칠 동안 지도자들의 집을 지켜주기도 했다. 그러나 이상재 선생은 이 때 팔이 부러

지고 말았다."

부상을 입기는 했지만 어쨌든 이상재의 결단력 있는 행동으로 인해 '유신회 풍파' 사건은 진정되었다.

또 다른 위기는 일본인들을 위한 YMCA가 서울에 설립되면서 시작되었다. 서울에 일본인의 이주가 급증하자 1908년 일본인을 위한 YMCA가 설립되었다. 그때 니와라는 사람이 YMCA의 총무로 취임하였고 곧 한국 YMCA에 간섭하기 시작했다. 그 당시 한국 YMCA에서는 회관을 새로 지었는데, 그 회관을 같이 쓰자고 회유하였다. 그것은 회관을 같이 쓰면서 점차 한국 YMCA의 독립성을 약화시키려는 속셈이었다. 그러나 한국 YMCA 총무였던 질레트는 회관이 좁다는 이유로 거절했다.

"일본인 경성 YMCA 이사회는 니와씨를 우리에게 보내어 한국 YMCA와 일본 YMCA를 다 같이 우리 건물 안에서 운영할 것을 요구해왔다. 그러나 우리는 방이 넉넉지 못하기 때문에 밖에 가건물을 짓고 사업을 하고 있는 처지이며, 만약 일본 YMCA가 원한다면 일본 YMCA 회원들이 한국어로 하는 프로그램과 기타사업에 참가하면 되지 않겠느냐고 말하면서 거절했던 것이다."

이와 같은 위기가 계속되면서 YMCA의 운영은 날이 갈수록 힘들어졌다. 그 당시 정부에서는 매달 만원씩 재정보조를 받아오고 있었다. 그런데 이상재는 종교부 간사로 들어오면서부터 질레트에게 재정보고금을 받지 말라고 충고했다. 그러나 질레트는

"아무런 조건 없이 호의로 주는 것이니 받지 않을 이유가 없습니다."

라고 밀하며 계속해서 보소금을 받아 YMCA 운영을 해나갔다. 그러나 일본 총독부는 점차 보조금액을 줄여갔고 이 돈을 빌미로 한국 YMCA의 활동을 견제하였다. 이때야 비로소 질레트는 이상재의 충고를 깨닫게 되었다.

"이상재 같은 한국 지도자들은 월급을 받지 않고 일하면 되지 않겠느냐면서 다섯 번식이나 그 보조금을 받지 말자고 말했는데……"

YMCA의 운영 상황은 날로 어려웠지만 청년들을 위한 활동들은 의욕차게 추진하였다. 특히 1910년도부터 시작한 하령회(夏令會) 활동은 그 시기 대표적인 학생운동이었다. 즉 1910년 6월 YMCA에서 제1회 학생 하령회가 열린 뒤부터 우리나라의 학생 운동이 활발해지기 시작한 것이다. YMCA의 학생 하령회는 YMCA가 여름을 맞아 청년들을 대상으로 개최한 수양행사이다. 1주일 동안 학생들은 강의, 음악감상 및 연주, 체육, 토론, 레크레이션 등 다양한 행사에 참여할 수 있었다.

특히 교회청년들의 열열한 호응을 받았다. 왜냐하면 그동안 신

앙강좌 위주의 사경회나 수양회 등에 지루함을 느꼈는데 하령회의 역동적인 활동은 항상 즐겁고 유익했기 때문이다. 하령회는 유명 인사의 강의도 마련하였다. 이상재, 윤치호, 신흥우, 조만식, 김창제 등의 강의는 발들일 틈이 없을 정도로 학생들의 호응이 대단하였다. 이상재는 하령회를 주도하고 학생운동을 더욱 성장시키시기 위해 젊은 지도자가 필요하다고 판단했다. 그래서 미국에 체류 중인 이승만이 국내로 돌아오도록 요청했다. 이승만은 이상재의 뜻을 존중하고 귀국 후 서울뿐만 아니라 전국을 순회하며 학생 YMCA를 조직하는데 주력했다. 이상재를 비롯한 지도부의 노력으로 1년 후 다시 열린 학생 하령회는 이전해보다 규모면이나 내용면에서 훨씬 발전하였다.

나날이 성장해가는 학생 하령회는 총독부의 주목을 끌 수밖에 없었다. YMCA 운동이 전국적으로 규모가 커진데다가 국제적인 연대를 맺고 있는 단체였기 때문에 함부로 문을 닫게 할 수 없었다. 따라서 총독부는 겉으로는 YMCA의 활동을 인정하면서도 물밑으로 파괴공작을 교묘하게 꾸미기 시작했다.

일본은 헌병과 경찰력을 동원하여 무력으로 탄압하고 싶었지만 위에서 설명한 것처럼 YMCA는 외국인도 참여하는 국제적인 조직이었기 때문에 강하게 탄압할 수는 없었다. 따라서 일제는 이들을 탄압할 수 있는 명분을 만들어야했다. 이것이 그 유명한 '105인 사건'이다. 일제는 1910년 11월 5일 압록강 철교 가설 공사의 낙성식에 참석하러 신의주로 갈 때 기독교인들이 조선총독을 도중에서 죽이려고 했다고 발표했다. 서북지방의 민족주의자들과 학생들이 만주에서 권총을 산 뒤 학교에 숨었다가 조선총독을 죽이려고 했다는 것이다. 심증만으로 일제는 YMCA 회원들을 잡아들이기 시작했다. 1911년 10월에 학생 6명을 검거함으로써 시작된 이 사건은 총 123명을 고문하고 기소하였다. 그 중 105명은 실형을 선고받았다.

첫 날 검거된 학생들은 YMCA 회원으로 학생 하령회에 참석했던 학생들이었다. 그리고 이 사건의 배후로 지목된 사람들은 하령회의 회장이면서 YMCA의 부회장이었던 윤치호와 하령회의 강사였던 양준명이었다. 수많은 사람을 구속시키고 YMCA에 치명타를 가한 '105인 사건'이 일본의 조작극이었다는 것은 질레트의 증언으로 밝혀졌다.

> "모든 피고인들은 혹독한 고문을 견디다 못해 소위 자백서라는 것을 썼는데, (…). 그네들은 사건을 조작하여 학교에서 120여명의 기독교인들을 검거하게 되었다. YMCA 부회장 윤치호씨와 나의 가장 가까운 친구들도 여러 사람이 검거되었다. 법정에 제시된 경찰의 조서와 피고인들의 소위 자백서에는 20명의 선교사들도 암살 음모에 가담했다고 되어 있었다. (…) 서울 YMCA 부회장에 대하여 나는 편지 한 장을 썼다. 그 편지는 유럽과 미국 지도자들에게 이 사건의 진상을 알리기 위하여 쓴 것이다."

질레트는 국제선교협의회 위원회에까지 편지를 보내며 일본의 만행을 세상에 알리고, 구속된 회원들을 위해 노력했다. 그러나 그의 노력은 성과를 거두지 못하였다. 도리어 1913년 봄에 국외로 추방당한다. '105인 사건'으로 일제는 눈에 가시 같은 YMCA를 탄압하는데 성공했다. 하지만 이 사건이 떳떳하지 못했기 때문에 세계적인 시선을 의식하지 않을 수 없었다. 일제는 질레트에게 한국으로 돌아올 것을 제안하였다.

"다시 한국에 돌아와서 YMCA 총무가 되기를 바란다. 다만 이제부터 반일 운동만 하지 않는다면 곧 입국할 수 있도록 하겠다."
"내가 언제 반일 운동을 했는가. 나도 한국에 가기를 원한다. 나도 조선이 있는데 죄없는 윤치호 부회장을 석방하라. 그러면 가겠다."

일제는 질레트의 귀환을 진정으로 바라지 않았기 때문에 그의 요구를 묵살했다. 윤치호는 6년형을 언도받고 질레트는 다시 돌아오지 못했다.

이처럼 최악의 상황들이 계속되면서 누구도 YMCA의 재기를 장담하지 못했다. 총무는 추방당하고 YMCA 참모진이 거의 구속되었다. 누가 YMCA를 이끌어갈 것인가. 새로운 지도층이 절실히 필요한 시점에서 이상재는 가만히 있을 수가 없었다. 그 스스로는 YMCA에서 종교부 간사로 활동하고 있었기 때문에 충분한 준비가 되어있다고는 생각하지 않았다. 하지만 YMCA를 이끌고 나갈 지도자가 부재한 이 위기 상황에서 조직을 위해 헌신하는 것이 무엇보다 중요하다고 생각했다. 그는 총무 자리 제안을 받아들였다. 총독부 당국에서 무슨 단서만 있으면 회원들을 잡아들이는 탄압이 극한 상황에서 결연히 앞에 나설 수 있는 사람은 이상재뿐이었다. 이상재가 총무가 되자 총독부는 곧 공작에 들어갔다. 우선 이상재를 매수하려고 했다.

"YMCA 종무가 되신다면서요. 축하드려야할지 잘 모르겠습니다. 그 자리가 쉬운 자리도 아닌데."

"당연히 축하해야하지 않겠는가. 보다 많은 사람들을 위해 일을 할 수 있게 되었으니. 이상한 말은 하지 말고 하고 싶은 말이 있으면 어서 하게나."

"그럼 단도직입적으로 말씀드리겠습니다. 저희는 그동안 사회를 위해 공헌한 선생의 공덕을 높이 평가합니다. 그래서 어떻게나마 성의를 표시하고 싶습니다. 여기 5만원이 있습니다. 5만원을 드릴 터이니 고향으로 가서 여생을 편안히 보냄이 어떠하십니까?"

"이 돈으로 땅을 사라니 나더러 이 자리에서 죽으란 말인가?"

"그런 것이 아니라 활동을 하기에는 연세도 많고 그동안 많은 일을 하시지 않았습니까? 이제 편히 사십시오."

"나는 하늘에서 타고나기를 평안히 일생을 마치지는 못하게 타고났다."

"선생. 다시 한번 생각해보십시오."

"싫다는데 말이 많구만. 그런 말을 할 요량이라면 어서 썩 물러가게."

이상재의 강경한 말과 태도로 인해 그들은 더 유혹할 생각을 못했다. 이처럼 그는 어떠한 상황에서도 부정한 돈은 절대 받지 않는 것으로 유명하였다. 그는 평생 넉넉하게 살아보지 못했지만 한 번도 그것에 대해 한탄해 본 적이 없었다. 물론 여러 가지 어려운 상황에서 YMCA를 이끌어 나가느라 어려움이 만만치가 않았다. 특히 재정적 어려움은 대단했다. 하지만 그의 절개는 한 번도 흔들리지 않았다.

영원한 청년 이상재

11 암울한 시절의 등불이 되다

● 실업교육과 노동야학

1914년 일어난 제1차 세계대전으로 YMCA는 한층 더 수난을 겪게 되었다. 일본 총독부 당국은 무슨 조그만한 단서라도 잡으면 YMCA 회원들을 마구 잡아 가두고 정탐꾼들을 YMCA 안팎에 배치하여 그들을 감시했다. 이상재는 일제와 직접 대결을 피하여, 한발 물러서서 실속을 채우려고 했다. 군사훈련이나 시국강연 등 일제 당국이 싫어하는 사업은 삼가고 생활교육에만 주력했다. 그 중의 하나가 실업교육이다.

64살의 나이에 기독교청년회 총무에 취임한 이상재가 가장 먼저 벌인 사업은 실업교육이었다. 학생들에게 다양한 산업 기술을 배우게 함으로써 전문적인 기술자를 양성하려는 의도였다. 조선 사회에서 천대받던 기술 교육을 새로운 시각에서 다듬기 시작했다. 이미 유럽에서는 일찍부터 상공업의 중요성을 인식해 기술자와 상인을 육성하고 있었다. 조선은 사농공상의 직업 구분이 뚜렷해 '공'과 '상'을 천대했기 때문에 근대화의 시기가 그만큼 늦어지고 있었던 것이다.

이상재는 이러한 조선 현실의 문제점을 일찍 간파해 상공업 육성에 힘을 쏟기로 한다. 조선이 일본에게 나라를 빼앗긴 것도 결국 상공업 기술이 뒤쳐졌기 때문이라고 판단했던 것이다. 비록 지금은 일본 치하에 있지만 언젠가 조선도 해방을 맞이하게 될 것이고, 그 때가 되면 상공업인들이 나라를 세우는 데 일조를 할 수 있으리라 판단했다.

청년회의 총무가 된 이상재는 학생들에게 상공업 기술 교육을 하기 시작했다. 이미 오래 전부터 상공업 교육의 중요성을 깨달은 이상재는 기술 교육이야말로 나라의 근본을 이루는 초석이라고 보았다. 어릴 때부터 실학을 접한 이상재에게는 너무나 당연한 일들이었다. 또한 1년동안 미국에서 생활하면서 듣고 보았던 모든 것들로부터 기인한 일들이다. 미국인의 생활과 사고방식을 지켜보면서, 항상 실질을 존중하고 쓸데없는 허명에 치우치지 않는 건실한 생활을 배웠던 것이다. 당시 교사로 와있던 스나이더의 보고를 통해 YMCA의 활동을 짐작할 수 있다.

나는 서울 YMCA의 사업을 보고 큰 소망과 감격을 금할 길 없었다. 당신도 아시다시피 1913년은 정말 살벌한 분위기였다. 이 분위기는 6월 정기총회에서 절정을 달했다. 그러나 한국 YMCA는 드디어 돌파구를 발견하고 빠져나가게 되었다. YMCA는 과년도에서 넘어온 수천원의 이월금을 가지고 공업부 사업을 강화한다. YMCA 교사들과 학생들은 다같이 자기 개인사업을 꾸려 나가듯이 YMCA 사업에 전력을 쏟는다. YMCA가 직접 주문을 받아 가지고 학교, 병원, 회사, 가정 등에 가구를 만들어다가 팔았으며, 풍금, 기계 등을 수리해 주는 일, 그리고 구두제품 배달과 인쇄, 출판, 사진 촬영과 현상, 환등과 슬라이드 제작 등을 했다. 더군다나 이러한 일들을 청소년들로 하여금 유능한 기독교적 시민이 되게 하는 방법의 하나로 했다. 학생들과 선생들이 신축 중인 공업부 건물과 건조기 속에 들어가서 파이프 공사와 전기 공사를 직접하고 있다. ("Mr. Snyder's Report", December 3, 1913 중에서)

공업기술교육을 실시하면서 청년회는 달라지고 있었다. 청년회관 안에서는 젊은 일꾼들이 밤낮으로 톱과 망치 등의 공구를 들고 땀을 흘리고 있었다. 이제 공업기술자는 천대받는 직업이 아니라 나라의 근간을 바로잡는 초석이 된 것이다. 나라를 잃고 방황하던 청년들에게 공업기술교육은 새로운 투지와 의지를 길러주는 일이기도 했다. 무엇인가에 열정을 다해 땀을 흘리고, 그 땀에서 보람을 느끼는 것이야말로 기술교육을 통해 얻은 가장 값진 것이었다. 이제 조선 청년들은 달라지기 시작했다. 나라 없는 서러움에 통탄하던 그 청년들이 이제 소리없이 나라의 근간을 세우고 있었던 것이다. 청년들을 모으고 교육시킨 당시의 상황을 이상재는 다음과 같이 말한다.

지금 회관이 열리게 되어 직업을 가진 청년은 쉬는 시간에 나와
공업을 배울 수 있으며 집을 나와도 갈 곳이 없고 직업을 갖지 않
은 청년도 나와서 지금까지 보지도 못하고 듣지도 못했던 것을 배
워서 물에 적시듯이 좋은 습관이 몸에 익숙하고 가슴에 막히었던
의혹과 마음 속에 쌓였던 나쁜 생각이 안개가 사라지듯이 점점 없
어지고 지혜의 근원이 점차 트이면 한 개인의 영달과 한 집안의 안
락은 말할 것도 없고 위로는 국가의 들보와 같은 구실과 아래로는
사농공상의 여러 가지 직업을 이 청년들로부터 성취하는 것이니
이것은 비단 오늘만의 우리나라의 문명과 부강의 근본만을 위해서
뿐 아니라 장래 우리나라의 무궁한 복이 아니라고 하겠는가.

이상재는 조선을 다시 일으킬 사람들은 청년이라고 생각했다.
그래서 청년들을 위한 교육에 열정적으로 봉사했던 것이다. 이상
재가 일흔살을 넘어서도 항상 청년다운 기품을 잃지 않으셨던 것
도 늘 청년과 더불어 생활했기 때문이다. 그는 이러한 청년들을 위
해 가르칠 것을 늘 연구하는 자세를 지녔다.

이상재가 YMCA 총무로 있을 때의 일이다. 이상재는 틈만 나면
청년들과 함께 어울리고자 하였다. 특히 장기두는 것을 좋아했는
데, 이 날도 청년들과 더불어 장기를 두고 있었다. 장기를 두다가
이상재의 장기가 불리하게 돌아가고 있었다. 이상재는 장군만 남
고 모두 잃었고, 청년은 말과 졸이 버티고 있었다. 보통 이쯤 되면

패배를 인정한다. 그래서 청년은 기뻐하면서 이상재에게 말했다.

"선생님, 제가 이긴 것 같습니다. 이제 왕만 남았으니 패배를 인정하시죠?"

그러나 이상재는 장기판을 뚫어지게 쳐다보며,

"아직 아니네. 아직 왕이 살아있는데 항복이 무슨 소리냐?"

그러자 청년은 몇 수를 더 두더니 결국 졸을 궁으로 밀어 넣어 마지막 '장군'은 불렀다. 그제서야 이상재는

"인제는 졌다. 장을 부르기 전에 어떻게 졌다고 할 수 있겠느냐?"

하며 싱글벙글 웃으셨다. 청년들과 잘 어울리던 모습과 더불어 끝까지 최선을 다하는 이상재의 모습이 나타나 있다. 이처럼 그는 어떤 일을 하더라도 중도에 포기하지 않았다. 포기하더라도 일단은 끝까지 가보는 것이 중요했다.

어느 겨울날 이상재는 이른 아침에 어느 교회로 강연을 가야만 했다. 아침 일찍 준비를 해서 집을 나서는데 이상재를 알고 있던 어떤 사람이,

"이렇게 아침 일찍 어디에 가십니까? 연로하신 데 너무 수고가 많으십니다."

이상재는 이말을 듣고 빙그레 웃으면서 대답했다.

"여보게, 인생칠십고래희(人生七十古來稀)라는 말이 있지 않은가? 인생은 70세까지고, 내가 70을 넘었으니, 지금 살고 있는 것은 덤으로 사는 목숨 아닌가? 지금 나는 덤으로 얻은 생명을 가지고 있

으니, 무엇이 두렵고 아까울까?"

이상재는 이 말을 하고 훌쩍 가버렸다. 비록 나이를 많이 먹었더라도 항상 마음은 청년이었기에 이렇게 달관된 모습을 보였던 것이다. 이상재의 이러한 모습은 청년들에게 많은 깨달음을 주었다.

교사들과 학생들은 서로 몸과 마음을 합쳐 여러 가지 기술을 가르치고 배웠다. 이상재가 공업기술 교육만을 강조한 것은 아니었다. 그는 인간에게 가장 중요한 것은 사람을 사람되게 만드는 것이라고 했다. 여기에 이상재는 세 가지를 제시한다.

> 德이라는 것은 하느님으로부터 받은 것으로 영원히 어두움이 없는 것으로 한 몸에 주재가 되어 성령의 활동을 하는 것이니 곧 성령이라는 것이 이것이요, 智라는 것은 성령의 감동을 받아 연구하면 연구할수록 발전하는 것이니 지식이라는 것이 곧 이것이요. 體라는 것은 부모에게서 받아서 형기를 이루어 성령의 안택이 되는 것이니 육체라는 것이 곧 이것이다. 그러므로 이 세가지 중 한가지만 빠져도 아니되는 것이므로 육체가 썩고 상하면 성령이 집을 잃어 지식이 발동하지 못하고, 지식이 몽롱하면 성령을 보존하지 못하게 되어 육체는 파괴된 빈 집처럼 되어 버리는 것이므로 성령을 보존하지 못하면 하느님에게서 떨어져 지식을 얻지 못하게 되므로 쓸데없이 육체만 남아서 마치 금수라든지 벌레나 어류와 같이 꿈질거리는 데 불과한 것이다. (김유동, 월남 이상재 실기 중에서)

이처럼 이상재는 전인교육의 덕목으로서 덕(德), 지(智), 체(體)를 강조하고 있다. 어느 하나만 잘하면 되는 것이 아니라 이 세가지 덕목이 조화를 이룰 때 비로소 온전한 인간이 될 수 있다는 것을 강제대로 알지 못하며, 그렇게 될 경우 육체는 형체만 존재할 뿐 아무런 내용이 없어 가치가 없게 된다는 것이다.

전통적으로 체보다는 지와 덕을 기르는 것을 중요시했기 때문에 이상재는 누구보다도 체를 강조하면서 건강한 육체를 중요하게 생각한다. 이상재가 기독교청년회 총무로 있을 당시, 이상재는 실업 교육에만 치중한 것이 아니라, 체육활동에도 많은 신경을 썼다. 그 당시, 체육인들은 사회적으로 몹시 소외되어 있었고, 더구나 오늘날처럼 운동복을 입은 채 거리를 뛰는 일이 용납되고 있지 않았다.

이상재가 아끼는 청년 중에 유도선수이며 장거리 주자인 김홍식이라는 사람이 있었다. 그는 청년회 유도부를 이끌던 사람이기도 했는데, 체육인에 대한 사회의 냉대가 심한 것을 경험하고 몹시 실의에 차 있었다. 그는 거리에서 달리기 연습을 하다가 지나가던 사람들로부터 큰 창피를 당한 적이 있어 그 후부터는 달리기 연습을 거의 하지 않고 있었다.

이를 안타깝게 생각한 이상재는 김홍식에게 용기를 북돋아 주어야겠다고 마음먹었다. 이상재는 청년 김홍식을 만나자 대뜸 다음과 같이 말했다.

"네가 아무리 잘 뛴다 해도 전차보다야 빠르겠는가?" 하고 그의 약을 올렸다.

"천만에요. 제가 전차보다도 훨씬 빠릅니다."

"정말이냐? 그럼, 나하고 내기해 볼까?"

"좋습니다. 제 말이 거짓이 아님을 직접 보여드릴 수 있습니다.!"

"좋습니다. 제 말이 거짓이 아님을 직접 보여드릴 수 있습니다.!"

이렇게 해서 이상재는 종로에서 전차를 타고 김홍식은 전차의 출발과 동시에 뛰기 시작했다. 김홍식은 오로지 이상재에게 자신의 실력을 보여줄 생각으로 거리에서 당한 창피는 까맣게 잊은 채 열심히 달리기만 했다.

이상재는 이 모습을 전차 창밖으로 고개를 내밀어 지켜보면서, "옳지, 그놈 참 잘 뛰는구나. 비호같다. 비호같애." 하면서 응원해 주었다. 거리에 있던 사람들은 이상재 같은 지식인이 달리기 선수를 전차로 쫓아가면서 열심히 응원하는 모습을 본 이후 다시는 운동선수나 체육인들을 비난하지 못했다고 한다. 이러한 일화를 통해 볼 때 이상재는 청년들에게 지와 덕뿐만 아니라 체도 강조하고 있다는 것을 알 수 있다.

이같은 이상재의 교육사상은 청년들에게 전수되었으며, 다양한 교육의 방식으로 드러났다. 이상재는 공업기술 교육뿐만 아니라 돈없고 소외된 청소년들을 위해 노동야학을 시작했다. 노동야학은 1910년부터 이상재가 착안하여 시작된 것이다. 노동야학은 집안 살림이 어려워 정규 주간 학교교육을 받지 못하고 노동으로 생계를 꾸리는 청소년들을 대상으로 야간에 교육을 하는 학교이다.

이상재가 노동야학의 총무를 맡으면서 자립운영이 눈부시게 발전되었다. 비록 정부의 국고보조금도 끊어지도 일본의 무단정치 하에서 탄압이 심해졌지만 이상재는 불굴의 정신으로 이 난관을 헤쳐나갔던 것이다. 이처럼 YMCA의 위상은 점점 높아져만 가면서 어느날 이상재가 청년들과 더불어 YMCA 회관에서 실업교육에 정진하고 있을 때 밖에서 총소리가 들렸다. 그 총소리는 일본 기마 헌병이 YMCA에 위협을 가하기 위해 YMCA 건물 주위에서 공포를 쏜 것이다. 이 때 시골 촌부가 소를 끌고 시장에 가고 있었는데, 헌병이 쏜 공포에 놀란 소가 그대로 달아나 버렸다. 촌부는 소를 놓치지 않기 위해서 소의 고삐를 꼭 잡았고, 소에게 질질 끌려가고 있었다. 그 촌부는 소를 잡아달라고 소리를 치고 있었다. 이 광경을 본 이상재는 탄압받는 조선 민중의 현실에 눈물을 흘렸고, 옆에 있던 청년들은 찬송가를 부르며 이상재가 총무를 하면서 학생의 수는 늘었고 재정면에 있어서도 눈부신 발전을 했다. 노동야학의 재학생 총수가 1907년부터 1915년까지 1,137명에 불과하던 것이 이상재가 총무 취임 1년 후인 1914년에만 392명, 1915년에는 419명으로 급증하게 된다. 또한 국고지원이 끊겼다 하더라도 재정적인 면이 증가한 것은 YMCA 국제위원회가 직접 지원을 해주었고, 이상재의 투철한 자립정신 덕분이다.

●강연회, 음악회, 환등회를 개최하다

1910년 평북 선천에서 안명근이 데라우치 마사타케〔寺内正毅〕 총독을 암살하려다가 실패한 사건이 있었다. 이 때 일본 경찰은 이것을 구실 삼아 평안도 일대의 그리스도교 신자 등을 중심으로 한 민족주의자들을 억압할 계획을 세우고, 안명근 사건을 신민회원 등이 배후에서 조종한 것처럼 조작하여, 유동열, 윤치호 등 6백여 명을 검거하였다. 이것이 일본 당국에 의해 조작된 105인 사건이다. 이 105인 사건으로 6년형의 징역 언도를 받아 복역 중이던 윤치호가 1915년 2월 13일 특사로 석방된다. 터무니없는 조작극에 걸려 악형을 받았다가 석방되자 일반회원들은 물론, 온 국민이 그를 환영하고 있었다.

이 때 이상재는 비록 노인이었지만 청년회 사업을 주관하면서 어떤 청년들보다고 더 활달하고 패기있게 활동하고 있었다. 105인 사건으로 윤치호가 석방되자 이상재는 그에게 기독교청년회의 총무 자리를 물려준다. 비록 14년의 나이 차이가 있었지만 독립협회 때부터 함께 활동을 해온 동지였기 때문에 마음이 든든했다. 때마침 데라우찌 총독의 후임자인 하세가와는 제1차 세계대전의 공포 분위기를 이용해 더한층 무단정치를 강화하고 있었다.

윤치호는 이상재가 닦아 놓은 청년회 사업을 계승 발전시켜 많은 사업을 추진했다. 한국역사상 최초의 실내체육관을 구비한 현대식 건물을 지었고, 가혹한 일제의 탄압에도 불구하고 직업교육과 사회교육을 성공적으로 계승 발전시켰다. 또한 회원 확대운동을 시민운동의 방법으로 발전시켰다. 이러한 사업을 윤치호가 성공적으로 할 수 있었던 것은 이상재가 초창기부터 시민운동의 터를 닦아놓았기 때문이다.

이 때 이상재는 청년회에서 주관하는 수많은 강연회에 쫓아다니며 빠짐없이 사회를 보았다. 그러나 일제의 식민지 지배하에 놓인 실정이었으므로 사람이 많이 모이는 어느 곳이든지 일본 경찰의 눈초리는 끈질기게 따라다녔다.

한번은 이상재가 어느 강연회의 사회를 보기 위해 단상에 올라 보니, 청중들 사이에 일본 형사들이 너무 많이 섞여 있었다. 단순한 종교 모임에 이처럼 많은 형사들이 온 것이 이상재의 눈에는 몹시 거슬렸다. 이상재는 물끄러미 먼 산을 쳐다보더니,

"때아닌 개나리꽃이 이리도 많이 피었을까?" 하면서 짐짓 딴청을 피웠다. 그러나 형사들을 제외한 일반 청중들은 이상재의 그 말이 무슨 뜻인지 이내 알아차리고 강당이 떠나갈 듯이 폭소를 터뜨렸다. 당시에 형사는 '개'라고 낮춰부르고, 순경들은 '나리'라 불렀으므로 이상재가 개나리꽃이라 한 것은 청중들 사이에 몰래 끼어 있는 형사들을 놀리는 말이었던 것이다. 이상재의 재치와 기지에 탄복한 청중들이 배를 잡고 웃어대자, 형사들은 멋쩍은 표정으로 화도 내지 못한 채 슬금슬금 빠져나가고 말았다. 일본인 형사들이 없는 강연회가 아주 자유로운 분위기 속에서 끝까지 진행된 것은 물론이었다.

종로회관의 강연회에는 많은 젊은이들이 몰려들곤 했었다. 특히 이상재가 나온다는 소문을 듣게 되면 강당은 초만원이 되었다. 이날도 이상재의 강연이 있는 날이었다. 그 자리에는 우리 독립투사들을 괴롭히던 종로서 고등계 미와 형사도 나와 감시의 눈을 번뜩이고 있었다.

연단에 올라선 이상재는 우선 큰기침을 한번 하고 나서 본론에 들어가기 전에 방금 보고 온 이야기를 하나 하겠노라고 하였다.

"내가 지금 이곳으로 오는 도중에 호떡 한 개를 가지고 두 아이가 서로 싸우고 있는 것을 보았소. 한 아이는 중학생이고, 한 학생은 소학생인 모양인데, 소학생이 가진 호떡을 중학생이 빼앗아서 처음에는 별떡(별 모양으로 생긴 떡)을 만들어준다고 하면서 조금씩 떼어먹기 시작하다가 소학생이 울면서 앙탈을 하니까 이번에는 달떡을 만들어준다고 살살 꾀어서 결국은 그 호떡을 다 먹어치우고 말았소. 소학생은 떡을 먹어보지도 못한 채 울고만 있는게야!"

이 말이 끝나자, 청중들은 벌써 그 말의 참뜻을 알아채고 박수갈채를 보냈다. 이에 놀란 미와 형사는 얼굴이 사색이 되어, "변사 중지!" 하고 소리치며 경관을 동원하여 청중을 강제로 해산시켰다.

이상재가 신흥우라는 사람을 데리고 지방강연을 나간 적이 있었다. 하루는 전주에서 강연을 하게 되었는데 먼저 소개말을 하게 된 신흥우가 등단하여 이상재를 치켜세웠다.

"우리들은 이미 돌아가신 명현들만 숭상하고 찬야할 것이 아니라, 현재 생존해 있는 위인을 더 존경하고 아껴야 하겠습니다. 한 예를 들면, 여기 앉아 계신 이상재 선생 같은 분이 바로 그러한 인물입니다!"

강연회가 끝나고 숙소로 돌아온 이상재는 무엇에 화가 났는지 굳은 표정으로 아무 말도 하지 않는 것이다. 그래서 신흥우는 하도 이상해서 이렇게 물었다.

"선생님, 무엇이 잘못되었습니까?"

그때서야 이상재는 불쑥 말을 던지는 것이었다.

그때서야 이상재는 불쑥 말을 던지는 것이었다.

"예끼, 이 사람! 사람을 앉혀놓고 죽이는 법이 어디 있는가!"

이 말은 명현이나 위인은 죽어서야 받들어지는 법인데 살아있는 이상재를 위인이라 했으니 자신을 죽인 것이나 다름없다는 뜻이었다.

"아, 예 알겠습니다. 다시는 그러지 않겠습니다."

신흥우는 그 말의 뜻을 깨닫고 이상재에게 용서를 빌었다.

그리고 1920년 미국의 유명한 인류학자 스타(Star) 박사가 와서 특별 강연회를 열게 되었는데, 그는 강연을 하기 전 이상재를 만나보기를 원했다. 그래서 이상재를 데리러 갔던 현동완이,

"스타라는 분이 선생을 뵙고자 합니다. 잠시 들러서 만나보시는 게 좋을 것 같습니다."

라고 했다. 이상재는 이 말을 듣자,

"아니, 웬 대낮에 별이 나타나다니, 이름이 잘못된 것이 아닌가?"

했다. 나중에 스타 박사가 이 말을 전해 듣고는 호탕하게 웃으면서

"조선에도 이 같은 유머리스트가 있는 줄은 미처 몰랐다"

고 감탄했다.

이상재가 워낙 마음이 바다와 같이 넓고 인격이 원만하였기 때문에 누구나 그를 존경하고 그의 말을 잘 따랐다. 특히 이상재가 사회를 할 때는 어떤 종류의 모임이든 화기애애한 가운데 원활하게 진행되어 '월남선생은 사회의 천재'라는 말까지 들을 정도였다.

한번은 이상재가 조선일보 사장이었을 때, 경운동 천도교당에서

데 사회주의자들이 많이 있어서 민족주의자들과 항상 싸움이 끊임없이 일어났다. 이 날도 신문기자들간의 싸움으로 회의가 열리자마자 걷잡을 수 없이 공전이 되풀이되고 있었다. 그러니 누가 사회를 보든지 연단에 올라서기만 하면 고함을 치고 욕설을 퍼붓는 바람에 도무지 회의를 진행시킬 수가 없었다. 그 때 뒤늦게 이상재가 회의장에 나타나 사회봉을 쥐게 되었다. 그랬더니 그처럼 떠들고 시끄럽던 대회장도 갑자기 조용해지면서 감히 기침 하나 크게 내는 사람도 없었다고 한다.

윤치호가 청년회 총무를 맡으면서 이상재는 강연회 사회를 맡거나 음악회나 환등회 등에 참석하여 청년들을 격려했다. 지금이야 슬라이드나 음악회쯤은 평범한 것이 되었지만 그 당시에는 가장 첨단적인 사업이었다.

서양 음악은 1906년 그래그(Gregg)가 내한하면서 조선에 보급되기 시작했다. 그레그는 첼리스트였다. 그리고 세브란스의학전문학교 제1회 졸업생인 박서양이 청년회학관 물리화학 교사로 왔는데, 그도 역시 음악의 천재였다. 또한 1907년에는 김인식이 음악 교사로 채용되었는데, 이 3인이 한국음악의 선봉을 서게 되었다.

1908년 건립된 새 회관의 강당은 언제나 음악회로 성황을 이루었다. 당시 조선인들은 살기가 힘들어 문화 생활을 누릴 만한 여유가 없었다. 이상재는 이러한 조선 민족에게 문화적인 역량을 심어주어야겠다는 생각에 음악회를 자주 열게 된다. 우리 민족이 외세의 침략으로 부당하게 나라를 빼앗긴 것도 외국 문화를 인정하지 않은 폐쇄성에 기인한 측면이 있다고 판단했던 것이다.

그는 우리 것만이 아니라 다른 나라의 예술 문화를 알고 익힐 수 있을 때 비로소 우리 문화와 예술이 한층 더 발전할 수 있다고 생각했던 것이다. 물론 우리 고유의 정서를 드러낼 수 있는 음악도 많이 연주하도록 했다. 그래도 조선인들은 조선 음악을 접할 때 흥이 나고 즐거움을 느낄 수 있다고 생각한 것이다.

관객 중에는 청년 학생들도 많았지만, 주부, 기생, 노인들도 많이 찾아들었다. 요즘에는 음악회가 다양한 곳에서 자주 열리기 때문에 그다지 중요한 행사처럼 느껴지지 않지만, 당시에는 음악회를 하는 곳에 드물었기 때문에 사람들의 관심이 남달리 컸다.

1912년부터 청년회 학관은 음악과를 신설했는데, 홍난파 같은 천재적인 음악가를 길러 내기도 했다. 홍난파는 경기도 화성 출신으로 1912년 YMCA 중학부를 졸업한 뒤 조선정악전습소에서 바이올린을 공부해 봉선화를 작곡한 음악인이다. 한국 최초의 음악잡지 『음악계』를 창간하였으며 후에 성불사의 밤, 금강에 살으리랏다, 봄처녀, 고향의 봄을 작곡하였다. 이러한 위대한 음악가를 배출했던 곳이 바로 YMCA였던 것이다.

이상재는 음악회뿐만 아니라 환등회를 자주 열었는데, 이것은 오늘날 극장에서 영화 상영과 유사한 것이다. 청년회는 1910년부터 사진과를 신설하고 많은 사진기사를 배출했다. 그 중 민충식은 1911년 제 2회 졸업생으로 한국영화와 사회 발전의 선봉에 섰던 인물이다. 청년회는 가끔씩 환등회를 열어 많은 사람들에게 세계의 다양한 문화와 전통을 알리는 데 애썼다. 당시 조선인들이 외국에 대해 아는 것은 오로지 일본을 통해 알려진 것들뿐이었다. 청년회에서는 유럽 각국의 문화와 예술, 생활 모습을 담은 영상을 보여줌으로써 사람들에게 세계적인 시각을 갖도록 했다.

● 민족교육의 선봉에 서다

이상재는 왜 유구한 역사와 전통을 자랑하던 조선 민족이 외세에 의해 수난을 겪고 지배를 받는지 의아해 했다. 그는 그 이유에 대해 다음과 같이 의견을 피력한다.

> 우리 조선 사람은 매사에 유시유종이 썩 드무요. 요새만 해도 시작하는 일이야 꽤 많지요마는 한가지 결과를 짓는 일이 무엇 있소. 그리고 요새 청년들을 보면 실망낙심하여 일을 하여 보려는 자가 몇이나 있는지 모르겠소. 이렇게 가다가는 참 말이 아니오. (외솔회, 나라사랑, 서울, 1972)

이상재는 우리 민족을 시작은 잘하지만 마무리를 잘하지 못한다고 하며, 의기소침한 청년들의 모습이 문제라며 개탄하고 있다. 나라를 **빼앗기고** 낙담해 아무일도 못하는 청년들이 변해야 하며, 어떤 사업이든 끝까지 밀고나가서 분명한 성과를 거두는 것이 필요하다고 역설한다.

이상재의 민족교육사상은 1923년, 집약적으로 나타난다. 민족의 자립과 독립에 기초가 될 수 있는 것은 민족을 교육시키는 것이고,

그로 하여금 백성들의 지적 수준을 높이는 것만이 유일한 방법이라고 생각한다. 이상재는 그의 일환으로 조선민립대학안을 구상했다. 그리고 '조선민립대학기성회'를 조직해 민립대학을 세우기 위해 노력한다. 결국 '정치, 외교, 산업' 등 모든 것보다 기초가 되는 것이 교육이며, 교육이야말로 조선의 운명을 결정짓는 중요한 잣대가 된다고 생각했던 것이다. 또한 당시 대학이 없어 민립대학을 세워야 한다는 주장을 하게 된다

일제의 감시와 조직적인 통제하에서 제도교육기관은 물론 여타의 사회교육에서도 민족교육이 위축될 수밖에 없는 상황이었고, 그렇기 때문에 이상재가 민족적 사회교육을 활발히 전개하였던 것은 당연한 일이었다.

이상재와 윤치호 등은 민립대학의 필요성을 느끼고 먼저 조선교육협회를 창설했다. 1920년 6월 윤치호의 집에서 70여명이 모여 창립총회를 열고 협회 회장으로 이상재를 임명했다. 그리고 1922년 11월에는 조선교육협회가 조선민립대학기성회를 결성하기로 결의하고, 1923년 3월 YMCA회관에서 발기 총회를 가졌다. 이날 총회에는 이상재를 비롯한 30명의 명사들이 참석했다. 그리고 다음고 같은 발기 취지문을 발표하게 된다.

> 오인의 운명을 여하히 개척할까? 정치냐, 외교냐, 산업이냐, 물론 차등사(此等事)가 모두 다 필요하도다. 그러나 기초가 되고 요건이 되며 가장 급무가 되고 가장 선결의 필요가 있으며 가장 힘있고 가장 필요한 수단은 교육이 아니면 불능하도다. 하고(何故)오 하면 알

고야 동(動)할 것이며, 안 연후여야 정치나 외교도 가히 써 발달케 할 것이다. 알지 못하고 어찌 사업의 작위(作爲)와 성공을 기대하리요? ……

그런데 만근(挽近) 수삼 면 이래로 각지에 향학이 울연히 발흥되어 학교의 설립과 교육의 시설이 파(頗) 가관(可觀)할 것이 다(多)함은 실로 오인의 고귀한 자각으로써 생래(生來)한 것이다. 일체로 서로 경하할 일이나, 그러나 유감되는 것은 우리에게 아직도 대학이 무(無)한 일이다. 그러므로 오등은 자에 감(感)한 바 유하여 감히 만천하 동포에게 향하여 민립대학의 설립을 제창하노니, 형제 자매는 내(來)하여 찬(贊)하며 진(進)하여 성(成)하라.

이상재 등 발기 위원회는 민립대학 설립의 취지를 밝히고 본격적으로 대학을 설립하기 위해 분투한다. 설립에 필요한 자본금을 확보하기 위해 여러 사회 단체로부터 기부금을 받고 협회 운영비와 위원들의 사비를 털었다. 이상재는 부유한 사람들과 사회 단체를 방문하여 민립대학의 설립의 필요성을 역설해 기부금을 받아냈다. 먼저 위원회는 자본금을 들여 교사를 짓고 법과, 문과, 공과, 의과 등을 신설했다.

민립대학 설립을 위한 운동이 본격적으로 진행되자 일제는 경계의 눈초리를 보냈다. 조선 땅에 조선인의 자본으로 대학이 들어설 경우 감당하기 어려운 사태가 일어날지 모른다고 판단했기 때문이다. 또한 조선 백성들이 글을 깨우치고 학문을 익힐 경우 그만큼 사회지식인들이 많이 배출되기 때문에 일본의 통제가 어려울 지경에 이를지도 모른다고 두려워했다. 그만큼 일본은 조선 내 백성들이 무지하기를 바랐고, 그만큼 교육에 투자를 전혀 하지 않았던 것이다.

　민립대학 설립이 순조롭게 진행되는 것을 본 일제는 방해 공작을 하기 시작한다. 일제는 우선 민립대학 설립에 필요한 여러 절차에 대해 늦장을 부리거나 인허가를 해주지 않는 방법을 취했다. 자신들에게 조금이라도 시간을 끌 심사였다. 또한 기부금 운동을 하는 이상재를 감시하기도 했다. 해외 모금을 하기 위해 출국하려는 이상재에게 여권을 발급을 해주지 않는 등의 비열한 방법을 동원해 민립대학 설립을 방해하고 나섰다. 결국 일제는 민립대학 설립시기에 경성제국대학령을 공포하고 한국인에게 개방할 뜻을 밝히게 된다. 결국 일제는 조선 백성의 자본으로 대학을 설립하고자 했던 의지를 꺾어버렸고, 그 대신 부랴부랴 관립대학인 경성제국대학을 만들게 된다.

　이러한 일제의 태도에 대해 당시 지식인들은 노여워하고 반감을 드러냈다. 민립대학설립을 위해 모금 활동을 전개하던 위원들은 수표동 조선교육회관에 모여 실의에 빠져 있었다. 그러다 어느 한 의원이 이렇게 소리쳤다.

　"아, 보기 싫어 저놈의 민립대학기성회 간판, 그만 떼어버리지."

　그것은 되지도 않을 대학기성회 간판을 걸어두면 무엇하겠느냐는 것이었다. 그랬더니 이상재는

　"그래도 간판이라도 두고 봅시다."

라고 말해, 모두들 서글픈 생각에 한참 동안은 말이 없었다. 우리 민족의 힘이 너무 없던 때라 결국 민립대학 설립은 실패하게 된다.

일본 총독부는 이상재에게 경성제국대학 개교식에 참석해 달라는 초청장을 보낸다. 그 날이 되자 이상재는 청년회 동지들에게 불쑥 이렇게 말을 꺼냈다.

"오늘이 우리 민립대학 개교식날이니 모두 함께 가보기로 합시다."

"아니 그게 무슨 말씀이십니까?"

이상재는 초청장을 흔들며 웃어보였다.

"이 사람들아, 저놈들이 우리나라에 관립대학이라도 세워줄 놈들인가? 그나마 우리들이 민립대학을 세우겠다고 뛰어다니니까 그걸 방해할 목적으로 관립대학이라도 세운 것이지! 그러니 저 대학은 곧 우리 것이 된단 말일세!"

어쨌든 민립대학 설립을 서두른 덕분에 경성제국대학이나마 설 수 있게 되었다.

이상재는 조선 청년들을 위해 몸을 바친 인물이다. 기술공업 교육을 한 것도, 음악회나 환등회 같은 행사를 개최한 것도, 비록 실패는 했지만 민립대학을 설립하려던 계획도 모두 조선 청년들을 위해 한 일들이다. 나라를 강탈당한 조선을 살리기 위해서는 청년들에 대한 교육이 필요했던 것이다.

● 인애(仁愛)와 조선심을 강조하다.

이상재는 언젠가 일본은 멸망하고 조선은 독립을 할 것이라고 확신했다. 그래서 그는 독립된 그날을 생각하면서 민족 교육에 박차를 가하고 있었다. 무력에 의한 한일합방은 강제로 된 부부와 다름 아니라서 붙었던 손바닥이 떨어지듯이 언젠가는 분리될 수밖에 없다고 하였다. 이러한 인식의 바탕 하에 이상재는 독립된 나라를 설계하고 기획하고 있었다. 무엇보다도 독립된 나라의 주체는 청년이 될 것이기 때문에 청년에게 용기를 북돋아주고, 그들에게 필요한 교육을 해주어야 한다고 생각했다.

YMCA 총무 시절 각종 실업교육과 민립 대학 설립 추진 등이 모두 그러한 맥락에서 나온 것이라 할 수 있다. 즉 그는 조선 청년의 스승이자 민족의 스승이었다. 그는 당시 유행하던 여러 가지 이데올로기에 대해서도 조선 민족의 독립 후에 통치 이념으로 필요한 것이지 그 자체가 독립의 길은 아니라고 말한다. 즉 민족자립의 길을 백성으로 하여금 택하도록 해야 한다고 주장한다. 그것은 우선 민족의 자립이 있을 때 여타의 통치 이념으로서 사회주의나 세계주의가 가능하다는 것을 이상재는 지적하고 있는 것이다.

이상재는 조선이 일본으로부터 완전히 독립하기 위해서는 먼저 청년들의 자기혁신이 필요하다고 주장했다. 어지럽고 혼란스럽던 당시의 사회적·정치적 배경 하에서 청년들이 지혜롭게 대처하는 길은 사람의 도리를 지킬 줄 아는 인격자가 되고, '인애(仁愛)'로 우리 민족부터 찾아야 한다는 것이었다.

세계적 혁명의 기운을 순응하여 차(此)를 실행코저 할진대 각 개인이 자기의 혁심(革心)을 선행하여야 완전한 성공에 취(就)한다 함은…현금(現今) 사상계의 복잡이 일심일일(日甚一日)하야 왈(曰) 민족

주의이니 왈(曰) 사회주의이니 하야 각자 주의가 각자 단결하여 차
(此)는 피(彼)를 공박(攻駁)하며 차(此)는 피(彼)를 배척하야 심지어 동
일민족으로도 주의(主義)가 부동(不同)한즉 이족(異族)과 구적(仇敵)으
로 인구(認仇)하는 편견이 왕왕유지(往往有之)하야 어시호(於是乎) 세
인의 주목하는 자료(資料)가 되는도다.

이상재는 당시 난립하던 여러 이데올로기, 즉 '주의(主義)'에 대해
비판을 가하고 있다. 이 '주의'가 민족의 독립을 위해 매진하는 것
은 바람직한 현상이지만, 각자의 노선대로 각자의 방식대로 자기
길을 가고 있는 것을 비판한다. 또한 이상재는 '주의'끼리 헐뜯고
욕하는 모습에 심각한 우려를 표하고 있다. 이상재는 같은 민족이
면서도 서로 다른 '주의'라서 서로 다툰다는 것은 있을 수가 없는
일이라고 말한다. 중요한 것은 어떤 사상을 선택하는가가 아니라
민족의 독립을 위해서 힘을 합쳐 함께 매진하는 것이라고 말한다.
이상재가 신간회 회장에 추대된 것도 이러한 그의 생각이 당시 청
년들에게 공감을 얻었기 때문이다.

민족이라 함은 자기동족만 위함이오 사회라 함은 세계 타족(他族)
을 범칭(泛稱)함이니 각기 민족이 아니면 어찌 사회가 조직되며, 사
회를 무시하면 어찌 민족이 독존(獨存)할가. 민족을 자애(自愛)하는
양심이 유익한 연후에야 가히 사회에 보급(普及)할지오 사회까지 박
애(博愛)하는 진성(眞誠)이 유(有)한즉 민족은 자연적 상애(相愛)할지어
날 만일 자기민족만 주장하고 타민족은 불고(不顧)하야 시강억압(恃
強抑壓) 하던지 쟁투약탈(爭鬪掠奪)하던지 하면 시는 상천(上天)이 일
시동인(一視同仁) 하는 홍은(洪恩)을 무시하야 진리에 득죄(得罪)함이오…대
저 민족주의이던지 사회주의이던지 인류생활상 불가무(不可無)할 것

이지마는 진정한 민족주의라 할진대 차(此)를 추(推)하야 사회에 보급할지오 진정한 사회주의라 할진대 차(此)를 민족에 선시(先始)하여야 할지니 민족주의는 곧 사회주의의 근원이요 사회주의는 즉 민족주의의 지류(枝流)라 민족사회가 상호연락(相互連絡)하야 애의 일자로 시시종종(始始終終)하면 세계의 평화서광을 지일목도(指日目覩)할지니 청년이여, 근일 복잡한 사상계에 전로(前路)를 개척코자 할진대 무슨 주의이던지 편집(偏執)한 국견(局見)을 탈각(脫却)하고 상술한 바 상천의 일시동인(一視同仁)하는 진리에 득죄(得罪)치 말며 고성(古聖)의 불경기친(不敬其親)하고 이경타인(而敬他人)하는 인도상(人道上) 윤서(倫序)에 위반치 말어서 진정한 인애(仁愛)로 우리 민족부터 세계사회까지 구원(救援)하는 사업을 희망하노라.

이상재는 청년들에게 필요한 것은 민족을 사랑하는 정신이라고 주장한다. 또한 자기 민족을 먼저 위하지 않고 다른 민족을 위하는 것은 인간 도리상 순서에 어긋난다고 한다. 즉 자기 민족을 아끼고 사랑한 후에야 비로소 다른 민족을 돌아볼 줄 알아야 한다는 것이다. 더 나아가 어떤 사상이든 민족을 훼손하는 일은 해서는 안 되며, 무엇보다도 민족을 위한 사상이 되어야 한다고 역설하고 있다. 결국 필요한 것은 조선 민족에 대한 '인애(仁愛)'이다.

'인애'는 먼저 자신을 아끼고 사랑하는 정신이며, 이것이 바탕이 된다면 자기 민족을 사랑하는 데까지 나아갈 수 있다. 더 나아가서는 다른 민족까지도 포용할 수 있는 힘인 것이다. 이상재는 '인애' 정신을 몸소 실천했다. 조선 청년을 위하고, 조선 청년을 사랑하는 일이 출발점이 되어서 조선 민족을 사랑하는 데까지 나아간 것이다. 또한 어떤 사상을 배척하기보다는 민족을 중심에 두고 포용하려고 애썼다. 사회주의와 민족주의를 통합하여 민족운동을 전개하려던 정신이나 조선일보에 취임할 때 내세웠던 조건, 즉 동아일보와 조선일보가 경쟁하지 않고 합심하여 민족계몽에 협력해야 한다는 정신 모두가 이상재의 '인애' 정신에서 비롯되었다고 할 수 있다.

'인애' 정신과 더불어 이상재가 항상 강조했던 것은 '조선심(朝鮮心)'이다. 신채호는 항상 청년들에게 조선의 백성이라는 자긍심과 자부심을 가지고 살아가라고 당부했다. 다양한 가치관과 이념들이 난무하는 시기라 청년들은 혼란에 빠질 때가 많았다. 특히 나라를 잃어버린 식민지 치하에서 태어나서 자라난 청년들에게 국가적 정체성의 혼란은 더욱 심했다. 태어날 때부터 나라없는 백성이었기에 이들에게 민족관을 심어주는 일은 쉽지만은 않았다.

이상재는 이들 청년에게 조선의 백성이라는 정체성을 끊임없이 심어주었고, 여러 이념들 틈바구니에서 방황하고 갈등하는 청년들에게 조선 민족이라는 구심점을 심어주었다. 항상 민족을 먼저 생각하고 그 다음 이념을 생각하라는 뜻이다. 조선인으로서의 자부심과 자긍심이 살아있다면 언제든지 독립을 할 수 있으리라고 생각했던 것이다. '조선심'을 지키기 위해 이상재가 신경썼던 점은 '조선말'을 사용하는 것이다. 민족 정신은 그 민족의 언어를 잊어버리지 말고 지키는 일에서 비롯된다고 생각했던 것이다.

언젠가 이상재가 배제학당을 졸업하는 그의 손자 졸업식에 참석했을 때의 일이다. 많은 내빈과 학부형들이 졸업식 축사를 하는데,

총독과 도지사 대리로 나온 두 조선인 관리가 다같이 축사를 일본어로 낭독하는 것이다. 그 다음 차례가 이상재였는데, 그는 단상에 올라 청중들에게 외쳤다.

"학생 여러분! 조선말 들으실 줄 아시오? 나는 일본말을 모르니 조선말로 축사를 하겠소!"

그리고는 우리말로 졸업식 축시를 했다. 일본말로 축사를 했던 총독과 도지사 대리는 무안해져서 어쩔줄을 몰랐다. 또 한번은 조선사람들이 많이 모인 자리에서 사람들이 일본어와 영어를 섞어 쓰면서 이야기를 하고 있는 것을 보고는

"요새 웬 일인지 상놈도 많고 미친놈도 많습니다. 요새 일본말이나 좀 할줄 아는 사람들은 김 쌍놈(일본어로 '김'씨 성을 가진 사람을 부를 때 '긴상'이라 한다), 박 쌍놈(복상) 하더니 미국 풍조가 들어와서는 어떤 사람들은 미쳤다 김(Mr. Kim), 미쳤다 박(Mr. Park) 한단 말이야."

일본과 미국에 대한 조선 사람들의 사대주의 근성을 꼬집는 말이다. 이처럼 이상재는 민족의 언어인 조선어를 사용해야만 민족성이 이어지고, 그것이 곧 독립의 지름길이라 여겼다. 언어뿐만 아니다. 이상재는 일상생활에서도 민족성을 강조하였다. 그는 항상 한복을 입고 다니면서 자신이 조선 사람이라는 것을 자랑스럽게 여겼다. '조선심'은 바로 민족의 정통성을 지키고 자존심과 자긍심을 지니고 있는 것을 말한다.

이상재는 기독교 교인이다. 늘 하느님의 가르침대로 살고자 노

력했던 사람이다. 하지만 민족과 종교가 부딪힐 때는 어김없이 민족을 먼저 생각했다. 1920년 9월에 경상북도 영주군에서 있었던 사건으로 당시 기독교인의 제사 문제에 대해 크게 보도된 적이 있었다. 어떤 사람이 자신은 기독교를 믿는 사람이라서 모친의 제사를 모실 수 없다며 제사 지내는 것을 거부했다. 그의 아내는 그래도 조상을 모셔야 되지 않느냐며 남편을 설득했지만 어쩔 도리가 없었다. 그 후 그의 아내는 제사 문제로 자살을 택하게 된다. 제사를 못 지내는 불효를 죽음으로써 갚으려는 의도였다. 기독교에서는 제사를 지내는 것을 우상 숭배라 하여 금하고 있다. 이 사건이 신문에 보도되자 이상재는 다음과 같이 말한다.

무슨 종교든 부모를 저자리라는 가르침은 있을 리가 없을 것으로 아오. 부모를 저버리는 패륜하는 자식이 하느님을 믿은들 무엇을 그리 똑똑히 믿겠고…조선 사람이 예수를 믿는 데는 오직 그 가르침과 높고 밝은 인격만 사모하고 우러러 볼 뿐이지 결코 서양이 이러하니까, 서양사람이 하지 않는 일이니까 하는 마음을 가지고 자기나라의 고유한 습관과 도덕을 해치려 하는 것은 도저히 일조일석에 되지 않는 일이요, 잘못하다가는 서양사람이 되기도 전에 예수를 욕되게 할 염려가 십중팔구라.

이상재는 종교 역시 민족에 앞설 수는 없다고 생각했다. 민족의 고유한 풍습과 전통을 해치면서까지 서양인들의 사고와 행동양식을 따라하려는 사람들에 대한 일침이었던 것이다. 이러한 모든 것은 바로 이상재의 '조선심'에서 기인하는 것이다. 우리 민족의 얼

과 전통을 지키는 것이 민족을 사랑하는 것이고, 또한 독립을 이룰
수 있는 밑바탕이 된다고 생각했던 것이다.

12 3·1운동이 좌절되는 아픔을 보다

　19세기 말 자본주의가 고도로 발달하자 자유 경쟁이 지배하는 산업 자본주의에서 자본의 집적으로 독점적 기업이 경제뿐만 아니라 정치·사회·문화 등 모든 분야에서 강한 영향력을 행사하는 독점 자본주의로 이행하였다. 독점 자본주의 단계로 나아간 선진 자본주의 국가들은 새로운 공업 원료의 확보, 증가한 국내 인구의 이민, 국내에 축적된 잉여 자본의 투자를 위하여 무력이나 경제력 등을 이용하여 약소 민족을 식민지로 지배하게 된다.

　시간이 흐를수록 강대국들의 패권 다툼은 심각해졌고, 이로 말미암아 제1차 세계대전이 발발하게 된다. 제1차 세계대전은 1914년부터 18년까지 영국·프랑스·러시아 등의 연합국과 독일·오스트리아 등의 동맹국 사이에 벌어진 세계 규모의 제국주의적 전쟁이다. 제1차 세계대전으로 인해 많은 인명과 물자의 피해가 있었지만, 세계대전이 끝나갈 무렵 미국 대통령 윌슨에 의해 제창된 민족자결주의로 인해 민족의 해방 운동의 기운이 고조되어 갔다.

제국주의끼리 전쟁을 하는 동안 상대적으로 식민지 해방운동이 성장하였고, 게다가 전쟁에 진 오스트리아-헝가리제국, 투르크제국, 독일제국의 식민지를 해방해야 한다는 '민족자결주의'라는 용어의 등장은 이 분위기를 가속화했다.

이러한 분위기는 아시아 대륙에도 상륙했고, 한반도와 일본에도 전해졌다. 특히 일본에 유학중인 조선 학생들에게 잃어버린 조국을 되찾을 수 있다는 희망을 안겨다주었다. 특히 윌슨의 민족자결주의는 유학생들에게 많은 힘을 불어넣어주었다. 또한 1918년 12월 15일자 <The Japan Advertiser>에서 재미 한국인들이 한국인의 독립운동에 대한 미국의 원조를 요청하는 청원서를 미국 정부에 제출하였다는 보도와, 12월 18일자에 파리강화회의 및 국제연맹에서 한국을 비롯한 약소민족대표들의 발언권을 인정해야 된다고 하는 보도에 접한 재일 유학생들 사이에서 독립운동의 분위기가 높아졌다. 이에 동경조선유학생학우회는 1919년 1월 동경 기독교청년회관에서 웅변대회를 열어 독립을 위한 구체적인 운동을 시작해야 한다고 결의하고, 실행위원으로 최팔용(崔八鏞)·김도연(金度演)·백관수(白寬洙) 등 10명을 선출하였다. 실행위원들은 조선청년독립단을 결성하고 <민족대회 소집청원서>와 <독립선언서>를 작성하고, 송계백(宋繼白)을 국내로, 이광수(李光洙)를 상해로 파견하였다.

1919년 2월 8일 일본 도쿄[東京]에서 재일 유학생들은 독립선언서와 청원서를 각국 대사관, 공사관 및 일본정부, 일본국회 등에 발송한 다음 기독교청년회관에서 유학생대회를 열어 독립선언식을 거행하였다. 그러나 경찰의 강제 해산으로 10명의 실행위원을 포함한 27명의 유학생이 검거되었다.

일본 제국주의 심장인 동경에서 독립을 선언했다는 소식은 선언서와 함께 국내로 들어와 당시 독립운동을 계획하고 있던 종교지도자와 학생들에게 자극을 주었고, 민족종교인 동학의 뒤를 이은 천도교의 지도자인 손병희 선생과 기독교계의 지도자 이승훈 선생이 연합하여 독립선언을 하기로 합의하였고, 여기에 불교계의 한용운 선생과 학생이 대거 동참함으로써 민족 연합이 형성되었다. 곧이어 민족대표를 결정하고 3·1일 파고다 공원에서 비폭력 만세 시위로 독립을 선언하기로 하였으니 이것이 3·1 운동의 발단이 되었다.

기미년 오후 2시 30분, 파고다 공원에 운집한 학생 시민 5천 여 명은 독립선언서를 낭독했고, 태극기를 들고 '조선 독립 만세'를 외쳤다. 이 만세 운동은 서울뿐만 아니라 전국 대도시로 그 불길이 번져갔다. 여기서 중요한 역할을 한 사람은 종교지도자와 청년 학생들이었다. 그들은 식민지의 현실을 인식하고 애국심과 기동성을 가지고 시위가 전국으로 퍼지는데 큰 공을 세웠다. 도시의 시위가 일본군경의 탄압으로 주춤해 있을 때 이제 농촌에서 본격적인 시위운동이 전개되었다. 모든 시민들은 태극기를 들고 나와 면사무소나 경찰관서로 몰려가서 '독립만세'와 '왜놈들 물러가라'고 외쳤다. 하지만 평화적 시위는 대부분 중도에서 일본 헌병과 경찰에 의해 무자비한 탄압을 받아 강제로 해산되고 앞장 선 사람들은 죽거나 구금되었다.

3·1 운동이 끝나자 일제의 탄압은 가혹했다. 3·1 운동에 대한 일제의 기본입장은 '추호도 가사없이 저단한다'는 것이었다. 무차별 발포, 잔학한 살육과 대량학살, 대량검거, 체포와 고문, 수색, 방화, 구타 등 일본의 만행은 극도에 달했다. 이러한 암울한 현실을 이상재는 '북풍'에 비유하곤 했다.

朔風胡太急　　捲地動天來
大廈皆傾倒　　芳林亦折摧
渾沌無海陸　　宇宙化塵埃
窮巷春惟早　　試看獨樹梅

매서운 바람이 이토록 급한가
땅을 휘감고 하늘을 뒤흔드는구나
큰 집들이 모두 기울어져 넘어지고
또한 꽃과 나무들이 모두 부러져버리네.
휘몰아쳐서 바다와 육지가 없어졌네
하늘과 땅이 모두 먼지로 변해버렸네
깊은 골짜기에 봄은 아직도 이른데,
홀로 서있는 매화를 보는구나.

외세의 침입으로 혼란한 이 시기에도 자신은 '매화'와 같은 절개와 지조를 가지고 세상을 살아가겠다는 다짐이다. 비록 '봄'은 이르지만 자연 순리대로 '봄'은 오고야 만다는 뜻이다. '봄'은 조국의 독립을 말한다. 결국 이상재에게 조선의 독립은 너무나 당연히 올 것으로 비춰지고 있다.

조선에서 비폭력 저항운동이 전국적으로 확산되는 것을 본 일제는 민족 의식을 키워온 단체의 책임자들과 지도자들을 잡아들이기 시작한다. 이 때 언제나 일본인들에게 눈의 가시처럼 여겨지던 이상재는 결국 체포되었다. 일본 검사는 악형을 하려는 모든 도구를 늘어놓고 이상재에게 순순히 자백할 것을 요구했다. 자백하지 않으면 고문이라도 할 작정이었다.

이상재는 태연히 정색을 하고

"옳지! 왜놈들은 저의 부모에게도 매질을 한다더니 과연 그렇구나. 그래 늙은 나를 고문해 보거라!"

하며 일본 검사를 꾸짖었다. 일본 검사는 마침 이상재와 동갑인 아버지가 있었다. 이상재의 이 말에 양심의 가책을 느낀 검사는 고문을 중단시켰다. 일본 검사는 이상재를 심문했고, 이상재는 조금도 흐트러짐 없이 당당하게 대답을 했다.

검사 : 누가 제일 먼저 이 시위를 주도했는가?

이상재 : 2천만 동포 모두가 함께 시작했다.

검사 : 구체적으로 누가 선동을 했는지 말하라.

이상재 : 하느님이 우리에게 나가라고 했다.

검사 : 이상재 당신이 주동하고 선동한 것이 아닌가?

이상재 : 물론 나도 하느님의 뜻을 받들었다.

검사 : 당신 말고 누가 주동하고 선동했는지 불어라.

이상재 : 독립 운동은 어느 누구 혼자 하는 것이 아니다. 우리 민족, 우리 동포 모두가 독립을 간절히 원했기에 시작된 것이다.

검사 : 무슨 흑막이 있지 않나?

이상재 : 무슨 흑막이 있겠는가? 나는 백막으로 했지 흑막은 없다. 2만 명이나 되는 경찰과 형사들이 거미줄처럼 퍼져 있으면서 너희가 그것을 모르다니 그게 무슨 소리냐? 거기에 무슨 흑막이 있겠나?

일본 검사의 심문에 이상재는 당당하게 대답을 했다. 이상재에 의하면 3·1 운동은 누가 선동하거나 주동해서 일어난 운동이 아니라, 조선 민족 모두가 간절히 원했기 때문에 자연적으로 발생한 운동이라는 것이다. 이같은 이상재의 대답에 일본 검사는 당황했다.

3·1 운동 바로 다음 날의 일이었다. 일본의 유명한 정치가인 오사키가 민정시찰차 서울에 온 일이 있었다. 그는 특히 조선의 지도자들을 만나고자 하여 박영효 등 많은 사람들을 만났지만 별로 탐탁하지가 않았던지 이상재를 꼭 만나기를 청했다. 그 때는 여름이었는데, 하루는 오사키가 통역을 데리고 가회동에 있는 이상재의 집을 방문하게 되었다.

이상재는 "귀빈이 왔으니 응접실로 가자"고 하였다. 이상재의 조그만한 집에 응접실이 있을 리가 없으므로 사람들이 의아하게 생각했다. 이상재는 태연하게 마루에 놓여있던 헌 돗자리를 들고 오사키를 안내하여 바로 언덕 너머에 있는 소나무 숲 속으로 가는 것이었다. 그리고는 모래 위에 돗자리를 깔고 아사키와 마주하고 앉았다.

자리에 앉아 오사카는 입을 열어 "일본과 조선은 부부와 같은 사이인데 남편이 조금 잘못했다고 해서 아내가 들고 일어나서야 되겠소?" 하고 물었다. 그 말은 일본을 남편으로, 조선을 아내로 비유해서 3·1 운동을 넌지시 비난한 것이다. 그 말을 들은 이상재는 "그것은 그러할 것이오, 그러나 정당한 부부간이 아니고 만일 폭력으로써 억지로 이루어진 부부라면 어떻게 하겠소?" 하니 오사키도 말문이 막혀 더 말을 못했다. 그 후 오사키가 조선을 떠날 때, "조선의 인물은 이상재가 으뜸이다"고 하면서 탄복했다고 한다.

3·1 운동 후 체포된 이상재는 계속해서 심문을 받았다. 일본 검사가 이상재를 문초할 때 하루는 이상재가 갑자기 한쪽 팔을 뻗고 손바닥을 폈다. 그리고는 검사더러 역시 한쪽 팔을 내밀어 손바닥으로 이상재의 손바닥에 대라고 했다. 검사는 영문을 모른 채 이상재가 하라는 대로 했다. 이윽고 그 손을 다시 떼라고 하니 두 손바닥은 다시 떨어졌다. 여기서 이상재는 소리를 높여 '그것 보라 한 번 붙으면 다시 떨어지는 것은 천리이니 한일합병도 이와 같은 것이다.'라고 하니 검사도 기가 막혀서 문초를 더 계속하지 못했다.

3·1운동이 일어났던 다음해 미국 정부는 윌슨대통령의 민족자결주의 원칙의 선포 후, 약소 민족의 실태를 파악하기 위해 상하원 국회의원들로 구성된 조사단을 아시아에 파견했다. 이 소식이 전해지면서 상해 임시 정부는 그들을 상대로 외교 활동을 펴기 시작했다. 여운형과 안창호 등의 독립 운동가들은 미국 조사단에게 조선에 대한 일본의 강제 점령과 국권 침탈에 대해 알렸다. 또한 일제가 조선 민중들을 억압하고 인권을 유린하고 있다고 전했다.

　이러한 사태를 주시하던 일제는 방해 공작을 펼치기 시작했다. 국회의원 시찰단이 상해로부터 만주를 거쳐 입국하려할 때 밀정을 파견하여 조선의 독립 운동가와 미국 시찰단이 접촉하는 것을 방해했다. 하지만 시찰단 일행은 서울에 도착했고, 때를 맞추어 시위를 벌이고자 했으나 일본의 삼엄한 경비로 그 뜻을 이루지 못했다. 일본 경찰은 미국 시찰단 위원들이 조선의 독립투사들과 접촉하는 것을 철저히 방해했다. 결국 환영회는 무산되었다. 이상재와 신흥우는 미국 시찰단을 만날 꿈에 부풀어 있었지만 결국 포기해야만 했다.

　그러던 중 시찰단 중 헐스만이라는 위원이 조선인이 마련한 환영회에 참석하기 위해 독자적으로 YMCA에 나타났다. 환영회가 이미 무산된 줄 알고 청중들이 다 해산되었을 때였지만 윤치호는 사무실에서 그를 맞이했고, 환영회를 시작했다. 드디어 헐스만의 강연이 시작되었다.

　"조선 청년 여러분, 정의와 인도로 항상 발전하도록 분투하십시오.”

헐스만이 강연을 마치자 이상재가 등단했다.

“우리가 미국을 친애하는 것은 그 나라가 부유해서 그러는 것도 아니요, 강해서 그러는 것도 아니다. 오직 하느님의 뜻을 받들어서 정의와 인도를 제창하기 때문이다.”

이상재는 헐스만의 강연에 대한 답사를 했다. 강당에 모인 조선 민중들의 박수가 이어졌다. 그 때 일본 경찰과 형사들이 들이닥쳤고, 헐스만을 데리고 나가면서 군중을 해산시키려 했다. 그리고 경찰은 밀집해 있는 군중들에게 몽둥이를 휘두르면서 발로 차고 폭행을 가했다. 이 광경을 본 헐스만은 경찰서장에게 강하게 항의했다.

“무슨 이유로 조선 사람들을 때리며 못 나가게 하는가? 만일 조선인을 내보지 않으면 나도 나가지 않겠다.”

조선의 현실을 직접 목격하고 체험한 헐스만은 미국에 돌아가서 이 사실을 미국 당국에 상세히 보고했다. 이 때 조선의 현실이 미국에 알려지게 되었다. 아무런 죄도 없는 사람들을 발로 차고 몽둥이로 때리던 일본의 극악한 통치 방법이 드러나게 된 것이다. 헐스만의 보고 내용은 기사화 되었고, 그 때 그 기사 제목은 ‘한국인이 개 취급을 당하다’였다.

조선은 국제적으로 관심을 받게 되었고, 조선의 현실은 세계적으로 알려지게 되었다. 3·1 운동 이후 침체되었던 조선 독립에 대한 의지는 국제적으로 알려지게 되었고, 더불어 상해 임시정부의 활동도 더욱 활발해지기 시작했다. 이 모든 활동에 이상재는 개입되어 있었고, 조선의 독립을 위해 끊임없이 애쓰고 있었다.

3·1운동 이후 조선의 독립 지사들은 일본의 무자비한 탄압을 받았지만, 조선 민중들에게 독립에 대한 희망을 북돋아주고 있었다. 잔악한 일제도 조선 민중의 놀라운 힘에 두려워할 정도였다.

3·1운동을 선봉에 서서 이끈 민족 지도자들은 조선 민중의 엄청난 잠재력을 확인하고 새로운 희망과 신념으로 민족을 계몽하기 위한 여러 가지 사업을 추진하게 된다. 특히 조선 청년들을 계몽하기 위한 다양한 사업들이 실행에 옮겨진다. 주권을 빼앗긴 나라일수록 청년들에게 대한 교육이 절실히 필요했던 것이다. 청년 운동 지도자들은 청년 교육에 정성을 쏟았지만, 그 운동이 전국적인 조직력을 확보하지 못하고 산발적이어서 번번이 실패하기 일쑤였다. 여기엔 청년 운동 지도자들의 능력의 한계와 지도 방법에도 문제가 있었지만, 전국적인 조직망을 확보하지 못한 이유도 있었다. 물론 그것은 일본 경찰과 형사들의 조직적인 감시가 있었기 때문이었다.

그 무렵, 1907년 영국에서 시작된 청소년 교육단체인 '보이스카우트' 운동이 조선에 소개되어 새로운 청소년 운동의 활로를 찾고 있던 청소년 운동 지도자들의 주목을 받게 된다. 이동화는 '신조선의 건립과 아동 문제'라는 글에서 문명 국가에는 청소년 단체가 다양한 형태로 존재하고 있다는 것과 영국의 보이스카웃을 소개했다. 그리고 그는 청소년 단체의 필요성과 아울러 보이스카우트 운동에 적극적인 관심을 보였다. 중앙 고등보통학교 체육 교사 조철호와 YMCA 소년부 간사 정성채도 보이스카우트에 대한 꾸준한 연구와 이 단체의 도입을 위하여 세밀한 준비를 해오고 있었다.

이러한 가운데 1921년 일제가 먼저 보이스카우트 운동을 도입하여 정식으로 조직하자 시기를 기다려 왔던 조철호와 정성채는 각각 조선 보이스카우트(조선 소년군)와 소년 척후대의 조직을 서둘렀다. 이는 일제가 먼저 조직한 이상 우리 나라에서 조직하는 것을 저지할 명분이 없어진 것이며 국제적인 친선과 우애를 표방하는 이 운동이야말로 세계 여론과 국제 조직을 바탕으로 일제 간섭과 탄압을 피할 수 있었기 때문이다.

조철호의 '조선 소년군'과 정성채의 '소년척후단'은 청소년 단체로 많은 청소년 운동을 이끌었다. 그러나, 같은 취지와 목적을 두고 있는 운동이 따로이 시작될 수밖에 없었던 것은 보이스카우트 운동을 수용하고 이해하는 데 있어서 두 사람의 생각이 크게 달랐기 때문이었다. 조철호는 조선소년군을 창설하여 영국의 보이스카우트의 이념과 교육 방법을 조선의 실정에 맞도록 고쳐 조선식의 소년군을 발전시켜 나가자는 데에 큰 역점을 두고 있었다. 반면에 정성채는 소년척후단을 창설하여 보이스카우트 본래의 순수한 취지와 교육방법을 고수할 것을 주장했다.

각기 다른 형태의 훈련과 교육으로 조직을 확대해 나가던 두 단체는 하나로 합쳐질 필요가 있었다. 두 단체가 힘을 합한다면 더욱 조직적이고 체계적인 보이스카우트가 창설될 수 있기 때문이다.

이상재는 조철호와 정성채를 만나 설득하여 두 단체를 통합할 것을 권유하였다. 민족이 온 힘을 합쳐도 어려운 형편인데, 동일한 성격의 단체가 나누어져 있다는 것은 불합리하다는 것이었다. 이상재의 간곡한 설득과 당시 여론에 힘입어 마침내 두 단체는 하나의 통일된 단체로 합할 것을 결의했다.

두 단체의 통합에 큰 역할을 담당했던 이상재는 소년척후단 조선총연맹의 초대 총재에 추대되었다. 이러한 어려움과 시련 끝에 조선에 뿌리내리게 된 보이스카우트 운동은 1937년 일제에 의해 강제해산 당하기까지, 식민지 치하의 조선의 청소년에게 큰 꿈과 용기를 심어주었다.

초대 총재가 된 지 얼마 되지 않아 이상재는 세상을 떠났지만, 조철호와 정성채를 비롯한 수많은 청소년 운동 지도자들이 이상재가 남긴 뜻을 받들어 암울한 시대를 사는 청소년들에게 독립 정신을 고취시키는 데 정성을 쏟았다.

13 '죽어가는 조선을 붓으로 그려보자'

● 조선일보 사장으로 취임하다

3 · 1 운동을 계기로 일본은 무단 통치 대신에 문화 통치로 식민 지정책을 전환한다. 이러한 정책의 전환은 결국 강압 대신 회유로 방향을 바꾼 것뿐으로 일제의 식민지 정책의 본질적인 변화를 가져온 것은 아니었다. 어쨌든 문화 통치로 전환한 일본은 1919년 10월부터 신문발행 허가 신청을 받게 된다. 당시 신청한 건수는 10여 건에 달했지만 총독부는 1920년 1월 6일자로 동아일보와 조선일보 및 시사신문 등 3개 신문 발행을 허가한다.

이 중 동아일보는 김성수를 중심으로 민족 진영이, 조선일보는 친일단체였던 대정실업친목회가, 그리고 시사신문은 신일본주의를 표방하는 국민협회가 신청한 신문이었다. 따라서 총독부가 이 세

신문의 발행을 허가할 때 내세운 명분은 각 방면의 세력 균형을 위한 것이라고 했으나 사실은 친일계 신문을 더 많이 허가해줌으로써 민족진영신문을 억압하려는 의도를 드러냈다.

결국 일본은 문화통치의 명분을 드러내고 이를 조선뿐만 아니라 전 세계에 선전하고자 했다. 일본이 조선을 통치하는 데 폭력적이고 강압적인 방법이 아니라 언론의 자유를 준다는 식의 인상을 보이기 위함이었다. 또한 일본은 민족 진영의 신문 발행을 허가해 줌으로써 민족 세력의 실체를 파악하기 용이하다는 판단을 했다. 결국 일본은 조선 식민 통치에 불만을 해소시키는 통로를 마련함으로써 3·1 독립 운동과 같은 폭발적인 사태를 사전에 예방하면서 식민지 정책을 효율적으로 수행하고자 했던 것이다. 이러한 배경 속에서 허가를 받은 신문 중 조선일보는 1920년 3월 6일에, 동아일보와 시사신문은 4월 1일에 각각 창간됨으로써 민간신문이 탄생하게 되었다.

조선일보는 친일 성격이 강한 언론기관이었다. 따라서 당시 조선 민중들의 호응을 받기 어려웠고, 창간 당시부터 출자된 자본이 적었기 때문에 경영난에 허덕이게 된다. 신문사의 간부들은 친일파였지만 직접 신문 기사를 쓰는 기자들은 반일 감정을 드러내곤 했다. 이렇게 되자 조선일보의 경영난이 극심해졌고, 그러다가 마침내 친일파 송병준에게 조선일보의 발행권이 넘어가 버렸다. 그때 동아일보에서 신문을 만들던 이상협이 같은 신문사의 송진우와의 의견 충돌로 회사를 그만두고 나오게 되었다. 그 후 이상협은 신석우, 최선익과 힘을 합해 출자를 해 송병준이 가지고 있던 조선일보의 신문 판권을 사들였다.

이로써 창간 이래로 친일파의 손아귀에 붙들려 있던 조선일보가 비로소 민족진영으로 넘어오게 된 것이다. 판권을 인수받은 이상협, 신석우 등은 인격이 고상하고 덕망이 높고 학식이 풍부한 사람을 사장으로 모신다는 원칙을 세운다. 즉 우리 민족의 지도자라고 일컬어지는 그러한 사람을 사장 자리에 앉히기로 결심한다. 창간 후 약 4년 6개월 동안 사람들의 뇌리에 새겨진 친일파 신문이라는 이미지를 하루빨리 씻어내고 민족일간지라는 이미지를 강력하게 드러내기 위해서는 그에 합당한 인물을 찾는 일이 시급했던 것이다.

이들은 조선 민중들로부터 존경을 받고 있던 이상재를 찾아간다. 이들은 이상재에게 사장 취임을 청탁했고, 이상재는 계속해서 사양했다. 이상재는 지금까지 여러 가지 사회 사업을 해왔지만 언론에 관계되는 일은 해본 적이 없었기 때문에 사양했다. 또한 정신적으로는 항상 청년이었지만 활동을 자유롭게 할 수 있는 형편은 아니었다.

"선생님, 조선일보를 맡아주십시오. 신문사를 맡으실 분은 선생님밖에 없습니다."

신석우는 이상재에게 간곡히 부탁을 한다. 하지만 이상재는

"뜻은 고맙게 받아들이겠소. 하지만 나는 이미 칠순이 넘은 늙은이입니다. 나같은 퇴물이 아니라 더 젊고 훌륭한 인물들이 많으니

그 사람들에게 부탁을 해보시오."

하지만 신석우 등은 간곡하게 청을 했고, 이상재는 결국 승낙하게 된다. 이상재는 사장 자리에 취임하는 대신 한 가지 조건을 제시했다. 그것은 동아일보와 경쟁하지 않고 합심하여 민중을 계몽하고 육성하는 데 협력을 해야한다는 것이었다. 이러한 다짐을 받고서야 이상재는 비로소 조선일보 사장에 취임하게 된다.

이상재가 사장에 취임하면서 여러 민족 진영의 인사들이 이사진에 취임하고, 편집진도 크게 보강된다. '조선 민중의 신문'이란 새로운 표어 아래 경영과 제작 양면에 혁신을 단행하여 일신된 면모를 갖추게 된다. 이제 조선일보는 더 이상 친일 일간지가 아니라 민족지로서의 성격을 갖추게 된다. 이상재를 사장으로 맞이함으로써 민족지의 정통성을 부여받게 된 셈이다.

조선일보 사장에 취임하던 해 이상재는 제동으로 이사를 가게 된다. 그 전에는 항상 주거지가 일정하지 않은 생활을 했기 때문에 번듯한 집 한 채를 가지지 못하고 있었다. 늘 검소한 생활을 했고 돈에 대한 욕심이 없었기 때문에 그러한 형편에까지 이르게 된 것이었다. 그 당시 이상재는 몹시 가난하여 세금을 내지 못했다. 그래서 가구의 차압을 여러 번 받아 집 안이 텅 비어 있었다. 그 때마다 그는 일제 당국에 부당한 세금 징수에 대한 항의를 했다. 어느 날 경성 부윤 가나야가 다른 곳으로 전근을 가게 되어서 명사들을 초대하여 큰 송별연회를 열었다. 그런데 이상재에게는 아무런 연락도 하지 않고 그의 이름을 송별연 발기인에 올려놓았다. 이것을

받아 본 이상재는 탄식하면서,

"세간을 모두 빼앗아 가더니 이제 남의 이름까지 집행해 가는군!
이건 너무 심하군!"

이라고 말했다. 너무 가난하니깐 자신의 이름까지 빼앗아 간다는
이상재의 유머이다. 이상재는 욕심이 없고 검소한 생활이 몸에 뱄
기 때문에 돈에 대해 초연한 태도를 보였다. 굶어죽지 않을 정도로,
그나마 돈이 조금이라도 있으면 청년들을 위해 쓰곤 했다. 이러한
생활이 반복되다 보니 변변한 집 한 채 없었던 것이다.

늘 주위에서 안타깝게 생각하던 지인들이 돈을 조금씩 모아 이
상재에게 조그만한 집을 한 채 사주었다. 물론 이상재는 극구 사양
했지만, 지인들의 간곡한 청으로 이사를 하게 된다.

한편 조선일보 사장으로 취임한 이상재는 친일적 성향을 지녔던
조선일보를 민족 진영으로 돌리는 데 힘썼다. 즉 민족지로서의 개
혁을 단행하게 된다. 조선일보는 1925년 3월 3일자 창간 5주년 기
념호 사설을 통해 3·1 독립 운동과 조선일보의 창간을 관련지어
민족지로서의 의미를 부여하고 있다.

이 인류사상 또는 조선인의 해방운동사상에 있어서 각각 중대한
의의가 있는 제종(諸種)의 기념일이 혹은 장차 제8주년을 지낸 오늘
날에 있어서 본보가 다시 창간 제5주년을 맞이하게 된 것은 그의
발생의 시기 및 그 의의, 가치로 보아 가장 심장(深長)한 흥감(興感)을
오인(吾人)에게 주는 바이다. 세계적으로 사회적으로, 그리고 조선

적으로 그는 어떠한 시대적 또는 역사적 중대한 사명을 자못 숙명적으로 띄고 나온 바 있었음을 알 것이다. 이 의미로 보아서 전기(前記)한 각종의 기념일에 비하여 가장 단촉(短促)한 연령을 가진 본보의 5주년 기념은 이러한 세계적, 사회적 및 조선적의 의의를 떠나서 따로이 소위 의의와 가치를 가짐이 없다 할 것이다. 이에 오인(吾人)은 묘연(渺然)한 일개의 언론기관이 오히려 이다지 중대한 역사적 사명을 가져쓴가 하고 숙연히 작심하지 아니할 수 없는 바이다. 의연히 고무하지 아니할 수 없는 바이다. 그의 시대창조와 역사순도의 일부의 힘이 됨을 지지할 뿐 아니라 더욱 배전(倍前)의 노력으로 존귀한 일념을 신장함이 있고자 하는 바이다.

조선일보는 3·1 독립운동의 정신을 계승하고 민족의 독립을 위해 매진할 것을 강조하고 있다. 이제 조선일보는 민족지로서 새로운 출발을 하고 있는 것이다. 이상재가 조선일보 사장에 취임하자 당시 민족 지도자들은 많은 글들을 기고한다. 먼저 서재필의 기로를 보자.

주필귀하여 여는 조선일보가 우리 민족의 원로인 이상재 노인과 김동성 등 제씨의 협동조직한 새 기관으로 넘어갔다는 말을 듣고 이 노소협동한 조직 그것이 조선일보가 장래 조선민중의 유력한 기관이 될 표징인 줄로 알았노라. 여는 조선인 중에 한 도시에서 발행하는 두 일간신문을 지장(支掌)할 수가 있음을 믿고 물론 유익한 간행물이 더욱 발전할 여지가 있는 줄로 아나 여의 생각에 조선인이 능히 두 대규모의 신문을 유지할 수가 있는가 하는 의문이 일어난

다. 종국은 어떤 신문이든지 민중의 신망을 얻자면 신문의 경영책이 기의(其宜)를 득한 것과 민중에게 공헌(貢獻)하는 정도여하로 판단될 줄로 안다. 여는 만일 조선일보가 그 사명을 다하면 민중의 호의와 신망을 받고 또 민중이 조선일보를 옹호할 줄로 믿노라.

귀보를 친애하는 서재필

당시 러시아에 있던 민족 지도자 이동휘는 다음과 같은 글을 기고한다.

형님! 조선일보의 사장이 되었다는 소문과 조선일보가 새로운 경영으로 조석간을 발행하여 날마다 확장된다는 소식을 듣고 한없이 감하를 드립니다. 더욱 동휘에게 새해의 감상담을 청함에는 그대로 지낼 수 없음으로 대강 적으려 합니다.

형님! 조선일보를 통하여 방금 기근에 울고 부르짖는 수백만 동포들의 참상을 함께 울며 그들의 활로가 생길 것도 연구하여 봅니다. 나는 어떠한 자비적 의미로서 하는 말이 아니고 근본적으로 그들 가난한 무리로 영구한 행복을 얻고 일시 고해(苦海)를 면하려면 지금 이 제도를 고치고 새 제도를 일으켜 세워야 할 것을 힘껏 부르짖습니다.

형님! 옛날 치국평천하의 도는 오직 정신적으로 기초를 삼아 "사람은 떡으로만 살지 못한다"는 옛 말을 그대로 믿어 있지만은 오늘날 우리의 실제 생활에는 그 요소인 의식주가 기초가 된다 합니다. 그리하여 그 물건을 만들어내는 방법과 또는 관계가 우리 사회를 지배하는데 다시 말하면 직접 물화를 생산하는 자자 이 사회의 주인이 된다는 것입니다. (중략)

형님! 형님은 한학자이며 독신자(篤信者)인 앞에서 마치 사회주의의 설법처럼 하려는 것이 아니라 '오늘의 옳음과 어제의 그름을 깨달은 동휘도 현대생활의 참된 길을 부족하나마 옳은 길이라 믿게 된 이상 평소의 친한 이에 대하여 함께 같은 길로 가자하는 것이 역시 옳다고 생각합니다. 어찌 형님뿐이리오, 전조선의 가난한 백성들은 모두 이 길로 나서야만 모든 해방이 있을까 합니다. (중략)

형님! 현재 조선의 중심세력으로는 물론 유산계급과 종교단체가 비교적 유력할 것은 그것이 현대 제도 아래에서 생긴 물건인 까닭입니다. 하여간 조선의 민족적 해방 운동에 대하여는 어느 점에서는 협동전선도 만들 수 있음은 개혁하는 길에 있어서 아니 밟기 어려운 계단입니다. 역사에 비추어 보아 해방 운동에 민족운동이 압잡이 되는 것은 다수한 군중을 단단히 뭉치게 함이외다. 이러한 의미에서 형님의 금일 지위가 그 신망이며 더욱 조선일보를 향도할 책임이 무겁고 큽니다.

형님! 문안 삼아 이 글을 올림에 조선일보의 지면을 빌게 된다 하면 아무 가치가 없는 말인가 합니다. 그러나 평일 지기의 그리운 심회를 말함에 아무런 간격이 없이 생각나는 대로 말한 것이외다. 다만 글과 말로써 발표치 못한 나머지 뜻을 더욱 짐작하여 주며 이것이 한 구절이라도 우리의 전체 생활에 만일의 도움이 있게 되었으면 더욱 동휘의 심원일까 하며 형님의 노당익장(老當益壯)과 조선일보가 전조선 대중의 전초가 되기를 멀리 축수합니다.

노령에서 이동휘

이처럼 국내외 많은 민족지도자들이 조선일보가 조선 민중을 위한 민족지로 거듭날 것을 기대하고 있다. 조선일보가 민족지라는 점과 이상재와 동일시하면서 앞날을 축원하고 있는 것이다. 두 사람의 사상적 배경이나 이념 등이 다름에도 불구하고 한결같이 조선일보가 민족지로서 새롭게 탄생했음을 인정하고 그 사명을 다해 주기를 기대한 것도 이상재의 폭넓은 포용력을 갖춘 인품에 대한 존경과 신뢰 때문이다. 즉 이상재의 인품 때문에 조선일보는 사상과 계급을 달리하는 모든 세력에 의해 민족지로서 받아들여진 것이다.

조선일보가 민족지로 탈바꿈했다는 것은 당시에 나온 조선일보의 사설을 보면 명확히 드러난다. '본보의 명칭인 '조선일보'라는 네 글자는 의연히 잉구(仍舊)하야 존속한다 하드래도 본보를 경영하는 주체의 변동은 금일로부터 전연(全然)히 갱신된 것이다'라고 함으로써 이상재가 회장으로 취임한 후 조선일보의 성격이 바뀌었다는 것을 알 수 있다. 이상재 역시 '본보 혁신의 제1년을 맞아서'라는 글에서 조선일보의 바뀌어진 모습에 대해 극찬하고 있다.

> 생각건대 작년은 본보에 관하야 매우 기억할 해이었고, 따라서 제1의 신년을 마지하는 본보로서의 신년은 가장 감회가 새로운 바입니다. 작년 9월 12일 유위한 청년 제군이 당시 유지난에 빠진 본보의 경영난을 회전의 소유자로부터 완전히 매수한 후 우선 주의와 정신을 근본적으로 변개해야 써 진정한 조선인의 표현 기관되는 실질을 세우고, 이어서 10월 3일을 기회로써 지면을 혁신하야 그의 내용과 아울러 면목까지 일신하게 하였고…11월 1일로써 본보 혁신의 기념호를 발행하는 동시에…다시 본보 6페이지 발행의 단행으로 그를 조석간에 나누어 써 그 보도의 지면과 내용의 충실을 실현코저 하니 이래 수월 처음으로 신년을 맞는 오늘……

이상재는 1925년 1월 1일자 조선일보에서 자신이 취임 후 변모된 조선일보의 위상을 정리하고 있다. 조선일보는 우리나라 최초로 시사 풍자 연재만화인 '멍텅구리'를 연재하여 큰 인기를 끌었으며, 11월부터는 우리나라 최초의 조석간 6면(석간 4면, 조간 2면)을 발행해 신문사상 획기적인 사업을 단행하게 된다.

하지만 조선일보의 경영난이 그렇게 쉽게 해소되지는 못했다. 이상재가 사장에 취임한 후 경영상태를 보니 말이 아니었다. 그는 매일 경영진들과 경영난을 해결하기 위해 밤낮으로 뛰어다녔다. 이상재가 사장에 취임한 그 달부터 생활비가 나오지 못할 정도였으니, 형편이 말이 아니었던 것을 미루어 짐작할 수 있다

때로는 사원들에게 월급을 여러 달 동안 지급하지 못하는 경우도 많았다. 그래서 공무를 담당하는 사원들이 들고일어나 일을 못하겠다고 버티면, 이상재가 직접 나서서 타일렀다.

"밥 한 끼 못 먹어 죽는 일 없다. 신문은 하루도 쉬어서는 안돼! 어서들 가서 일들하게."

이 말은 그 후로 자주 인용되는 유명한 한마디가 되었다. 그는 사원들을 설득해서 신문이 하루도 빠짐없이 나올 수 있도록 독려했다. 이러는 동안 조선일보는 안정을 찾아갔고 여러 가지 개혁적인 사업들을 추진할 수 있었다.

조선일보는 러시아 사회를 취재 보도하기 위해 언론사상 최초로 모스크바에 특파원을 보내게 된다. 또한 신문사 최초로 여기자를 뽑았고, 영문칼럼도 신설했다. 이처럼 이상재가 취임한 이후 조선일보는 변했고, 개혁적인 사업들을 일관성있게 추진하게 된다.

● 조선기자대회의 의장으로 선출되다

1925년 4월 15일, 우리 나라 언론사상 처음으로 전국기자대회가

천도교 회당에서 열렸다. '죽어가는 조선을 붓으로 그려보자!', '거듭나는 조선을 붓으로 채질하자!'의 구호를 외치면서 열린 이 대회에 전국의 신문, 잡지 기자들이 대거 참석했다.

오전 11시 준비위원장이 개회를 선언하면서 조선기자대회는 시작되었다. 곧이어 임원 선출이 이어졌고, 여기서 이상재는 4명의 추천인 중 투표 결과 의장에 당선되었다. 이 대회는 다양한 이념을 가진 기자들이 대거 참석해 어지럽고 소란한 분위기에서 진행되었다. 사회를 보던 사람들도 야유 때문에 단상에서 내려올 정도였다. 마침 이상재가 사회자로 나서자 소란스러운 장내 분위기는 조용해지고 대회가 원만하게 진행될 수 있었다. 아무리 다양한 사상을 가진 사람들이 모였어도 민족 지도자로 추앙받던 이상재 앞에서는 고개를 숙일 수밖에 없었던 것이다. 그만큼 이상재가 포용력과 민족의 사표로서의 인품이 있었기에 가능한 일이었다.

조선기자대회에서는 여러 가지 안건이 논의되고 결의되었다. 특히 5개항의 결의문을 채택함으로써 대회가 정점에 이르렀다고 할 수 있다. 다음은 당시 대회장의 모습을 보여주는 기사다.

조선기자대회 제 이일 오전 상황은 석간보도와 같거니와 정오에 휴회되었던 대회는 오후 한 시 반경부터 의장 이상재씨 사회 하에 계속 되었는데 얼마 동안 의사를 진행하다가 이상재씨는 노인의 몸으로 장시간 사회하기가 매우 곤란하므로 부의장 안재홍씨가 사회를 하기로 되었다. 오후의 의사는 일사천리의 세로 거침없이 진행되어 즉시 의안작성위원회로부터 의안의 제 1부인,
1. 언론권위에 관한 건

1. 신문 급(及) 기타 출판물에 관한 현행법규에 관한 건
1. 언론 집회, 결사의 자유에 관한 건 등 세항목과 제 2부인,
1. 조선인의 경제적 불안에 관한 건
1. 대중운동의 발전 촉성에 관한 건

　등 두 항목 도합 다섯 항목을 축조토의(逐條討議)하였는데 결국 회원의 제안으로 전기 다섯 항목에 관하여 다섯 가지 조건을 결의 통과하였으나 그 결의된 사항은 당국의 명령에 의하여 발표되지 못하게 되었다. 그 결의가 통과되어 부의장 안재홍씨가 그 결의문을 낭도함에 일반회원은 일시에 박수갈채하여 회장이 떠나가는 듯하였다.

일사천리의 세로 오개의안가결, 『조선일보』, 1925. 4. 17

　우리나라 최초의 전국규모의 기자대회는 5개의 안을 결의하고 3일 동안의 일정을 원만하게 마치게 되었다. 여러 신문들은 조선기자대회의 의미를 대단히 중요하게 드러냈다. 먼저 이 대회를 통해 언론의 자유를 쟁취하고자 하는 의지를 드러냈다는 점이다. 그동안 일제 당국의 감시와 검열에 의해 제대로 된 글 한 줄 못 쓰던 상황에서 조선의 지식인들이 이 날 대회를 통해 적극적으로 나서서 일제에 대항했다는 것이다. 또한 이제는 조선 민중의 목소리를 언론에 담아야 한다는 주장이 제기되었다는 점이다. 일부 특권층, 지식인층의 언론이 아니라 조선 민중을 위한 언론으로 거듭나야 한다는 것이 이 대회의 가장 큰 의의라고 할 수 있겠다.

14 신간회 회장으로 추대되다

3·1 독립 운동 이후 일제는 조선의 식민지 정책을 무단정치에서 문화정치로 변화를 꾀한다. 겉으로는 강압적인 정책을 포기하고 조선 민중의 인권을 신장하는 정책으로 나아간 것처럼 보이지만 실제로는 효과적으로 식민지 정책을 수행하기 위한 위선에 지나지 않았다.

1920년대에 들어서면서 조선의 민족주의 운동은 보다 조직적으로 진행된다. 특히 물산장려운동은 조선의 민족 자본을 육성하기 위해 민족주의진영에서 계획하고 추진한 운동이다. 물산장려운동은 1920년 교육자, 종교인, 실업인 및 청년들이 주축이 되어 평양 조선 물산 장려회를 조직한 것이 계기가 되어 일어난 운동이다. 뒤이어 1922년에는 조만식이 조선 물산 장려회를 조직하였고, 1923년 1월에는 서울에서 전국적인 조직체인 조선 물산 장려회가 창립

되어 물산 장려 운동이 본격적으로 추진되었다.

물산장려운동은 조선인의 기술 산업적 능력을 개발하고 단련하여 실업의 신장을 기획하는 산업장려를 목표로 했다. 또한 조선인들이 국산품을 애용하여 조선인의 경제적 수준을 높일 수 있도록 연구하고 수행하는 것을 목표로 했다. 그래서 소비 조합과 생산 기관을 구축하고 조선 물산 진열관을 설치해 구체적인 활동에 착수했다. 또한 조선 물산 품평회를 개최하고 조선 민중들을 계몽할 기관지를 발행하는 등 구체적인 활동을 시작한다. 그들은 가두 행렬, 강연회 등을 통해 국산품 애용, 근검 절약 습관 함양, 금주 단연 운동, 생활 개선 등 민중 계몽을 전개하였다. 학생들은 자작회를 조직하여 조선 사람들이 필요한 물품을 스스로 만들어 쓰자는 운동을 전개하였으며, 부녀자들도 토산 애용 부인회를 조직하여 적극 호응하였다.

물산장려운동은 초기에는 민중들의 열렬한 호응을 받았으나, 얼마 가지 않아 조선 토산품의 가격이 급등하여 기업과 상인들은 큰 이익을 남겼으나 서민들은 별다른 이득을 얻지 못하면서 열기가 식기 시작하였다. 이런 가운데 사회주의자들은 이 운동이 유산 계급을 위한 것이며, 무산 대중과는 아무런 관계도 없을 뿐만 아니라 민중의 혁명성을 약화시킬 염려가 있다는 이유로 비판적인 입장을 취하였기 때문에 갈수록 침체되었다. 결국 이는 조선 민중의 절실한 생활상의 요구에 부응할 수 없게 되었다.

민족주의 운동은 물산장려운동 이외에도 민립대학 설립을 추진한다든지 언론과 출판을 통해 민중을 계몽하려는 활동 등이 있었다. 그러나 이러한 운동은 민중을 의식화시킨다는 측면도 있었지만 계몽적인 수준을 넘지 못한다는 한계도 지니고 있었다. 그 결과 1920년대 민족주의 운동은 일제의 문화정치의 본질을 구조적으로 꿰뚫지 못했기 때문에 '타협주의'라는 비판을 받게 된다. 그 후 민족주의자들은 분열하게 된다.

한편, 문화정치 이후 계속된 일제의 경제적 수탈로 인해 조선 민중들은 가난과 병마에 시달려야 했다. 당연히 조선에는 소작인과 노동자들이 많이 증가했고, 이들은 일본의 수탈에 대해 소작쟁의를 통해 자신의 권리를 찾기 위해 노력했다. 특히 일본을 통해 러시아에서 흘러들어온 사회주의는 소작인과 노동자들의 요구에 부합하는 하나의 이념이 되었다. 이제 농민과 소작인들은 조직적이고 체계적으로 사회주의운동을 전개했으며, 지식인들도 발맞추어 이들과 함께 행동하기 시작했다.

이러한 분위기에서 분열에 의해 흩어진 민족독립의 역량을 재결합시키고 재조직하기 위해 비타협적 민족주의자와 사회주의자들은 1927년 신간회를 발족시킨다. 사회주의 진영과 민족진영으로 갈라져 독립운동을 벌여오던 두 세력이 하나의 힘으로 합쳐지게 된 것이다. 일제라는 하나의 적을 두고 굳이 같은 민족끼리 파벌로 나뉘어 싸울 필요가 없었다. 이러한 사실을 꿰뚫어 본 민족지도자들은 두 진영의 세력을 결집하여 '신간회'라는 사회 단체를 조직하게 된다. 신간회가 태동할 무렵 홍명희는 '신간회의 사명'이라는 글을 통해 신간회의 목적, 그리고 나아가야 할 방향에 대해 제시한다.

> 장차 일어날-일어나지 않고 마지아니할 우리의 민족적 운동은 어떠한 목표를 세우고 나가게 될 것인가. 대개 세우지 아니하면 아니될 목표는 오직 하나일 것이나 바르게 그 목표로 나가고 아니 나가는 것은 우리늘의 노력 여하로 결성될 것이다. 제국주의 아래 압박을 당하는 민중은 ××를 배척하는 것이 당연 이상 당연한 일이지만 ××유혹에 방임하면 배척은커녕 도리어 구가도 하게 된다 하고 사회에서 선각자로 자처하는 소위 지식계급 인물 중에 개인적 비열한 심계로 민족적 정당한 진로를 방해할 자도 얻기 쉽지 않으니 만약 불초한 인물이 부당하게 민중을 지도한다 하면 운동이 당치도 않은 길로 나갈는지 모를 일이다. 우리의 민족적 운동으로 그 길로 그르치지 않고 나가게 하는 것은 곧 우리들의 당연히 노력할 일이다. 그럼으로 우리들은 우리의 경우가 허락하는대로 과학적 조직-일시적이 아니요 계속적인 또는 개인적인 아니요, 단체적인-행동으로 노력하여야 할 것이니 새로 발기된 신간회의 사명이 여기 있을 것이다.
>
> — 홍명희, 신간회의 사명 중에서

또한 동경 일월회의 리더로서 신간회 창립의 촉진제가 된 정우회 선언을 하는 데 주동적인 역할을 한 안광천은 1925년에 다음과 같은 견해를 밝히고 있다.

> 식민지 해방운동은 민족주의 운동-사회주의 운동 양대 조류로 나누어져, 초기에는 전자가 후자를 지배하고자 하고 후기에는 후자가 전자를 지배하고자 하는 것이다. 따라서 사회주의자는 민족주의자에 대해서 초기에는 그 기만성을 민중 앞에 지적 공격하지만 후기에

이르러서는 사회운동의 민중적 지지가 완강하게 되어 민족운동을 콘트롤할 자신이 생기게 되면, 그 반역성을 사랑하며 제휴하고자 하기에 이르는 것이다. 조선사회운동은 이미 안심하고 민족운동과 제휴해야 할 때이다.

－안광천, <新社會> 창간호

결국 신간회는 조선의 독립을 지향하면서도 민족 내에서 제기되는 계급적 대립의 문제에 대해 그 해결을 위해 노력하였다. 민족적 단결을 통해 분열되었던 민족적 역량이 총집결되는 계기를 마련한 것이 신간회이다.

신간회는 민족주의운동을 표방하고 민족주의와 사회주의가 합해진 협동 단체였다. 신간회 창립 대회는 1927년 오후 7시 종로 기독교청년회관 대강당에서 개최되었다. 당시 분열되고 와해되었던 민족주의 운동을 새롭게 모색하는 모임이라 많은 지식인과 민중들의 기대를 한몸에 받고 있었다. 대회가 시작되기 이전에 벌써 많은 인파들로 붐비고 있었다. 그만큼 민중들의 조선 독립과 민족운동에 대한 열정이 강했던 것이다. 장내는 숙연하면서도 매우 긴장된 분위기였다. 경과보고를 한 후 심의에 들어갔고 대회는 무사히 마칠 수가 있었다.

결국 신간회는 민족주의 진영과 사회주의 진영에서는 민족적 단결을 공고히 하고 일제에 대항하여 투쟁할 것을 목표로 결성된 조직이었다. 그런데 문제는 이 단체를 이끌고 나갈 지도자를 선정하는 일이었다. 어떻게 보면 이념이 다른 두 집단이 합한다는 것 자체가 비상식적인 일이고, 설령 합해졌다고 하더라도 끊임없이 생기는 마찰음을 어떻게 해결할지도 문제였다. 그러므로 이념을 초월하여 단체를 이끌고 나갈 수 있는 역량이 되는 사람을 섭외해야만 했다. 당시 전민족 지도자로 숭앙받던 이상재가 회장으로 추대된 것은 바로 이러한 이유 때문이다. 회장으로 이상재가, 부회장으로는 홍명희가 추대되었다. 신간회는 발기인 대회를 갖고 3대 강령을 채택한다.

　一.우리는 조선민족의 정치적, 경제적 해방의 현실을 기한다.
　一.우리는 전민족의 총역량을 집중하여 민족적 대표기관이 되기를 기한다.
　一.우리는 일체 개량주의운동을 배격하며 전민족의 현실적 공동이익을 위하여 투쟁하기를 기한다.

　강령을 보면 신간회는 조선민족의 정치적 가성을 촉구하고 있고, 무엇보다도 단결을 원하고 있다. 또한 일체의 기회주의를 부인하는, 그야말로 개혁적인 성향이 강한 단체이다. 아울러 당면한 정책을 다음과 같이 제안했다.

　　언론·집회·출판·결사의 자유, 조선민족을 압박하는 법령의 시행을 일절 금지할 것, 고문제 폐지 및 재판의 절대 공개, 일본이민반대, 부당납세반대, 산업정책의 조선인 본위, 동양척식주식회사 폐지, 단결권·파업권·단체계약권의 확립, 경작권의 확립, 최고소작료의 공정, 소작인의 노예적 부역금지, 소년 및 부인의 야간노동, 갱내노동 및 위험작업의 금지, 8시간 노동제 실시, 최저임금, 최저봉급제의 실시, 공장법·광업법·해운법의 개정, 민간교육기관에 대한 허가제 폐지, 일체 학교교육의 조선인 본위, 일체 학교교육용어의 조선어사용, 학생생도의 연구자유 및 자치권의 확립, 여자의 법률상 및 사회상의 차별 철폐, 여자의 인신매매금지, 여자교육 및 직업에 대한 모든 제한 철폐, 형평사원 및 노복에 대한 모든 차별 반대, 형무소 대우개선·독서·통신의 자유

제안된 정책을 보면 신간회가 상당히 진보적인 성향이 강했다는 것을 알 수 있다. 신간회는 그만큼 개혁에 대한 의욕이 넘쳤다. 비록 합법적인 단체이기는 하지만 상당히 비타협적이고 투쟁적인 단체였던 것이다.

당시 이상재는 조선일보 사장으로 있으면서 언론 개혁에 관련된 여러 가지 일을 추진하고 있었다. 스스로도 이제는 은퇴할 나이가 되었다고 생각하고 있었고, 기력이 예전과 같이 않아서 힘들게 생활하고 있었다. 이러한 때에 지도자들이 이상재에게 신간회 회장을 맡아달라고 부탁을 하게 된다. 이상재는 그 당시 병석에 누워있었고, 나이도 너무 많아서 어떤 공직도 맡지 않으리라고 결심하고 있었다. 그래서 신간회 회장직도 맡을 수 없다며 극구 사양하고 고사했다. 난감해진 신간회 준비위원들은 이상재를 조선일보 사장으로 모신 바 있는 신석우를 보내 이상재를 설득시키기로 하였다. 신석우도 신간회 회장으로 이상재가 적임자라고 생각하고 있었기에 흔쾌히 이상재를 찾아간다.

"선생님께서 회장직을 수락하시지 않으시면 조선 청년들이 신간회를 따르지 않을 것입니다. 신간회 회장이 되시는 것이 그렇게도 두려우십니까?"

신석우는 누구보다도 이상재의 기질을 잘 알고 있었기 때문에 이상재의 마음 깊이 도사리고 있는 청년과도 같은 정렬에 불을 질렀던 것이다. 이 말을 들은 이상재는,

"그러면 나가지!"

하고 승낙을 하게 된다.

몸은 비록 늙었지만 일에 대한 열정만은 아직 젊다는 것을 보여주어 청년들에게 용기를 주어야겠다고 생각했던 것이다. 이상재는 신간회 회장 취임 후, 양 진영의 대립과 갈등을 해소시키고 민족 독립 운동을 전개시킬 토대를 마련하는 데 온 힘을 쏟았다. 이 때 이상재는 78세의 노령이었다.

결국 이상재가 신간회 회장으로 취임하면서 사상적으로나 실천적으로 도저히 결합될 수 없는 두 사상이 연합하게 된 것이다. 민족독립을 쟁취하기 위해 결성된 신간회는 이상재 회장 취임 후 본격적인 활동을 전개한다.

신간회 회원들은 그 직업이 다양했다. 전체적으로 볼 때 농민과 노동자들이 회원의 절대수를 차지하고 있었다. 이러한 점은 신간회가 농민과 노동자를 위한 활동을 많이 하고 있었다는 것을 말해준다.

신간회 회원의 직업별 구성

직업	인수	비율(%)	직업	인수	비율(%)
농 업	21,514	53.90	교 원	367	0.92
어 업	112	0.28	교 역 자	255	0.64
목 축	3	0.01	대 서	83	0.21
노 동	6,041	15.14	여 관	45	0.11
직 공	2,783	6.97	사 진	666	1.67
공 업	678	1.70	재 봉	52	0.13
상 업	4,315	10.81	측 량	5	0.01
은 행 원	29	0.07	인 쇄	95	0.24
회 사 원	447	1.12	이 발	233	0.58
기 자	647	1.62	운 수	24	0.06
의 사	241	0.60	미 상	868	2.17
변 호 사	34	0.09			
저 술	31	0.08			
학 업	342	0.86	계	39,910	100

조선일보 1931. 5. 18

전체적으로 볼 때 신간회는 농촌에 기반을 둔 계층이 반이상을 차지하고 노동자가 많이 참여하고 있고, 도시 주변의 중간계층들도 다소 참여하고 있는 조직이다. 조선일보의 논설을 쓰면서 지방 강연을 자주 다니던 이관구는 신간회의 성격을 다음과 같이 말했다.

　　신간회는 한마디로 말해 건실한 민족단일연합전선으로 일제의 강압에 대처하기 위한 민족주의 급진세력과 사회주의 세력의 합작을 위해서 발생한 것이라고 볼 수 있어요. 그리고 그 성립에 있어서 당시 좌익에 대한 탄압이 심해 일부 좌익세력은 지하로 숨어 들어가고 표면에 나타나지 못하게 되어 이들이 공산당으로 되고 말았던 것이죠. 거기에다 민족주의자들이 일부는 개량주의로 일부는 사회주의로 나서게 되었는데 이 양세력을 규합하기 위해서 신간회운동이 필요했던 것입니다. 신간회란 우연히 나타난 것이 아니며 역사적인 산물이었다고 볼 수 있어요. 하지만 점차 좌익세력의 주도권 쟁탈로 그 수습이 어려워지자 광주학생 사건을 계기로 일대 민족운동을 일으켜 화려한 막을 내리면서 자폭하자는 전략도 일부에서 일어났었습니다.

—이승복선생 팔순기, 인물연구소, 1974.

앞에서도 언급했듯이 신간회는 민족주의 계열과 사회주의 계열의 연합으로 이루어진 단체이다. 신간회는 어떤 정치적인 목적에서 의도적으로 출현한 것이 아니라 당대에 나올 수밖에 없는 '역사적인 산물'이었던 것이다.

신간회는 서울뿐만 아니라 지방까지도 그 활동 범위를 넓혔다. 주로 지회를 중심으로 상당한 활동을 했다. 일제는 지방까지 그 세력을 뻗치는 신간회를 끊임없이 감시했지만, 전국 각 지역에 걸친 조직망에 당황해했다. 신간회는 주로 역사의식을 고취하거나 민족의식을 고취하고 친일파나 변절자 등을 규탄하였다. 당시 신간회의 활동에 대해 일제가 남긴 『고등경찰요사』에 다음과 같이 기록되어 있다.

지방에 있어서의 비일선인(非日鮮人) 중 저명한 인물은 거의 여기에 가입하였고, 또 집회, 회의 권유시 등의 언동을 종합할 때 운동의 도착점은 조선의 독립에 있다는 것을 쉽사리 알 수 있을 뿐 아니라, 지방행정, 시사문제에 대해서는 극력용훼(極力容喙)하여 반항적 기세를 선동하며 사안의 분규 확대에 힘쓰고 기회를 포착하여 민족적 반감의 인(因)을 만들고 있어 지방인심을 독(毒)하는 것은 한심하기 짝이 없다.

일제 당국은 신간회 지역 활동에 심각한 우려를 표한다. 신간회가 단순한 사회 단체가 아니라 독립 투쟁을 목표로 하고 있는 과격한 단체라고 단정짓고 있다. 각 지회에서는 정치적 문제 등을 문제 삼아 노동조합, 농민조합 등의 요구를 반영하는 노동강령을 내걸고 합법적인 범위 내에서 신간회 활동을 더욱 투쟁적으로 만들어 가고 있었다. 신간회의 조직이 급속도로 확산되고 투쟁적인 성격을 드러내게 되는 것은 사회주의계의 적극적인 활동 때문이었다. 3·1 운동 이후 민중의 각성이 높아지면서 시대사조에 예민한 청년들은 전국 각지에서 신간회 활동을 적극적으로 벌여나가고 있었다.

15 영원한 청년 이상재, 거룩하게 떠나다

신간회 회장을 수락할 당시 이상재는 병환으로 자택에서 누워지 냈다. 천성이 건강한 체질이지만 오랜 세월동안 여러 사업을 진행 하고 옥고를 치르는 바람에 건강이 악화되었던 것이다. 그는 병환 으로 신간회 회장을 거절했지만 청년들의 간곡한 부탁으로 수락하 고 만다. 그 후 병환은 호전될 기미를 보이지 않았다.

이상재가 병환으로 누워있다는 소식은 당시 모든 지식인과 조선 민중들에게 알려졌다. 민족의 스승이 죽음을 앞두고 있다는 사실 자체가 커다란 충격이었다. 항상 청년이 나아가야 할 방향을 알려 주고, 꼿꼿한 성품으로 일제의 경찰과 형사도 두려워하지 않던 이 상재였다. 항상 청년들의 곁에 있을 것만 같았던 이상재는 병마를 훌훌 털어버리고 일어나지 못했다. 갈수록 병은 악화되었다. 많은 사람들이 이상재의 집을 찾았다.

이상재는 죽음을 앞두고 있으면서도 웃음을 잃지 않고 도리어 찾아온 사람들의 안부를 염려하곤 했다. 문병 온 사람들에게 웃으면서 자상하게 맞이해 주었고 혹시라도 눈물을 흘리며 걱정하는 사람이 있으면,

"걱정마라. 나는 아마 죽지 않을 것 같다. 아직도 할 일이 태산인데, 내가 무슨 팔자에 편히 누워서 죽겠나? 너희들 곁에 계속 있을 것이다"

라며 병 문안 온 사람들을 달래었다. 이상재에게 병문안 오는 사람들 중에서 항상 이상재를 감시하던 일본 형사 미와라는 사람이 있었다. 그는 늘 이상재의 근처를 맴돌면서 그의 행동 하나하나를 지켜보았다. 미와는 이상재뿐만 아니라 조선 독립을 위해 애쓰는 애국지사들은 누구나 할 것 없이 감시하고 체포해 가는 악질이었다. 그래서 독립운동가들은 미와에게 잡힐까봐 항상 두려워했다. 그만큼 미와는 우리 민족을 괴롭히는 악질적인 형사였다.

하지만 이상재는 미와를 두려워하기는커녕 가끔씩 꾸짖기도 할 만큼 하찮게 보고 있었다. 언젠가 이상재가 기다란 지팡이를 끌면서 광화문 앞 큰 길을 걸어가다가 어디선가 나타난 미와 형사와 딱 마주치게 되었다. 그러자 미와는 교활한 웃음을 지으면서 꾸벅 절하고 이상재의 눈치를 살폈다. 오히려 미와 형사가 이상재를 두려워하고 있었다. 이상재는 미와를 보자 들고있던 지팡이를 높이 들었다가 내리치는 시늉을 하면서 호령을 했다.

"미와 이놈아! 사람 좀 그만 잡아가라!"

깜짝 놀란 미와는 당황하여 "예, 이제 안잡아 가겠습니다." 하고는 어디론가 급히 달아나 버렸다. 비록 미와가 일본 형사이지만 이상재의 높은 인품에 대해서는 익히 알고 있기 때문에 피했던 것이다.

늘 이상재의 주변에서 감시의 눈초리를 풀지 않고 있던 미와가 이상재가 병환으로 누워있다는 소식을 듣고 병문안을 왔다. 이상재를 찾아온 많은 사람들은 악질 형사의 출현에 불쾌감을 표했다. 늘 그들 주위를 쫓아다니며 감시를 했기 때문이다. 하지만 미와는 나름대로 이상재를 존경하고 있었고, 그가 아프다는 소식을 듣고 진심으로 찾아왔던 것이다. 미와는 이상재 곁에 조심스럽게 앉아서 인사를 올렸다. 이상재는 자신을 찾아온 미와에게 이렇게 말했다.

"미와 형사, 자네가 날 찾아온 것은 고맙네. 이 사람아, 내가 지옥에 가도 거기까지 쫓아올텐가?"

미와는 이상재의 말을 듣고 자신이 그 동안 저지른 악행에 일말의 가책을 느꼈는지 눈물을 흘렸다. 이상재는 조선인들만의 스승은 아니었다. 미와는 자신이 존경하는 사람이 죽어가고 있다는 사실 때문에 눈물을 흘리고 있는 것이다. 또한 자신을 따뜻하게 맞아준 이상재에 대한 고마움의 표시이기도 했다.

이상재가 세상을 떠나기 전날 구자옥과 변영로가 이상재의 집을 찾았다. 이상재의 방에 들어서니 혼몽하게 자리에 누워있던 이상재가 눈을 가늘게 뜨고 두 사람을 쳐다보았다. 그러더니 대뜸 이렇게 말한다.

"이놈의 자식들, 너희들 내가 돼졌나 안돼졌나 보러 온거지?"

그리고는 이상재는 다시 벽을 향해 돌아누웠다. 그런데 그 때 두 사람은 이상재의 두 눈에서 흘러내리는 눈물을 보았다. 아직 할 일이 많은데 죽어가는 자신이 한스럽기도 했을 것이고, 남아있는 청년들을 보니 가엾기도 했던 것이다. 훗날 변영로는 다음과 같이 회고한다.

"월남선생께서 그처럼 눈물을 많이 흘리신 것은 그 때 처음 뵈었어요. 그리고 그때가 존경하고 숭배하는 선생님과의 최후 결별이 되고 말았지요."

조국의 독립을 보지 못하고 떠나는 마음이 너무나 아팠던 것이다. 그리고 조국이 없는 참담한 현실 속에 남아 있는 청년들이 불쌍했던 것이다. 그러나 사람의 목숨은 하늘에 있다는 말이 있듯이 그 다음날 이상재는 이 세상을 떠난다.

1927년 3월 29일 80평생을 조국의 독립을 위해 살아온 민족의 스승이자 지도자인 이상재는 조용히 눈을 감았다. 그리고 그의 눈에는 식지 않은 눈물이 고여있었다. 큰 별이 떨어진 것이다. 이 비보를 들은 신간회, 조선일보, 조선교육협회 등에서는 한결같이 애통해했다. 모두 이상재가 심혈을 기울여 이룩한 단체였기에 그 슬픔은 더했다. 그들의 애사를 보면 다음과 같다.

　－ 거인은 가시다(신간회)
　월남 선생은 조선의 거인이시다. 고관대작으로부터 하집사(下執事)에 이르기까지 빈비(貧鄙)한 자와 간교한 자가 많아서 날로 국사를 그르치던 당일에 홀로 정직하고 청렴한 조수(操守)로 오직 우국하는 성심을 다하여 종시 변함이 없으시니, 선생이 거인이 아니시면 어떤 사람이 거인이겠는가? 돌이켜 생각하니 선생의 일생경로는 심히 기구하여 문호(門戶)를 숭상할 때에 선생의 출신은 한미하셨고, 노예되기를 감심(甘心)할 때에 선생은 반항하셨고, 국사가 창황할 때에 선생은 관직을 가지셨고, 그리하다가 마침내 창상(滄桑)의 변까지 겪으시었다. 세상 사람은 선생의 변설과 회해(詼諧)를 칭도(稱道)해 마지 아니 하나, 선생의 변설 뒤에는 분울한 심사(心事)가 숨어 있고, 선생의 회해 속에는 강개한 회포가 묻히어 있음은 칭도키는 고사하고 아는 사람조차 드물 것이다. 지금 선생은 우리를 버리고 기리 떠나셨다. 그 변설과 회해까지도 고인의 일화 자료가 될 뿐이다. 우리 신간회가 창립될 때에 사회의 물망(物望)이 선생에게 있으므로 선생을 장으로 모시고 앞으로 지도를 바랐더니 어찌 알았으랴, 이것으로 선생의 최후를 꾸밀 줄을. 선생의 병환이 위중하심을 듣고 회중 사람이 선생께 나아갔더니 선생이 병이 일기 어려움을 모호히 말씀하시고, 얼마 있다가 평소와 같은 어조로 '내가 무슨 팔자에 편히 자리에 누워 죽겠나! 내가 이번에 죽지 못할 것일세' 하시며 살내린 얼굴에 웃음을 띄우셨다고 한다. 선생이 지금 편히 자리에서 세상을 떠나셨으니 선생의 복이 크다 하랴?

- 월남 선생을 곡함(조선교육협회)

월남 선생이 세상을 떠나셨다. 우리는 한 사회에서 장으로 모시고 지내던 선생을 곡하며 다시 선배 드문 우리 사회에서 가장 많은 존경과 신뢰를 받으시던 선생을 곡한다. 그러나 만약 영혼이 있고 알음이 있다면 선생을 곡하는 우리의 마음보다도 이 날 이 땅을 떠나시는 선생이 더 애달프고 괴로우실 것이다. 대개 인격은 역경에서 빛이 나는 것이다. 선생의 일생 역사는 과연 어떠한 기록이었던가. 선생이 사회에 나서신 후 5십년간 갖은 험난을 겪으되 조금도 굽힘 없이 청렴한 지조와 뇌확한 의지로 일관하셨다. 선생이 거야의 대수와 같이 서서 높은 가지와 무성한 잎새로 얼마만한 그늘을 지어 후

생인 우리를 가리어 덮으셨던가? 그 나무가 넘어짐을 따라 새삼스러이 그 그늘이 두터웠음을 생각지 아니치 못한다. 선생의 나이 칠십여세시니 선생의 수가 부족타고는 말하지 못할 것이다. 그러나 선생이 누리신 나이와 우리가 선생께 바라던 나이를 비교할 때 우리는 그 짧음을 한하지 아니치 못한다. 더욱이 선생은 평소 심사를 펴지못하신 채 세상을 떠나셨다. 그 심사를 품고 가시는 선생의 영혼인들 남과 같이 평안하신 것인가? 선생이 여러 날 밤을 두고 신고하시던 끝에 새벽이 되었는가 물으시며 감기지 않은 눈을 감으셨다 한다. 이로써 우리의 곡을 받게 되신 선생과 선생을 곡하는 우리의 한이 함께 길지 않을 수 없다.

　－ 월남 이상재 선생을 곡함(조선일보)

　월남 이상재 선생은 숙아(宿痾)가 평유(平癒)치 아니하여 오래 병석에 누웠다가 십 수일래 증후(症候) 더욱 침중하여 필경 3월 29일 오후 11시 반으로서 졸하다. 한양조 철종제(哲宗帝) 원년 경술(庚戌) 10월 26일에 충청남도 한산군에서 선생이 생하고, 금(今) 정묘(丁卯) 3월로서 졸하니 향년이 78이라. 오호 굴신왕래(屈伸往來)는 우주의 이법(理法)이요, 생로병사는 인생 필연의 귀결이니 사(死)가 반드시 비(悲)할 바 아니요, 선생이 또 천년으로써 종(綜)하시니 위하여 애상할 바 아니다. 그러나 돌아보매 일생이 명도건궁(命途蹇窮) 한 조선의 말년사와 병행하고, 졸하매 사회로 하여금 의거할 바를 잃게 하니, 진실로 비통한 눈물을 금할 수 없다.

　비범한 기지와 회홍(恢弘)한 기개로써 형세 급업(岌嶪)한 조선의 말로에 처하여 도도(滔滔)하는 외세가 주무(綢繆)하는 심모(深謀)를 베풀 겨를을 주지 않고, 정비(鼎沸)하는 산하에는 위인 지사로도 용무(用武)할 땅을 남기지아니하니, 조선의 선각이 모두 전패(顚沛)의 간(間)에 세월을 차타(蹉跎)하고 누항(陋巷)의 속에서 민생을 수탄(愁嘆)하게 되는지라, 선생이 홀로 이를 면치 못하였다. 헌앙(軒昂)한 청년의 시기로서 출양(出洋)하는 진신(縉紳)을 따라 이미 개국변법(開國變法)의 필요함을 깨닫고 돌아오매 인하여 갑신개혁의 사변에 처하니, 선생으로서 면함을 얻은 것은 우연이었다. 그러나 건양(建陽)·광무(光武)의 지음에 여러 번 상란(喪亂)의 나머지를 이어서 일비(日非)하는 형세가 드디어 좌시할 수 없는 바 있으며, 심우(深憂)와 대통(大慟)은 썩일 수 없어서 국사들의 동맹은 시국의 광구(匡救)를 위하여 혈전하게 되니, 독립 협회 운동에는 선생이 그 찬획(贊劃)하는 일인이었고, 외연(嵬然)히 그 중진이 되었었다. 그러나 대중은 아직 각성한 바 얕았고 권력의 발동은 인인(仁人)에게 화액으로써 가하니, 거듭하는 형옥(刑獄)은 천하와 함께 한심할만 하였다. 이래 수십 년에 정계에 분골(奔汩)하매 항상 엄고(嚴固)한 지주를 짓고 교문(敎門)에 탁적(托跡)하되 오히려 세도(世道)와 인사를 지도 비판하는 바 있었으니, 선생은 민중의 원로이오 조선의 거인이라 이제 거성(巨星)이 홀연히 떨어지고 교악(喬嶽)이 갑자기 무너졌도다. 조선을 위하여 비통하고 민중을 위하여 곡(哭)하지 아니할 수 있으랴.

선생이 호서문화(湖西文化)의 향(鄕)에 나섰고 누대로 숭유(崇儒)하는 명문의 후예이라, 존왕양이(尊王攘夷)는 그 청년기의 신조이었고, 개국 진취는 일전(一轉)하여서의 포부이었었다. 자유민권의 사상이 독립협회의 운동으로써 고취되었고, 자강과 자립의 고조는 또 일로전역(日露轉役) 전후의 부심하는 바이었었다. 그러나 유문(儒門)으로러 기독교회에 전하니 경행충서(敬行忠恕)와 박애 평등은 공씨(孔氏)와 기독이 그 인애(仁愛)의 본원을 함께 함으로써이요, 도탄하는 생민(生民)과 윤멸(淪滅)하려는 중생은 일관하는 성곤(誠悃)으로써 그 갑을(甲乙)을 별(別)할 바 아님에 유(由)함이다. 오호 선생이 유(儒)에서 시(始)하고 기독에서 종(終)하되, 그 천하 국가와 동포 민생을 위하여 노력하는 건건(蹇蹇)한 성충(誠忠)인즉 평생을 일관한 바이로다. 선생은 거인이었다. 거인을 이제 영결하게 되도다.

석자(昔者) 목은 선생 이색(李穡)이 여조(麗朝)의 말기에 처하여 밖으로 강린(强隣)과의 절충을 원활히 하고자 하고 무문의 발호를 제척하려 하며, 그리하여 종사의 윤몰됨을 회구코자 하니, 그는 유문의 종장(宗匠)이었고 정계의 거성이었다. 그러나 그는 번전(翻轉)하는 대국(大局)을 인위(人爲)로써 만회치 못할지라, 필경은 경복(傾

覆)하는 사이에서 고투(苦鬪)함을 멈추지 않았었다. 월남 이 선생이 실로 그 혈통을 이으니 선생의 일관하는 성곤과 회홍한 기개는 그 유래함이 오래다. 이제 선생이 졸(卒)하니, 졸함은 천명이요 비(悲)함은 인정이로다. 인정의 비절(悲切)한 곳에 어찌 또 천명만 말하랴? 인정이 비절한 곳에 어찌 또 다만 훼상(毀傷)함만 하랴? 조선의 청년들아, 그 분발할지어다! 서로 더불어 선배들의 다하지 못한 바를 계술(繼述)하고 확충하고 완성할지어다. 오호, 모든 선배로 하여금 모두 궁항(窮巷)에 잠기게 하였거니, 어찌 도이(徒爾)한 비통만 하리오!

이외에도 각계 단체와 지도층의 애사가 줄을 이었다. 이상재의 죽음은 당시에 조선 민중들에게 상당한 충격이었던 것이다. 영국인 선교사 어버슨 또한 '오호! 월남 선생'이라는 애사를 보내면서 이상재를 '한국의 거인(Grand man of Korea)'이라 칭했다.

이상재라는 이름은 한국의 '거인(Grand man of Korea)'으로 아는 바 이는 조선의 거인이요 노인이라는 뜻이올시다. 영국에서는 이와 같은 형용사 즉 거인이요, 노인이라는 말은 유명한 정치가 '글래드스톤'을 대하여 씁니다.

조선에 있어서 우리 선교사들은 선생을 조선 근대의 위인으로 공경한 지 이미 오랩니다. 선생이 청년시대에는 한학자로 명성이 높은 동시에 기독교에 대하여는 극구 반대를 하셨다 합니다. 그 후로 선생은 환해(宦海)에 몸을 던지게 되어서 처음으로 북미합중국에 파견되는 조선외교관 중 일원이 되셨습니다. 선생이 환국하신 후 정치개혁에 노력하시다가 다수한 동지로 더불어 긴 세월을 옥창생활을 하시게 되었습니다.

선생이 입옥하시기 전부터 유교와 예수교를 비교하실 목적으로 예수교 성경을 많이 보셨다 합니다. 이 성경을 보시며 비교하여 보시는 가운데 그 장처만 취하여 한 책을 편찬하셔서 종교적 이상의 기원을 삼고저 하셨다 합니다. 선생이 철창생활을 하실 동안에 예수교의 독신자가 되셨으며 예수 그리스도를 당신의 구세주로 섬기셨는데 그때로부터 별세하실 때까지 이 신앙에 대하여는 조금도 변함이 없으셨습니다.

선생이 출옥하시면서 즉시 예수교회에 들어오셔서 교회와 기독교 청년회를 위하여 당신의 일심정력을 다하여 노력하심으로 많은 유익과 큰 힘을 기치셨습니다. 선생이 출옥하신 후로부터 여년(餘年)은 성격을 사르치시며 종교의 큰 인도자가 되셨습니다. 신생은 조신에서 이상적 인격의 모범이 되심으로 어떠한 집회를 물론하고 선생의 강연이 있다는 소문이 들리면 다수한 군중이 일시에 응하여 모임으로 조선에 있어서는 일 개인으로 이같이 강연에 청구(聽口)를 많이 받으신 이는 없다 합니다. 선생의 강화가 널리 미치는 비결은 성실하심과 지혜로우심과 불굴하심과 정직하심과 두려움이 없으신 외에 군중에게 유쾌를 주심이라 합니다.

선생의 일평생 중 특별히 과거 이십년간에는 조선 내에서 선생 이상으로 일반에게 경모와 사랑을 받으신 이가 없다고 하여도 과언이 아닐까 합니다.

선생의 육체는 여기 남아 있으나 그의 영혼은 우리를 떠나 선생의 일찍 사모하며 경배하던 하나님 앞으로 가신줄로 압니다.

선생은 큰 지혜로운 이요, 애국자요, 신실한 기독자요, 본인의 경모하던 동지입니다. 조선에 있는 모든 선교사단체를 대표하여 조의를 표합니다. 본인의 절실히 바라는 바는 하나님께서 조선을 위하여 선생과 같은 인격자를 많이 내시기를 바라나이다.

특별히 중외일보(中外日報)에서는 세상을 떠나신 이상재에 대한 애사를 '사회장을 보고 어린이들에게'라는 제목으로 발표했다. 비록 이상재가 떠났지만 그가 남긴 족적은 조선의 청년과 어린이들에게 많은 교훈을 주었기 때문이다.

사회장을 보고 어린들에게 —중외일보(中外日報)

　이상재 선생의 사회장은 전에 보지 못하던 성대한 의식이었다. 사회 각 단체와 모든 사람들이 자기 일과 같이 생각하고 모여들어서 재물과 몸수고를 아끼지 않고 힘 자라는대로 애를 썼으며 장의 당일에는 직접으로 장의 행렬에 참가한 사람만 수천명이었고 길가에 나와서 선생의 영구를 봉결하는 사람이 교동 천도교당에서부터 경성역까지 가득히 차서 십만명도 넘어가는 형편이었다. 참 장엄하고 성대하여 모든 사람이 국장보다 못지 아니한 장의라고 말하였었다. 몸이 죽어서 이와 같이 성대한 장사를 지내게 되는 이상재 선생은 참 이 세상에 난 보람있는 잘나신 어른이시며 죽어서 나머지 영광이 있는 사람이라고 할 것이다.

　그러면 그 이상재 선생은 어떠한 어른이셨던가. 선생은 춘추가 팔순에 가까운 노인이시로되 여러 가지 일에 관계하시어 여러 사람 앞에 나오신 적이 많으시니까 여러분 중에도 선생을 뵈온 이가 많이 있었을 것이며, 선생은 노인이시로되 인력거를 타신 일이 없고 꼭 걸어서 출입을 하셨으니까 길가에서라도 서양목 두루마기에 중산모를 쓰시고 짐짓 손에 단장을 들고 점잖게 걸어다니시는 모양을 본 이가 많이 있었을 것이다. 이와 같이 그 어른은 돈이 많은 어른도 아니요, 옷을 잘 입으신 어른도 아니요, 신수가 남보다 특별히 달르신 것도 아니요, 권세가 있으신 것도 아니요, 말을 특별히 잘하시는 것도 아니요, 언제 뵈옵던지 점잖고 너그럽고 어지신 노인일 뿐이었다. 그 노인이 어찌 하여서 특별히 잘나셨다고 하는 것인가, 우리는 그 까닭을 생각하여 보아야 할 것이다.

그 어른이 잘나셨다고 그 어른 돌아가신 것을 온 세상 사람이 슬퍼하는 까닭은 그 어른이 팔십평생에 첫째로 옳은 일만 하셨고 바른 말씀만 하셨다. 혹시 잘못 생각을 하여서 실수를 하다면 모르거니와 자기가 그르다고 생각한 일은 그야말로 목숨이 끊어져도 아니하고자 하였고 옳은 일이라 하면 어디까지든지 힘을 쓰신 것이 선생의 잘나신 까닭이었고 둘째로 선생은 당신 한 몸을 위하거나 한 집안을 위하여 애쓴 일도 없고 생각한 일도 없었으며 밤낮으로 노심초사하신 것은 어떻게 하면 모든 조선사람이 잘 살게 하며 모든 사람이 자유롭게 할까 하는 일뿐이었다. 이것이 선생의 잘나신 까닭이었으며 온 세상 사람이 선생의 돌아가심을 슬퍼하는 까닭이다. 만일 자기 욕심을 채우기 위하여 애를 쓰고 그래서 돈을 많이 모으고 높은 지위를 얻고 땅을 많이 산 사람이 있다 하면 혹 세상 사람은 그 사람의 돈이나 쌀을 보고 머리를 굽히는 일은 있을는지 모르거니와 그 사람을 보고 머리를 굽히거나 고맙다고 생각할 리는 없는 것이다. 오히려 미워하고 손가락질하고 욕하는 것이다. 그러나 평생을 두고 세상 사람을 위하여 수고하신 어른에게 대하여서는 그가 비록 비난할지라도 그가 비록 지위는 높지 못할지라도 세상 사람은 그를 공경하고 그를 위하여 그를 아끼는 것이다. 이것이야말로 잘난 사람이 할 일이며 잘난 사람의 본받을 일이다.

그러나 선생께서는 비록 세상사람을 위하여 애를 쓰실지라도 한 번도 공치사를 한다거나 내가 이렇게 세상사람을 위하여 애를 쓰니 세상 사람이 나를 위하리라고 생각하여 보신 일이 없으시며 또 잘못된 일을 싫어하시면서도 잘못하는 그 일은 미워하시되 그 사람을 미워하시는 일이 없고 잘못하는 사람이라도 아무쪼록 잘하는 사람이 되도록 인도하고 애를 쓰셨으며 또 세상일만 위하여 애를 쓰시면서도 그렇다고 하여서 당신 몸에 대한 일이나 가족에 대한 일로 남에게 신세를 지거나 괴로움을 끼치신 일은 없습니다. 비록 당신 몸이나 당신 댁을 위하여 돈을 모으겠다거나 호의호식하실 생각은 아니 하셨을지라도 당신이 수고하여서 생기는 보수로 당신 댁을 거두어가는 것만은 잊으신 일이 없으니 이러한 것이 다 선생의 위대하신 까닭이며 우리의 본받을 일로서 굳게 기약하여야 할 것이다.

이상재가 조선 민중들로부터 존경받는 이유에 대해 자라나는 청소년에게 알리려고 했고, 또 그를 닮아 제2의 이상재, 제3의 이상재가 나오도록 기원하는 의미가 가득 담겨 있다.

이상재의 장례는 사회장으로 치러졌다. 청년들의 아버지이자, 영원한 청년이었던 이상재는 민족의 스승이었기 때문에 사회장으로 하는 데 이견이 있을 리가 없었다. 일제의 총독부조차도 이상재의 사회장을 허락했다. 그들도 이상재의 인품을 존경해왔기 때문이다. 사회장과 관련된 '사회장발의'와 '장의협의회의록'은 다음과 같다.

<사회장발의>

3월 30일 청(晴)

정묘 3월 29일 우야(雨夜)에 월남 이상재 선생은 78세의 고령으로서 장서(長逝)하셨다. 익조(翌朝)에 이 부음(訃音)을 접한 조선교육협회와 신간회의 간부는 위선(爲先) 협의(協議)한 결과 장의거행방법을 사회공중에 문의함이 타당하다 하여 재경 종교, 교육, 실업, 언론 모든 기관과 청년, 사상 각 단체에 인원을 파송(派送)하여 발의한 바 회합(會合) 협의(協議)함이 의당(宜當)하다는 동지(同志)를 득(得)하여 동일(同日) 오후 5시에 장의협의회가 드디어 성립되다.

<장의협의회의록>

정묘 3월 30일 오후 5시에 장의협의회를 수표정(水標町) 조선교육협의 관내에 개(開)하고 의장 권동진씨의 사회 하에 출석원을 점명(點名)하니 대표 우(又)는 개인으로 참석한 인원이 93명에 달하여 의사를 진행하다.

1. 먼저 발의측으로부터 회의의 취지를 간진(簡陳)한 후 장의에 대하여 정숙경건(靜肅敬虔)하게 협의한 결과 만장일치하여 사회장으로 거행하게 되다.

2. 의식에 대하여 선생은 야소교신자(耶蘇敎信者)임으로 교회의식을 참작(參酌)하여야 한다는 교인측과 아무 의식에도 구애(拘碍)없는 잠정의식(暫定儀式)으로 하겠다는 일반 사회측과의 간에 의견이 다소 상이되어 용이(容易)히 낙착(落着)되지 안함으로 필경(畢竟) 장의위원(葬儀委員)을 선정하여 그 위원회에 일임(一任) 협정(協定)케 하여 차회대회(次回大會)의 승인을 득한 후 행용(行用)하기로 되다.

3. 장의위원은 30인으로 하되 기선거방법은 전형위원(銓衡委員) 5인을 호 호천(呼薦)하여 그 전형위원(銓衡委員)으로 하여금 전형통과(銓衡通過)케 하다.

4. 장의위원의 사임원의 수리 급(及) 위원의 선거 등 일체를 위원회에 일임하기로 한다.

5. 장의사무소는 조선교육협회 회관내에 치(置)하기로 한다.

3월 31일 청(晴)
정묘 3월 31일 오후 5시에 장의회의를 장의사무소 내에 개(開)하고 좌(左)의 각항을 선정하다.
  1. 전회회의록을 보고하다.
  2. 장의위원회에서 증선한 위원 32인과 각부서임원을 선정보고하다.
  3. 장의위원회에서 작정(作定)한 의식절차 대강을 보고하다.
  4. 의식절차의 개정 급(及) 보결(補缺)은 일체(一切) 위원회에 임하다.

　비록 일본 식민지 치하였으나 전 민족이 하나가 되어 사상 최초의 사회장을 거행하는데, 너무나 성대하고 웅장해서 한 나라의 국상과도 같았다.

　행렬의 선두에는 경호부장이 앞장섰고, 보이스카우트 소속 한 소년이 이상의 진영을 들고 따랐다. 그 뒤로 남녀 학생들과 시민들이 눈물을 흘리면서 뒤따라왔다. 2백여기의 조기와 3백여개의 만장대가 뒤따랐다. 장례식에 참가한 인파가 10만여명에 다다랐다.

　당시 서울 인구가 20만명이었는데, 서울 시민의 절반 가량이 이 장례식에 참석했다는 것이다. 그만큼 백성들의 비통함이 극에 달했던 것이다. 이상재의 영구를 모신 특별 열차가 서울역에서 출발했다. 군산까지 가는 동안 역마다 사람들이 나와서 그의 마지막 길을 아쉬워하고 했다. 이상재는 한산 선영에 묻혔고, 소년척후대의 비장한 나팔소리가 하늘을 뚫고 울리고 있었다.

이상재를 존경하던 여러 지인들은 앞다투어 추모시를 썼다. 몇 편을 소개하면 다음과 같다.

추모시-정인보

성인의 밝은 가르침 있으니
인생이란 오직 곤아아 하네
간교한 지혜는 본성을 좀먹고
안일을 탐하고 의리를 저버려
온갖 술수 다해새서 제 몸의 영화만 구하는 법
그러나 강직한 공은 낸 사람
소인배가 판치는 세상에, 가난을 근심하지 않고,
죽음도 두려워 하지 않으셨네.
오독(五毒) 앞에 사람들은 죄없음을 부르짖건만,
공은 앞으로 나가서 피하지 않으셨네.

거마(車馬)도 황금도 거들떠 보지 않으셨고,
수놓은 화려한 비단, 두필 말이 끄는 차란한 수레도,
성내지 않고 농으로 물리치셨네.
무엇을 생각하고 무엇을 계교하며,
무엇을 꾀하고 무엇을 물으시리,
오직 사리(私利)를 배격하시어 인간의 길 밝히셨네.
호연의기 하늘로 돌아가고
기침 소리 영영 들을 길 없네
공이 멀어지신 것 말하지 말라
오직 공의 뜻 사람들의 가슴 속에 살아 있다네

추모시-박종화

어질고 굳세신 기상
조찰고 깨끗한 정기
부귀도 임의 마음
흔들지 못했고
총칼도 임의 뜻을
빼앗지 못했네
한평생 성애스런 가시덤불 속
나라와 운명을 같이한 당신
오직 당신만이
높고 높은 태산의 준령이셨네

오오 당신은
이 겨레의 아버지
대한의 성웅이셨네

해지고 어두운 거리
우리들 청년의 갈 길
험악도 하였어라
모두 다 헤맸네
호걸은 망명하고
지도자 없었네
이 중에 선생은 우리들의 등불
나라의 청년들 의지하던 곳
오직 당신만이
높고 높은 태산의 준령이셨네.

오오 당신은
이 겨레의 아버지
대한의 성웅이셨네

이 겨레의 아버지
대한의 성웅이셨네

이상재의 죽음을 기리는 조사는 줄을 이었다. 심지어 일본 총독부의 기관지인 『매일신보』에서도 '지난 반만년 역사를 통해 재야의 사람으로서 그 죽음이 우리에게 이 같이 충동을 준 이가 과연 몇몇이 있느뇨?'라는 조사를 낼 정도였다. 그만큼 이상재의 죽음은 당시 민중과 청년들에게 커다란 충격이었던 것이다.

이상재는 종교인, 언론인, 사회교육자, 독립운동가로서의 삶을 마감했다. 생전에 그가 활동했던 모든 사업들은 결국 민족을 위한 것, 조국의 독립을 위한 것이었다. 비록 이상재는 떠났지만 그의 불굴의 정신과 민족을 사랑하는 마음은 아직도 우리의 마음 속에 남아서 꿈틀거리고 있다.

월남 이상재 본전 및 연보

月南先生 本傳

안재홍(安在鴻)

　　월남(月南) 이상재선생(李商在先生)의 자(字)는 이호(李晧)니 목은(牧隱) 색(穡)의 후예(後裔)라. 철종원년(哲宗元年) 경술(庚戌)에 관향인 한산에 서 나고 78세 되던 해에 정묘에 경성 우사(寓舍)에서 돌아갔다. 선생 은 어려서부터 슬금하고 기안(氣岸)이 있어 15세 때 그 부친이 산송 (山訟)으로 군옥(郡獄)에 구수(拘囚)됨을 보고 스스로 대신하기를 원하 여 며칠동안 갇히었다가 나오는 길로 사제(私第)로 다니려간 군수(郡 守)를 옥천(沃川)까지 쫓아가 소지를 정하고 사흘 밤낮 사리(事理)로 써 개진(開陳)하여 이미 왕결(枉決)된 송안(訟案)을 마침내 뒤집어 놓 았다

　　18세에 이르러 과거(科擧)보러 경성(京城)에 오니 이 때는 고종(高 宗) 4년 정묘(丁卯)라. 선생이 한번 과장(科場)을 보고 나와 '한심(寒心)

하다. 다시 들어갈 데가 아니다' 하고 거업(擧業)을 버리고 자폐(自廢)
코져 하더니 박정양(朴定陽)이 선생의 재기(才氣)를 알아 그의 인천(引
薦)으로 18년 신사(辛巳)에 그를 따라 일본(日本) 시찰(視察) 일행(一行)
의 한 수원(隨員)이 되었었는데 이 길에 선생이 홍영식(洪英植)과 계
분(契分)이 있었다. 홍영식은 갑신개혁당(甲申改革黨)의 요인이라, 일
행(一行)이 돌아오매 홍영식이 곧 신설(新設)된 우정국(郵政局)의 독변
(督辨)이 되어 선생을 사사(司事)로 피용(辟用)하여 인천(人天)에서 사무
(事務)를 변리(辨理)케 하고 선생을 향(向)하여 장차 우정(郵政)을 일임
(一任)할 뜻을 보이였다. 갑신개혁(甲申改革)이 실패(失敗)되고 홍영식
이 관군(官軍)에게 죽으니 이 때에 평일 개혁당(改革黨)과 관계있던
사람은 대개 연루(連累)될까 두려워 몸을 피(避)하였는데 선생은 자
진(自進)하여 수포(搜捕)하는 장신(將臣)을 찾아가 보고 자기는 영식(英
植)의 요속(僚屬)이라 죄(罪)가 미침이 있을지 모르니 고향 한산(韓山)
에 노친(老親)이 있어 일결치 아니할 수 없음으로 이제 시골길을 떠
나나, 죄적(罪跡)이 명백(明白)함이 있어 추포(追捕)의 명(命)이 나리면
결(決)코 목숨을 도망하지 아니하겠노라 말하고 한산(韓山)에 돌아가
니 그 장신(將臣)이 선생의 처지(處地)를 민망히 알고 또 구차(苟且)치
아니함을 옳게 여겨 심(甚)히 추구(追究)치 아니하여 화(禍)가 미치지
아니 하였다.

21년 정해(丁亥)에 다시 박정양의 주벽(奏辟)으로 주미전권대신서
기관(駐美全權大臣書記官)이 되어 미국에 가니 조선사절(朝鮮使節)이 구
미(歐美)에 주차(駐箚)하기는 박정양이 가장 먼저이라.

처음에 청정(清廷)으로부터 전권(全權)을 외국에 보내지 못하도록 저해하다가 마침내 파견(派遣)하게 되매 여러 가지 협제(脅制)가 심(甚)하여 상하(上下)가 구구(區區)히 변해(辨解)함을 일삼었었다. 일행이 미국에 도착한 뒤에 청공사(清公使) 장음항(張蔭恒)이 청정(清廷)의 전훈(電訓)을 받았다 일컫고 국서(國書)를 봉정(捧呈)할 때 청공사(清公使)가 대동(帶同)하여야 한다. 대소사를 청공사(清公使)에게 보고하여야 한다는 등으로 관행을 강요하니 박정양이 종위(從違)할 바를 알지 못하거늘 선생이 의연(毅然)히 절충(折衝)의 임(任)을 자당(自當)하겠다 하고 박정양으로 칭병(稱病)케 하고 전권(全權)의 대리(代理)로 청공사관서기관(清公使館書記官) 서수명(徐壽明), 팽광예(彭光譽) 등을 변설(辯說)로 절복(折伏)하여 조선전권(朝鮮全權)이 단독으로 국서(國書)를 봉정(捧呈)하게 하였다. 이로써 전권(全權)이 사명(使命)을 다 하였으니 청정(清廷)의 질시(嫉視)함을 받고 이때 마침 청국노동자입국(清國勞動者入國) 문제로 미인이 청국에 대하여 호감(好感)을 가지지 아니하는 반면에 조선공사를 예대(禮待)함이 청공사(清公使)에 지남으로 더욱 청정(清廷)의 시기(猜忌)함을 받아 책언(責言)이 날로 자심(滋甚)하매 조정에서 선생을 소환(召還)하여 상세(詳細)를 면주(面奏)케 하니, 선생이 이에 돌아와 고종(高宗)께 뵈오니 사명(使命)을 욕(辱)치 아니하였으니 가상타하시고 인(因)하여 외교(外交) 전말(顚末)과 및 미국 사정(事情)을 물으시고 미국에서 청공사보다 우대 하더라니 사실이냐, 선생이 그 사실임을 아뢰고 이는 우연한 경우(境遇)를 인(因)함이라 깊이 기뻐할 바 아니오 오직 정치가 휴명(休明)하고 국세(國勢)가 진작(振作)

하여야 길이 열강(列强)의 우대(優待)를 받을 것이니 이는 전하(殿下)의 여정(勵精)하심에 있나이다 하여 은근히 상의(上意)가 문오(聞悟)하시도록 규간(規諫)하는 뜻을 보이었다. 이 뒤에 조정(朝廷)에서 청정(淸廷)의 곤박(困迫)에 견디지 못하여 박정양까지 소환(召還)하고 그 죄를 논(論)함에 미쳤는데 선생은 지위로는 하료(下僚)임으로 인책(隣嘖)의 표적(標的)됨을 면(免)하여 조정(朝廷)에서 주목(州牧)의 임(任)으로 그 공로를 수(酬)코자 하니 선생이 홀로 영직(榮職)에 나감을 의(義)가 아니라 하여 이를 고사(固辭)하였다.

미국으로부터 돌아온 뒤 여섯해동안 혹(或) 통위영(統衛營)의 문안(文案) 노릇도 하고 혹 전환국(典圜局)의 위원도 다녀 비관(卑官)으로만 돌다가 갑오경장때 우부승지(右副承旨)로 발탁(拔擢)되어 군국기무처(軍國機務處)에 위원이 되고 학무위문참의(學務衙門參議)로 학무국장(學務局長)을 겸(兼)하였다. 선생이 전에 미국에서 청사(請使)를 굴도(屈到)하여 외교의 수완(手腕)을 나타냈으나 밖에서 한 일이라 아는 이가 적더니 이제 경장(更張)의 대의(代議)를 협찬(協贊)하게 되매 그의 항직(抗直)한 기골(氣骨)과 솟아나는 담변기풍(談辯譏諷)이 자주 의석(議席)에 나타나 이로부터 여러 사람의 속목(屬目)하는 바 되었다. 처음 외국어학교가 설립될 때 일공사(日公使) 정상형(井上馨)이 경장(更張)을 방조(傍助)한다 하고 곧 서정(庶政)을 간흥(干興)하여 외국어의 교사도 오직 일본인만을 빙용(聘用)하라 강요하니 박정양(朴定陽)이 이 때 학무대신(學務大臣)으로 있어 적이 방색(防塞)하였으나 마침내 뇌거(牢拒)치 못하고 협변(協辨)과 국장(局長)에게 말하니 국장은 곧 선생이라, '안

될 일이오, 당연히 거절(拒絶)할 일이오, 곧 파약(破約)을 통고(通告)하여야 하오.' 그러면 국장(局長)이 이 일을 맡으시겠오. '그리하리다' 선생이 협변(協辨) 고영희(高永喜)와 같이 일관에 가기를 언약하고 헤어졌더니 그날밤에 고영희가 동행(同行)을 피(避)하는지라 선생이 혼자 일관(日館)에 이르러 정상(井上)을 보고자 하였으나 보지 못하고 서기(書記)에게 이 일을 윤종(允從)할 수 없음을 통고하고 돌아왔다가 이튿날 정부(政府)에서 정상(井上)을 보고 그 무리(無理)함을 면박(面駁)하니 정상이 처음은 선생을 공갈(恐喝)하였으나 선생의 굴강(崛强)한 주장을 변난(辨難)하기 어려워 마침내 이 문제의 간섭을 중지하게 되매 이에 외국어교사(外國語敎師)로 각국인을 초빙하게 되었다.

33년 병신(丙申)에 내각총서(內閣總書)가 되고 관제(官制)가 변경(變更)된 뒤 인(因)하여 내각총무국장(內閣總務局長)이 되어 일절정무(一切政務)가 대개 선생(先生)의 풍절(風節)이 여러 가지로 보이었으나 그 중에도 혼자 격론(激論)을 내여 이용익(李容翊)의 평남관찰(平南觀察)의 직임(職任)을 체파(遞罷)하고 다시 설치하게된 전운사(轉運司) 관제(官制)를 굳이 반포(頒布)하지 아니하여 마침내 칙교(勅敎)를 환수(還收)하시게 한 두 일이 가장 현저(顯著)하니 이용익(李容翊)은 사알(私謁)으로 발신(發身)한 사람이라. 전년 경장 때 떨어져 오래 밖에 있다가 다시 궁중에 출입하여 내유사장이 되었다. 이용익(李容翊)이 선생의 수척(瘦瘠)함을 보고 조보(調補)할 걱정을 하더니 선생이 어느날 내각에 번들었을 때 이용익(李容翊)이 들어와 산삼 몇 뿌리를 선생의 소매에 넣거늘 선생이 짐짓 실없는 말로 이런 것 잘못 먹다가 사람잡겠다 하고 이를 받지 아니하였다. 그런지 한달쯤 되어 이용익(李容翊)으로 평남관찰(平南觀察)에 개성참정감독관(開城參政監督官)을 겸임(兼任)한 칙명(勅命)이 내리니 선생이 이를 반포(頒布)하지 아니하고 이용익(李容翊)이 내각(內閣)에 온 때 모르는 듯이 평양(平壤)에서 개성(開城)이 몇 리인가 물어 4백리라는 대답을 듣고 영감이 비록 축지법을 한다 하여도 4백리 거리(距離)에 두 벼슬을 겸관(兼管)하고서야 어찌 직책(職責)을 다할 수 있으랴고 힐문(詰問)하였다. 축지를 먼 데를 지척으로 만든다는 말이니 이용익(李容翊)이 걸음을 잘 걸어 이로써 사알(私謁)의 계제(階梯)가 되었으므로 이를 들어 조매(嘲罵)한 것이다. 이용익(李容翊)이 오래 말이 없으니 선생이 책상을 치며 나라일은 어찌 되었든지 일신(一身)의 영직(榮職)만이 제일이냐고 그 자리에서 내무대신(內務大臣), 도지대신(度支大臣)을 향하여 당초(當初)에이 주본(奏本)을 드리고 재가(裁可)를 구(求)한 본의(本意)를 물으니 두 대신(大臣)은 잠자코 말이 없었고 이용익이 평남관찰(平南觀察)이 체파되었고 이 해 10월에 혁파(革罷)를 한 지 오랜 전운사(轉運司)가 다시 설치되니 선생이 이는 국가(國家)를 병들인 가장 큰 빌미라 어찌 다시 설치할 바이랴 하여 굳이 반포(頒布)치 아니 하였는데 어느날 고종(高宗)께서 도지부대신(度支部大臣) 민종묵(閔種默)을 부르사 전운사관제반호(轉運司官制頒布)의 지연(紙鳶)됨을 책문(責問)하시니 민종묵이 아뢰되 관제(官制)를 제정(制定)하여 총무국(總務局)에 보낸지 벌써 수삭(數朔)이온대 국장(局長) 이상재(李商在)가 한결같이 고집하여 반포치 아니하나이다. 고종이 이에 진노(震怒)하시니 민종묵이 황황히 내각

(內閣)에 와서 총무국장(總務局長)을 불러 위에서 엄지(嚴旨)가 계시니 즉일(卽日)로 반포하라 하거늘 선생(先生)이 얼굴에 강개(慷慨)한 빛이 넘치며 '대감 전운사(轉運司)로 하여 삼남(三南)이 거의 어육(魚肉)이 되지 않았오. 동학(東學)의 난(亂)이 이에서 비롯하여 인(因)하여 일제(日帝)의 전쟁(戰爭)이 일어나고 마침내 을미(乙未)의 사변(事變)에까지 미치었거늘 이제 다시 난망(難忘)의 복철(覆轍)을 밟음은 성명(聖明)의 일이 아니니 하관(下官)은 죽어도 이 자리에 있어 이를 반포치 못하겠소.' 말이 마치매 민종묵은 다시 궐내로 들어가고 뒤미쳐 참정(參政) 심상훈이 승후(承候)하고 나오는데 낯빛이 토색(土色)이 되었다. 이 때 낮이 이미 겨웠다. 선생(先生)을 찾아 '이국장(李局長)! 어찌 그리 당직(戇直)하오, 위에서 바야흐로 진노(震怒)하시고 궐내가 지금 물끓듯하오. 우리로는 풀어낼 수 없으니 이를 어찌하오.' 이때 참찬(參贊) 민병석(閔丙奭)이 자리에 있는지라 심상훈(沈相薰)이 민병석(閔丙奭)을 보고 '영감 한 번 다시 들어가 품(稟)이나 들여보오, 혹 돌리실 수가 있지 아니할까.' 민병석(閔丙奭)이 들어가기를 어려워 하더니 마침 상명이 있어 참찬을 부르시니 민병석(閔丙奭)이 이에 몸을 일으켰다. 민병석이 들어가 오래 나오지 아니하니 심상훈(沈相薰)이 대청으로 거닐며 가끔 혼잣말로 죽는게 아깝다 하더니 늦게야 민병석(閔丙奭)이 나오니 심상훈(沈相薰)이 급히 처분(處分)을 물은대 '이국장(李局長) 살았오. 그동안 위에서 크게 돌리사 이국장(李局長)의 충성(忠誠)을 칭찬(稱讚)하시고 전운사(轉運司)는 지금 물시되었오.' 선생이 상의(上意)의 개오(開悟)하심을 깊이 느껴 목메인 소리로 '이렇

듯 성명(聖明)하신 임군을 옳게 도와드리지 못하여 나라가 이 지경에 이르렀도다' 하고 그 자리에서 눈물을 흘리었다. 전운사는 이제 혁파(革罷)되었다.

을미년(乙未年) 겨울에 서재필(徐載弼)이 처음 협성호를 모으니 서재필(徐載弼)은 갑신개혁당(甲申改革黨)의 일인(一人)으로 미국(美國)에 망명(亡命)하였다가 돌아온 지사(志士)라, 선생(先生)은 어려서부터 유학(儒學)을 배우고 서씨(徐氏)는 기독교(基督敎) 신자(信者)이매 종교(宗敎)가 비록 다르나 선생이 그와 본래부터 의기(意氣)의 맞음이 있을 뿐더러 몸소 정부(政府)에 있어 대국(大局)의 날로 글러감을 보고 구구(區區)한 헌체(獻替)가 마침내 보탬없음을 알아 대성질호(大聲疾呼)로 한 번 전국민(全國民)의 자립(自立)하는 정신(精神)을 격발(激發)코자 하매 피차(彼此) 서로 묵계(默契)함이 있더니 이 해 가을에 협성회(協成會)에서 다시 큰 회합(會合)을 만들어 독립협회(獨立協會)라 하고 서대문(西大門) 밖 모화관(慕華館)에 모이어 상하협력(上下協力), 군민공치(君民共治)를 크게 외치고 자주(自主)하여 외국(外國)에 의뢰(依賴)치 말어야 할 것과 외국의 간섭을 물리쳐야 할 것을 통론(痛論)할 때 이르러는 선생이 서재필(徐載弼) 등과 같이 회(會)의 중진(重鎭)이 되었다. 나날이 회원(會員)이 늘고 진행(進行)이 갈수록 열렬(熱烈)하여 시정(時政)을 규탄(糾彈)하는 연설(演說)이 거의 허일(虛日)이 없었다. 선생이 열변가(熱辯家)로서 이름이 높기는 이즈음에 비롯한 것이다. 연(連)하여 노인(露人)의 절영도조차요구문제(絶影島租借要求問題)로 외무대신(外務大臣) 조병식(趙秉式)을 성토(聲討)하고 비재(非在)의 모거(冒據)임을 들어 법무대신(法務大臣) 이유인을 질척(叱斥)하고 김홍육옥사(金鴻陸獄事)가 나매 재판(裁判)의 공개(公開)를 구하여 민중(民衆)이 신뢰(信賴)하는 바 되었으나 조정(朝廷)은 이를 크게 미워하여 비밀(秘密)이 행진(倖進)하는 자(者)들을 꼬드겨 황국협회(皇國協會)라는 단체(團體)를 만들어 이 회(會)와 대립(對立)케 하고 또 독립협회(獨立協會)에 이름을 둔 간힐(奸黠)한 무리 속으로 두 길을 보아 정부(政府)와 기맥(氣脈)을 통(通)하고 있으므로 울분한 회중(會衆)은 비차 서로 시의(猜疑)함을 거듭하여 가끔 없는 사실(事實)까지 들추어 풍파(風波)가 끊일 때가 없는데 서재필(徐載弼)은 내외(內外)의 강박(强拍)함을 받아 할 수 없이 도미(渡美)한 지 오래고, 회장(會長) 윤치호(尹致昊)는 이때 아직 젊었다. 울근거리는 회중(會衆)을 보합(保合)하여가기는 실상 주재자(主宰者)로 나서지 아니한 선생 한 사람이었다. 이 때 일을 대강 기억(記憶)하는 이가 있어 말하되 어느날 인화문(仁化門) 밖에 독립협회에서 모아놓은 만민공동회(萬民共同會)가 열리었는데 회중으로부터 어떠한 논박(論駁)이 있었던지 회장이 분격(憤激)한 말소리로 이럴테면 나는 이 자리를 내놓고 나가겠다 하여 장차 큰 풍파(風波)가 일어날 즈음에 보교(步轎) 한 채가 들어오더니 선생이 회장(會場)에 나타나며 몇말 아니하여서 다시 논박(論駁)도 없고 회장(會長)도 의연(依然)히 사회(司會)하고 있었다고 한다. 선생이 보합(保合)하는 수단이 대게 이러하였다. 그리하여 우위(憂危)한 속에서 얼마동안 동지(冬至)를 뭉쳐가지고 있다가 광무(光武) 이십(二十) 11월에 이르러 선생(先生)이 마침내 경리(警吏)의 손에 잡히고 옥(獄)에서 나온지 미구에 칙령(勅

令)으로 독립협회가 해산(解散)되니 이로부터 나라일은 더욱 가이 없었다.

선생(先生)이 옥(獄)에 있을 때 대신(大臣) 중에 한 사람이 있어서 더욱 선생(先生)을 해치고자 하여 거의 불측(不測)의 화(禍)를 당하게 되었었는데 전에 전운사(轉運司) 관제(官制)일로 선생(先生)을 구원(救援)하던 심상훈이 상의(上意)를 돌리어 겨우 면(免)함을 얻었더니 이뒤 6년 임인(壬寅)에 다시 척신(戚臣) 민영환(閔泳煥)과 밀모(密謀)하고 정국(政局)을 뒤집고자 한다는 죄목(罪目)으로 둘째 아들 승인(承仁)과 같이 경위원(警衛院)에 갇히어 3년동안 이근택(李根澤)의 손에서 지긋지긋한 단련을 받다가 나와 9월 을사 11월에 이상설(李相卨)의 대(代)로 의정부참찬(議政府參贊)이 되니 이 때는 벌써 오조약(五條約)이 체결(締結)된 뒤라 선생이 나설 뜻이 없으나 이를 굳이 사면(辭免)하지 못함은 위에서 점점 외로우시매 깊이 전일사(事)를 뉘우치사. 특지(特旨)로 탁용(擢用)하심을 알미러니 이듬해에 이르러 새로 제정(制定)된 이민보호법(移民保護法) 제24조의 일본통감(日本統監)의 동의(同意)를 요(要)한다는 1조(條)의 삭제(削除)를 주장(主張)하여 1월부터 5월까지 반포하기를 끌어나려온 것이 빌미가 되어 또다시 경무청(警務廳)에 갇히었다가 두달만에 나오니 선생이 이로부터 관계(官界)의 자취를 끊었다. 이 해 선생의 나이 57세라 노년(老年)이오, 또 여러번 환란(患亂)을 겪은 뒤이로되 정력(精力)의 왕일(旺溢)함이 소장시(小壯時)와 다르지 아니하고 또 어느때나 호상(豪爽)하여 유수(幽愁)가 없고 어떠한 경우(境遇)에든지 견인(堅忍)하여 고통(苦痛)을 보이지 아니하고 속으론 어떠한 생각을 하던지 언사(言辭)에는 대개 해학(諧謔)으로써 간잡(間雜)하기를 좋아하는 이 임으로 누구나 그를 대할 때 고생속에서 늙은이라고 생각할 수가 없었다. 처음 선생이 경위원(警衛院)에 있을 때 스스로 호구(虎口)를 벗어날 것을 기약하지 못하다가 석방(釋放)됨에 이르러 일본공사관통석(日本公使館通釋) 염천모(鹽川某)가 선생을 와보고 '이번 영감의 나오심은 폐공사(弊公使)가 영감의 원굴(寃屈)하심을 귀국황상(貴國皇上)께 아뢰어 특지(特旨)를 무름이라' 말하고 한번 치사(致謝)하기를 권하는 것을 선생(先生)이 소리를 높여 나를 놓으심은 우리 황상(皇上)이시라 귀공사(貴公使)의 간여(干與)한 바 아니오 내 그와 면식(面識)이 없거니 내 죄(罪) 있고 없음을 어찌 알아 원굴(寃屈)함을 아뢰었으랴고 냉락(冷落)하게 대답하였다.

선생(先生)의 대체(人體)를 잡음이 이러하고 총무청(總務廳)에서 나온 뒤에 참찬(參贊)을 사면(辭免)하매 정부(政府)에서 속으로 의향(意向)을 받은 데 있어 다시 선생(先生)을 면류(勉留)하였으나 마침내 선생의 뜻을 돌리지 못하였다. 이때 선생의 집은 3년동안 선생 부자의 옥(獄)뒤를 대이노라 아주 탕패(蕩敗)한 끝이라 오직 참찬(參贊)의 녹봉(祿俸)을 믿어 일가의 생계(生計)를 삼았었다. 선생의 거류(去留)가 가사(家事)에 끌리지 아니함은 이러하였다. 선생이 경위원(警衛院)에서 그 고초(苦楚)를 겪을 때 신구약(新舊約)을 읽기를 시작하여 비로소 기독교(基督敎)를 신봉(信奉)하더니 벼슬을 버린 뒤에 드디어 교회(敎會)에 나서 59세에 황성기독교청년회(皇城基督敎靑年會) 종교부총무(宗敎部總務)가 되었다. 이로부터 선생이 일생을 젊은이와 같이 지내었는데 그 침의(沈毅), 강개(慷慨)함이 사람을 감동(感動)케 할 뿐 아니라 천성이 경직(勁直)하고도 강초(剛峭)하지는 아니한 이로서 오랫동안 세변(世變)을 열력(閱歷)한지라 가론(苛論)이 적고 규각(圭角)이 갖추어 더욱이 향종(嚮從)하는 자가 많았다. 그러나 대사(大事)를 만남에 의연(依然)히 굳건하여 경술년(庚戌年)을 지난 뒤 여러번 기울게 된 청년회(靑年會)를 거의 선생 혼자 버티고 있었다. 처음 청년회 사람으로 따로 모은 유신회(維新會)라는 것이 있어 서양인(西洋人)을 제치고 독립(獨立)으로 회무(會務)를 진행(進行)하자 하다가 나중은 회관(會館)에 들어와 야로함에 이르니 선생이 그 다은 곳이 있음을 짐작하고 한결같이 잠잠하여 동(動)하지 아니하더니 이미 동지(同志)가 결속(結束)됨을 보고 드디어 회규(會規)에 의지하여 정회원(正會員)의 총회(總會)를 열고 정식(正式)으로 이를 받지 않기로 하여 풍파(風波)가 적이 간정되었으나 얼마 아니하여 또다시 조선기독교청년회(朝鮮基督敎靑年會)를 일본기독청년회(日本基督靑年會)에 가맹(加盟)케 하는 회합(會合)이 있었다. 선생이 이때 회원(會員)으로 가서 이름뿐이오, 실권(實權)은 동요(動搖)가 없을 6조(條)의 규약(規約)을 맺고 72세되던 해 북경(北京)에 열린 만국기독청년회대회(萬國基督靑年會大會)에서 공의(公議)를 돌리고 다시 일본청년회대표(日本靑年會代表)와 횡빈(橫濱)서 모이여 규약(規約)을 파기(破棄)하고 돌아왔다.

기미운동(己未運動)이 일어날 때에 선생이 또 혐의(嫌疑)로 잡히어 경무총감부(警務摠監部)로부터 감옥(監獄)에까지 석달을 갇히었는데 선생이 스스로 헤오대 밤낮으로 잡혀들어오는 청년(靑年)은 몇 천백

명(千百名)인지 알 수 없고, 또 사생(死生)이 어찌될지를 예측(豫測)할 수 없는 이때이니 아무리 모르는 일이라도 내가 일을 모른다 하였다가 혹 다른 사람에게 어떠한 단련이 돌아가 어떠한 화란(禍亂)이 미치지나 아니할까 하여 무슨 일을 묻던지 다 내가 한 것이라 대답하고 조금이라도 발명한 적이 없었다. 대개 선생이 초년(初年)으로부터 만절(晩節)까지 굳건하여 돌리지 아니함은 오직 생사고락(生死苦樂)을 셈 밖으로 알아 그러함이요, 이를 셈 밖으로 알았음은 그의 애틋하게 아끼고 뼈속깊이 사랑함이 따로 그 바이 있을 것이니 기미년(己未年) 일 하나만으로 이를 짐작할 수가 있다. 기미(己未) 이후(以後)로 선생의 성망(聲望)이 더욱이 높아 뜻있는 모듬이면 대개 선생을 장(長)이나 총재(總裁)로 받들어 조선교육협회장(朝鮮敎育協會長), 소년척후연맹총재(少年斥候聯盟總裁), 조선일보사장(朝鮮日報社長)이 되었었고 최후(最後)는 신간회(新幹會)의 회장(會長)으로 있었다.

승인(承仁)의 자(字)는 치도(致道)이니 처음이 이근택(李根澤)이 민영환(閔泳煥)을 구함(構陷)할 뜻을 품고 먼저 선생(先生)의 무인(誣引)을 얻어 이를 증성(證成)하려고 선생(先生)을 구수(拘囚)하였으나 선생의 굴강(崛强)함을 아는지라 이어 아울러 승인(承仁)을 가두고 그에게 무인(誣引)하는 구초(口招)를 받고자 3년을 두고 아니한 악형(惡刑)이 없으되 승인(承仁)이 근택(根澤)을 호령하고 이내 한마디고 굴(屈)함이 없었다. 옥(獄)에서 나온 뒤 수안(遂安)·부여(扶餘) 두 고을을 지냈으나 병이 이미 골수에 들어 4년만에 드디어 일지 못하였다. 선생의 장자(長子) 승윤(承倫)은 선생부자(先生父子)의 출옥(出獄)하던 이듬해 먼저 세상을 떠나고 제3자 승간(承侃)도 이어 불행한지라 오직 승중(承重)한 손자(孫子) 선직(宣稙)과 최소자(最小子) 승준(承俊)과 승인(承仁)의 유고(遺孤) 홍직(鴻稙) 등 숙질(叔姪) 3人이 420단체(團體)의 합동(合同)으로 발인(發靭)하는 선생(先生)의 영구(靈柩)의 뒤를 따랐다.

월남 이상재선생 연보

1850년 : 10월 26일 충청남도 서천군 한산면 종지리에서 부친 이희택(李羲宅)
        과 모친 밀양 박씨의 맏아들로 출생

1856년 : 7세 때 서당에서 한문 공부를 시작함.

1864년 : 15세 때 강릉 유(劉)씨와 혼인. 소송 사건에 휘말린 부친 대신에
        감옥에 감. 감동한 군수가 3일만에 선생을 석방함.

1867년 : 18세 때 과거시험에 낙방함. 과거 시험의 부패상에 분개하고 곧
        바로 낙향한 뒤 친지의 권유로 박정양 승지의 집에서 지내게
        됨. 박정양과 교분을 두터이 하고 사회, 정치적인 감각을 익힘.

1881년 : 박정양, 홍영식, 어윤중 등과 더불어 일본에 가서 그 개화상을 시
        찰함.

1884년 : 새로운 제도의 실시에 따라 우정총국(郵政總局)이 개설되었는데,
        홍영식이 그 책임자가 되고 이상재는 주사가 됨. 인천 우정국에
        서 근무하게 됨. 처음으로 관직에 진출했으나 갑신정변의 실패
        로 관직을 자진 사퇴하고 낙향함.

1887년 : 박정양의 추천으로 다시 상경하여 친군영(親軍營)에서 문서와 금
        전출납을 맡아보는 문안(文案)이 됨.

1888년 : 외교관으로서 미국에서 청(淸)의 불간섭과 자주외교를 펼치던 중
        청의 압력에 의해 정부로부터 소환령을 받고 귀국함. 그 후 통
        위영(統衛營) 문안(文案)이 됨.

1892년 : 새로운 통화정책이 시행됨에 따라 인천의 전환국(典圜局) 위원에

임명됨.

1894년 : 동학농민전쟁 발발. 이 때 새롭게 설치된 군국기무처에서 승정원 우부승지(右副承旨) 겸 경연각(經筵閣) 참찬의 관직에 오름. 그 뒤 박정양이 학무대신이 된 뒤 이상재는 학무아문참의(學務衙門 參議)와 학무국장을 겸함. 이 해에 선친이 돌아가시자 모든 관직을 사임하고 고향에 내려가 은거함.

1895년 : 다시 상경하여 학부참서관 및 법부참서관이 됨. 이해 을미사변이 발발하고 국왕이 러시아 공사관으로 피신하자 국왕을 가까이 모심.

1896년 : 내각총서와 중추원 일등의관이 되어 탐관오리와 부정부패를 척결하기 위해 노력함. 7월에는 서재필, 윤치호 등과 함께 독립협회를 조직. 독립협회는 모화관을 개축하여 독립관으로, 영은문을 독립문으로 고치는 동시에 독립신문을 창간함.

1897년 : 매주 일요일 오후 독립관에서 토론회 개최. 정부시책의 잘못된 점을 비판하는 상소문을 제출.

1898년 : 만민공동회 개최하여 외세배척을 주요 골자로 한 6개의 결의안을 정부에 제출. 상소문 때문에 체포되어 경무청에 피검됨. 10일만에 석방되었으나 만민공동회 회원들은 340명이 체포되고 독립협회는 12월에 해산됨. 모든 관직을 사임함.

1899년 : 고향에 내려와 학문에 매진.

1902년 : 탐관오리의 부패상을 탄핵하자 집권층으로부터 미움을 받아 국체개혁의 음모를 했다는 죄목으로 둘째 아들 승인(承仁)과 함께 경위원에 구금되었다가 두 달 동안 고문을 당한 후 2년간 옥고를 치름.

1903년 : 옥고를 치르는 동안 선교사들이 차입해주는 기독교서적과 성경을 읽게 되었으며, 감동을 받아 54세에 기독교신자가 되기로 결심.

1904년 : 러일전쟁의 발발로 국사범들의 석방과 함께 출옥하였으며, 동지

들과 함께 연동교회에 입교함과 동시에 황성기독교청년회(지금 의 서울YMCA)에 가입

1907년 : 네덜란드 헤이그에서 열린 세계평화회의에 이준, 이위종, 이상설 세 사람을 고종의 밀사로 파견하는 일을 비밀리에 도움. 일본 통감부 경무청에 구금되었다가 증거불충분으로 석방됨. 강릉 유 씨 부인과 맏아들 승륜 별세.

1908년 : 망국의 한을 이기지 못해 자결하려 하였으나 주위 사람들의 간곡 한 만류로 마음을 돌이키고, 새로 회관을 짓고 입주한 YMCA의 종교부 총무로 취임. 둘째 아들 승인 별세.

1910년 : 회갑을 맞이함. 제1회 전국 기독교학생회 하령회를 조직하여 새 로운 학생운동을 일으킴. 기독교회의 백만인 구령운동에 적극 참여하여 이를 구국운동으로 발전시킴. 노동야학을 개설하여 청 년 교육에 힘씀.

1913년 : "105인 사건"으로 YMCA총무(지금의 회장) 질렛트가 국외로 추방 되자 그 후임으로 총무에 취임. 총독부의 매수 공작과 유식회 등 YMCA를 일제에 예속시키려는 총독부 앞잡이들의 침략마수 를 굳세게 물리침.

1914년 : 서울 중앙 YMCA를 비롯하여 도쿄 한국 YMCA, 그리고 경신·배 제, 전주의 신흥, 광주의 숭일 등 모두 10개의 YMCA를 규합하 여, 조선기독교청년회 연합회를 조직. 기관지 중앙청년회보를 발행.

1916년 : 105인 사건의 주동자로 몰려 6년형을 선고받고 수감 중이던 윤치 호 석방·총무직을 윤치호에게 넘기고 명예총무에 취임.

1918년 : 일제의 무단정치 하에서 비밀리에 기독교, 천도교, 불교 지도자들 과 만나며, 3·1독립운동을 배후에서 도움. 한편, 일요강화, 강 연회 등을 통하여 청년지사들을 규합.

1919년 : 기독교측에서 이상재를 3·1운동의 지도자로 추대했으나 극구 사 양하고 배후에서 활동, 무저항 비폭력의 운동방법 제시.

1920년 : 미국 국회의원으로 구성된 극동시찰단 내한. 부모제사는 결코 우
　　　　상숭배가 아니라고 선언함으로써 기독교 교인의 잘못된 부모
　　　　공격 방법을 비판.
1921년 : 조선교육협회를 창설하고 그 회장에 취임.
1922년 : 중국 북경에서 개최된 세계학생기독교연맹에 한국 대표단을 인
　　　　솔하여 참석.
1923년 : 조선민립대학 기성회 발기총회 때 회장으로 선출됨. 민립대학 설
　　　　립 추진을 위한 모금 운동 전개.
1924년 : 연합 소년척후단(지금의 한국스카우트연맹)의 초대총재로 추대.
　　　　물산장려운동, 정제운동, 지방전도운동, 창문사운동 등을 진두지
　　　　휘, 조선일보사로부터 사장 취임을 요청을 받고 조선일보 사장
　　　　에 취임.
1925년 : 제1차 조선기자대회에서 일부 기자들의 방해로 대회가 무산될 위
　　　　기에 처했을 때 탁월한 지도력과 포용력으로 이를 수습함.
1926년 : 병환이 악화되어 자택에서 기거함.
1927년 : 민족진영과 사회주의 진영이 연합하여 공동의 적 일본과 투쟁할
　　　　것을 목적으로 조직된 신간회의 회장으로 추대. 3월 29일, 78세
　　　　의 일기로 재동 자택에서 별세. 4월 7일 사회장(社會葬)으로 한
　　　　산 선영에 모심.
1957년 : 이승만 초대 대통령의 지시로 한산에 모신 고 이상재의 묘소를
　　　　경기도 양주군 장흥면 삼하리에 옮기고 강릉 유씨 부인과 합장.
1962년 : 건국훈장 대통령장 추서.
1984년 : '월남이상재선생동상건립추진위원회' 결성. 명예회장에 윤보선
　　　　전대통령, 회장에 김상협 전국무총리가 취임.
1986년 : 월남이상재선생동상건립위원회가 『월남 이상재 연구』 간행.
1998년 : 서울 YMCA가 사단법인 '월남시민문화연구소'를 설립함.
2002년 : 3월 이달의 문화인물 지정(문화관광부)

참고문헌

F, Star, 「故 月南 이상재옹」, 『우라키(Rocky)』, 1928. 3.

갈홍기, 『월남이상재선생약전』, 공보실, 1956.

곽안련, 『한국교회사』, 대한기독교서회, 1961.

국사편찬위원회 편, 『한국독립운동사』, 정음문화사, 1983.

국사편찬위원회, 『한국독립운동사』, 探求堂, 1970.

김성권, 『월남 이상재의 성격연구』, 『省谷論叢』 4, 1973.

김유동, 『월남이선생실기』, 동명사, 1927.

김을한, 『월남선생일화집』, 대한민국여론협회, 1956.

―――, 『월남이상재일대기』, 정음사, 1976.

김건인 주편, 『한국독립운동연구』, 학원출판사, 1999.

김승학 편, 『한국독립사』, 독립문화사, 1966.

김용달, 『한국독립운동의 인물과 노선』, 한울, 2004.

대한언론인회 편, 『대한언론인물사화』, 1992.

대한체육회, 『대한체육회사』, 1908.

독립기념관 한국독립운동사연구소, 『한국 독립 운동사 연구』, 한국독립운
        동사연구소, 1996.

독립다큐멘터리연구모임, 『한국 독립 다큐멘터리』, 예담, 2003.

문일평, 『한미오십년사』, 조광사, 1945.

박은식, 『한국독립운동지혈사』, 서문당, 1999.

―――, 『한국통사』, 독립기념관 한국독립운동사연구소, 1998.

박종화, 「추모시」, 서울시민회관동상병풍, 1984.

박 환 외, 『한국독립운동사적도록』, 국가보훈처, 1999.

서재필, 「월남이상재씨」(추도사), 1927.

월남이상재선생 동상건립추진위원회, 『월남 이상재 선생 이야기』, 로출판,
　　　　1985.

――――――――――――――――――, 『월남이상재연구』, 노출판, 1986.

유경환, 『이상재』, 파랑새어린이, 2003.

윤보선, 「월남 이상재선생 동상 모시는 말씀」, 1984.

이관구, 「월남선생의 정치·구금활동」, 『나라사랑』 제9집, 외솔회, 1972.

이광인, 「월남 이상재, 1850∼1927」, 『개화기의 인물』, 연세대출판부, 1993.

이광수, 「현대의 奇人 李商在」, 『동광』, 1928, 7.

이덕주, 『한국 그리스도인들의 改宗 이야기』, 전망사, 1990.

이병린, 『삼일운동사』, 시사신보사출판국, 1959.

이시완, 『月南 李商在』, 월남사회장의위원회, 1929.

이은숙, 『독립운동가 아내의 수기』, 정음사, 1975.

임종국, 『신록 친일파』, 반민족문제연구소, 1996.

長風山人, 『(근대인물평판) 李商在と金奉準』, 新聞切拔 : 朝鮮關係.

전택부, 『남기고 싶은 이야기』, 종로서관, 1993.

―――, 『월남 이상재의 삶과 한마음정신』, 월남시민문화연구소·조선일보
　　　　사, 2000.

―――, 『월남 이상재의 생애와 사상』, 연세대출판부, 2001.

―――, 『月南 李商在』, 서울평생교육원, 1977.

―――, 『월남 이상재』, 한국신학연구소. 1977.

―――, 『이상재평전』, 범우사, 1985.

―――, 『한국기독교청년회운동사』, 범우사, 1994.

조병옥, 『나의 회고록』, 민교사, 1958.

천경화, 『(교양)한국독립운동사』, 대왕사, 1992.

최영희, 「국치(國恥)의 그날」, 『한국현대사』, 신구문화사, 1869.

최　준, 「월남선생의 언론활동」, 『나라사랑』, 1972, 9.

한국민족운동사학회 편, 「한국 독립운동과 종교활동』, 國學資料院, 2000.

한국학문헌연구소 편, 『朴定陽 全集』, 아세아문화사, 1984.

『조선일보50년사』, 조선일보사, 1970.

『조선일보』, 1920〜1927.

지지 않는 청년의 등불 이상재
■ 月南 李商在 評傳

초판 2005년 9월 15일 1판 1쇄 인쇄
초판 2005년 9월 25일 1판 1쇄 발행

지은이 • 구 인 환
펴낸이 • 한 봉 숙
펴낸곳 • 푸른사상사
등록일 • 1999.8.7 제2－2876호

서울시 중구 을지로3가 296－10 장양B/D 701호
전화 02) 2268－8706(7) Fax 02) 2268－8708
이메일 prun21c@yahoo.co.kr / prun21c@hanmail.net
홈페이지 //www.prun21c.com
편집 • 송경란／심효정／지순이
기획 마케팅 • 김두천／한신규

ⓒ 2005, 구인환
ISBN 89－5640－362－7－03800

값 15,000원